24 푸른사상 소설선

짙은 회색의 새 이름을 천천히

김동숙 소설집

푸른사상 소설선 24

짙은 회색의 새 이름을 천천히

초판 1쇄 인쇄 · 2019년 11월 5일
초판 1쇄 발행 · 2019년 11월 10일

지은이 · 김 동 숙
펴낸이 · 한 봉 숙
펴낸곳 · 푸른사상사

주간 · 맹문재 | 편집 · 지순이 | 교정 · 김수란
등록 · 1999년 7월 8일 제2－2876호
주소 · 경기도 파주시 회동길 337－16 푸른사상사
대표전화 · 031) 955－9111(2) | 팩시밀리 · 031) 955－9114
이메일 · prun21c@hanmail.net
홈페이지 · http://www.prun21c.com

ISBN 979－11－308－1476－6 03810
값 15,000원

이 도서의 국립중앙도서관 출판예정도서목록(CIP)은 서지정보유통지원시스템
홈페이지(http://seoji.nl.go.kr)와 국가자료종합목록 구축시스템(http://kolis-net.
nl.go.kr)에서 이용하실 수 있습니다. (CIP제어번호 : CIP2019043721)

짙은 회색의 새 이름을 천천히

김동숙
소설집

이 책은 경기도, 경기문화재단, 한국문화예술위원회의 문예진흥기금을 보조받아
발간되었습니다.

책머리에

루스는 오늘 새벽 한국을 떠났을 것이다. 표제작 「짙은 회색의 새 이름을 천천히」의 배경이 되었던 루스의 서점은 문을 닫았다고 했다. 루스는 영국에 도착해서 처음 대화를 나눈 영국인이었고, 그 인연을 지금까지 소중하게 이어온 친구다. 루스의 한국 방문을 앞두고 루스와 함께 했던 그 먼 시간들을 다시 꺼내보았다. 영국의 겨울을 두 번째 맞이하던 나는 다쳤던 발가락이 덧나 왼쪽 발이 몹시 아팠다. 병원 치료도 제대로 받을 수 없었지만 발이 퉁퉁 붓도록 앉아서 소설을 썼다. 통증을 견딜 수 없으면 난방도 되지 않는 카펫 위에 엎드려서 자판을 두들겼다. 영국에서 만난 사람들의 눈과 피부와 머리카락의 색깔은 각각 달라도 가난과 외로움에 흘리는 눈물의 빛깔은 같다는 생각에 사로잡혀 멈출 수가 없었다.

바람이 거리를 휩쓰는 소리, 플라타너스가 앙상한 가지를 비벼대는 소리, 천식을 앓는 옆집 여자의 기침소리를 들으며 소설을 쓰던 영국의 겨울밤들.

겨울이 끝나갈 무렵 다시 한국에 돌아와 등단을 하고, 소설에 관한 강의도 하면서 왜 소설을 쓰는지 가끔 질문을 받지만 십사 년 전 영국의 겨울밤과 같은 스스로도 설명할 수 없는 뜨거움과 사로잡힘이 내 소설 쓰기에 있다. 어머니가 자신의 어린 시절을 볼펜으로 눌러쓴 200자 원고지 100매를 결혼 선물로 주셨는데 첫 책이 나오기까지 일종의 길잡이 역할을 했던 것 같다. 까칠하지만 글을 쓸 때 곁에 있어주는 우디와 고양이 알레르기에도 불구하고 한 영역을 기꺼이 내어주는 마음 따뜻한 가족에게 사랑과 감사의 마음을 전한다. 머지않아 아흔 살이 될 루스는 한국을 다시 방문하기 힘들다고 했지만 결코 마지막 만남이라는 말은 꺼내지 않았다. 어젯밤, 작별 인사를 하기 위해 호텔로 전화를 했을 때 입이 떨어지지 않는 나보다 먼저 루스가 다음에 다시 만나자라고 했다. 첫 책의 출간과 함께 한 시절이 지나가고, 새로운 시절이 시작된다는 느낌에 떨림과 견딤으로 아침을 맞이했다. 천천히, 조금씩.

2019년 10월

김동숙

차례

짙은 회색의 새 이름을 천천히

꺼져! 당장 꺼져! 벽을 타고 울리는 옆집 남자의 고함에 그녀는 선잠에서 깼다. 격해진 옆집 남자는 벽을 두들겼고, 옆집과 붙어 있는 그녀의 방까지 멀미를 일으켰다. 찌르레기, 그녀는 짙은 회색의 새 이름을 뇌었다. 여름내 아침을 앞질러 집 앞 플라타너스를 뒤흔들던 한 무리의 찌르레기들. 그 찌르레기들이 한바탕 소란을 피워줬으면, 부산스럽게 울어줬으면. 파랗게 언 입술에서 허연 입김이 뿜어져 나왔다. 밤사이 추위에 굳은 몸을 침대 밖으로 일으키다 작은 새가 프린트된 카드가 바닥에 떨어졌다.

그녀는 조심스럽게 왼발을 내디뎌보았다. 발에서부터 발목까지 통증이 올라왔다. 혼자 서점을 꾸리다 보니 덧난 발의 상처에도 마음대로 쉴 수가 없었다. 오른쪽 다리에 체중을 최대한 싣고, 제대로 내딛을 수 없는 왼발을 끌었다. 언젠가부터 한 무리의 찌르레기들을 기다리던 그녀는 커튼부터 젖혔다. 두꺼운 커튼 뒤로 드러나는 빛바랜 레이스 커튼, 가느다란 레이스 실 사이로 번져 나오는 어둠, 안개에 잠겨 희미하게 드러나는 세 그루의 플라타너스, 그 어둠을 테두리 쳐놓은 나무 창틀로 스며 들어오는 한겨울의 바람 그리고 스산함. 영국의 겨울은 밤이 유난히 길었고, 낙엽을 태울 무렵 떠난 찌르레기들은 아직 돌아오지 않았다. 바닥에 떨어진 카드를 침대 머리맡에 올려두었다. 카드 속 작은 새는 눈 덮인 나뭇가지 위에 살며시 두 발을 디디고 있었다.

조리대에는 반쯤 타다 남은 양초와 흘러내린 촛농이 딱딱했다. 어제 저녁 된장찌개를 끓일 때 켜놓았던 양초였다. 그녀는 주전자를 올리고, 가스레인지를 켰다. 찻물이 데워지는 동안 집 안에 열기가 퍼졌고, 옆집 남자의 고함도 잦아들었다. 아침 일곱 시면 어김없이 얇은 벽 너머로부터 옆집 남자의 욕설이 들려왔다. 너무도 뚜렷해서 누구를 향한 욕설인지 가끔 혼동되었다. 일정한 직업 없이 집에서 하루를 보내는 옆집 남자의 욕설이 다름 아닌 그녀를 향한 것만 같았다. 옆집 남자의 분노가 그녀의 방마저 음울하게 짓눌러왔다. 몸서리치며 그녀가 할 수 있는 일이라고는 찻물을 데우는 것뿐이었다.

차를 마신 그녀는 향수를 꼼꼼히 뿌리고, 도시락이 담긴 가방을 어깨에 메었다. 현관문 손잡이를 잡아당겼지만 좀처럼 움직이질 않았다. 그제야 현관문과 문틀의 벌어진 틈새를 메우고 있던 헌옷가지들을 기억해냈다. 바람을 막기 위해 단단히 틀어박았던 헌옷가지들을 빼내 한구석에 밀쳐두었다. 열린 현관문 사이로 몸을 내밀던 그녀는 멈칫거리며 눈길을 붙박았다. 그녀가 잠든 사이 던져져 으깨어지고 범벅이 된 흰자, 노른자, 계란 껍질. 마지막이 한 달 전이었던가. 잊을 만하면 한 번씩 계란 파편들이 현관문을 장식했다. 처음처럼 경찰에 신고하기 위해 핸드폰을 들거나 오물을 닦아내기 위해 걸레를 들고 수선을 떨지도 않았다. 그저 잠시 그 자리에 서서 계란에 대해서 생각해 보았다. 계란보다 그걸 그녀의 눈높이 부분에 던져놓을 수 있는 사람에 대한 몇 가지 추측이 머릿속을 헤집고 다녔다. 잠시의 시간이 지난 뒤 불쾌한 기분이 가라앉은 그녀는 돌아섰다. 그 자리를 지키고 있을지라도 별다른 해결책이 없다는 걸 앞서의 경험을 통해 알고 있었다.

집 앞 플라타너스에는 한 무리의 찌르레기들 대신 안개가 자욱했다. 시야를 흐리는 겨울 안개는 그녀의 마음까지 두려움에 젖게 만들었다. 현관문 앞 계단을 내려가던 그녀는 발밑의 비닐봉지에 미끄덩거렸다. 얼핏 안개 사이로 흰옷의 누군가가 노려보는 것만 같았다. 울타리에 나란히 매달려 지켜보던 아이들이 크게 웃었다. 그녀는 휘청거리는 몸을 바로잡고, 계란 파편으로 날 선 마음을 쓸어내렸다. 어른거리던 흰옷은 플라타너스 앙상한 가지에 걸쳐진 낡은 티셔츠였다. 티셔츠에 프린트된 얼굴은 눈을 치뜨고 입을 크게 벌리고 있었다. 그녀는 고개를 들어 티셔츠가 버려졌을 3층 건물의 창문들을 둘러보았다.

가난한 순수 혈통의 영국인들뿐만 아니라 아프리카, 동유럽, 아랍 이주민들의 삶터가 되어버린 카운슬 하우스(Council House). 다섯 개의

동 중 맨 앞동 일 층 끝 집에 그녀가 살고 있었다. 그녀와 같은 벽을 사이에 두고 살고 있는 옆집이 영국인 가정이었다. 집 주변에는 아이들이 먹다 버린 과자 봉지와 깨진 유리창 너머로 던져진 맥주 캔 따위가 널브러져 있었다. 카운슬 하우스에 산다는 건 무얼 의미하는지 주변 사람들의 반응만으로도 알 수 있었다. 돌려 말하기 좋아하는 영국인들조차 끔찍하다는 표현을 늘어놓기에 바빴다. 입에 담기조차 꺼림칙하다며 어깨를 들썩이고 이맛살까지 찡그려도 그녀는 개의치 않았다. 몸을 담을 수 있는 집이 있다는 것만으로도 충분했다. 혼자 살면서 충분하다에 대한 기준이 따로 없다는 걸 배우고 있었다. 딱히 부족할 거라고는 아무것도 없다고 다짐하다 보면 정말 그렇게 여겨졌다.

카운슬 하우스를 벗어난 그녀는 올드 처치 로드(Old Church Road)로 접어들었다. 묘비를 뒤덮은 검푸르게 이끼 낀 나무 아래에서 잠깐 멈추고 긴 숨을 토해냈다. 일요일 저녁마다 종을 울리는 석조 건물의 교회와 좁은 골목길 양옆으로 자리 잡은 평편한 봉분들. 그리고 그 곁에 엉겅퀴와 뒤엉켜 세월의 무게를 견디지 못하고 부러지거나 바닥에 엎어져 있는 묘비들. 올드 처치 로드란 이름 그대로 오랜 세월 전혀 손대지 않은 풍경은 을씨년스러웠다. 대부분의 사람들은 한참을 돌아서라도 큰길로 다녔지만 그녀는 다람쥐가 무덤 사이로 잽싸게 달아나고, 까마귀가 울며 이 나무 저 나무 위로 날아다니는 올드 처치 로드를 좋아했다. 그러나 바닥에 닿을 때마다 수십 개의 바늘이 찌르는 듯한 발의 통증이 즐겨 다니던 이 길을 버겁게 했다. 올드 처치 로드가 끝나는 곳에 위치한 아치형의 문과 그 문 너머 크리켓 운동장을 가로지른 길게 뻗은 길이 아득하게 느껴졌다. 저 멀리 크리켓 운동장을 뒤덮고 있는 잔디의 푸르름이 그녀의 초라함을 비웃고 있었다.

요리 도중 도마를 발등에 떨어뜨린 때가 보름 전이었다. 칼을 쥔 손바닥에 땀이 배었고, 손길은 조심스러웠다. 칼끝에 잘려나가는 고깃덩어리에 은근히 끓어오르는 감정을 다스리려 마른침을 삼키는 동안 벽을 타고 옆집 막내의 울음소리가 들려왔다. 이제 겨우 걸음마를 시작한 아이였다. 카펫 위에 질펀하게 볼일을 보았거나 우유라도 흘려놓았음이 틀림없었다. 뒤이어 일터에 나간 아내 대신 세 아이를 돌보던 옆집 남자의 울분에 찬 고함이 아이의 울음소리를 덮었다. 대소변도 못 가리는 쓸모없는 자식! 마약이나 하다가 평생을 쓰레기 더미에 처박혀 살 개자식! 채 피어나지도 않은 어린 삶을 저주하는 아비의 욕설. 그녀는 순간 움찔거렸다. 아주 작게나마 움찔거린 스스로에게 화가 난 그녀는 손에 들려진 칼로 도마를 내려쳤다. 칼이 부러지길 바랐지만 칼이 부러지기 전에 도마가 미끄러졌다. 정확히 왼쪽 셋째 발가락 위였다.

눈물을 질금거렸으나 그녀는 여느 때처럼 식사를 마치고 잠자리에 들 수 있었다. 다음 날 아침 단화를 신으면서 발이 약간 부은 걸 알았지만 서점으로 향했고, 하루의 일과를 마쳤다. 충분한 잠이 상처를 낫게 해주리라 믿고 그저 일찌감치 잠자리에 들었다. 그러나 그 다음 날은 단화에서 볼이 넉넉한 운동화로 갈아 신어야 했다. 그러고도 이삼

일을 더 버틴 그녀는 국가에서 운영하는 병원, 지피(GP)에 갔다. 주치의는 간단한 검진 뒤에 전문의의 검사와 진료가 필요하다는 소견서를 써주었다. 종합병원에서 전문의를 만날 때까지 적어도 육 개월은 기다려야 했다. 그때까지 영국인의 만병통치약, 진통제로 버티든가 운이 좋으면 자연치유될 수도 있었다. 영국에 거주하는 사람이라면 누구나 무료로 치료받을 수 있는 지피에서 빠르고 만족스런 치료를 기대하는 건 무리였다.

지피에 다녀온 날, 그녀는 과도 하나만을 남기고 집 안에 있는 칼들을 모두 쓰레기봉투에 담아버렸다. 수거를 위해 밖에 내놓은 검정색 쓰레기봉투가 밤이 깊도록 바람에 파닥거렸다. 발의 상처가 쉽게 낫지 않으리라는 불안에 한참을 뒤척였다. 그리고 한편으로는 태연하지 못한 스스로를 나무랐다. 때때로 밀려드는 불안은 다독이며 함께 가야 할 타고난 성격이었다. 세상에 태어났을 때부터 그녀의 삶은 칼자국이 예정되어 있었다. 얼굴에 칼자국이 있다. 할아버지는 갓난아기인 그녀의 얼굴에서 경솔하게 사주를 읽었다. 첫 손자를 기대했던 할아버지의 실망감이 더해져 목소리가 서늘했다. 아직 몸을 추스르지 못한 엄마는 칼자국을 찾기 위해 동그란 아기의 얼굴을 뜯어보았다. 취미 삼아 사주팔자를 보던 할아버지는 그녀가 태어나고 이 년 후 남동생이 태어나기도 전에 돌아가셨다. 할아버지가 돌아가시자 아빠보다 겨우 열 살 많은 새할머니는 엄마에게 트집을 잡았다. 집안에 칼자국이 있어서 할아버지가 일찍 세상을 뜬 거라며 아빠가 가게 딸린

방을 얻어줄 때까지 그 입을 다물지 않았다.

할아버지의 말대로 어린 시절 내내 잔병치레를 하던 그녀는 중학교 때 폐결핵을 심하게 앓아 한쪽 폐를 잘라내었다. 담당 의사조차도 폐결핵으로 몸에 칼을 대는 건 드문 일이라 했다. 차츰 엄마도 할아버지에 대한 야속함을 거두고 칼자국을 인정하기 시작했다. 유난히 하얗던 그녀의 얼굴은 핏기 없이 창백해 보였고, 가냘픈 그녀의 몸은 늘 위태위태해 보였다. 신화 속 헤라클레스가 벗어버리려 했다던 네소스의 피를 묻힌 옷처럼 할아버지의 말 한 마디가 그녀의 삶에 엉겨 붙었다. 폐를 도려낸 날부터 엄마와 아빠는 그녀에게 결혼과 출산 따위의 평범한 삶을 기대하지 않았다. 그녀 또한 주위 어른들이 무심코 던지는 말들을 들으며 칼자국이 새겨진 그녀의 삶을 차츰차츰 받아들이게 되었다.

서점에 발을 들여놓자 오래된 건물의 곰팡내가 났다. 온몸에 뿌린 싸구려 향수와 서점의 쾨쾨한 냄새가 뒤섞여 머리가 지끈거렸다. 진한 향수는 그녀도 싫어하지만 어쩔 수가 없었다. 거리로 나서면 혼자 있을 때는 맡을 수 없었던 몸에 밴 김치 따위의 음식 냄새에 화들짝 놀라고는 했다. 전날 모처럼 찌개라도 끓여 먹은 날이면 서점 문을 여는 첫 손님의 콧잔등이 단박에 찡그려졌다. 그녀는 환기를 위해 열린 문을 그대로 놔두고 의자에 털썩 주저앉았다. 세 벽을 둘러가며 꽂아둔 책들과 푸른색 페인트가 칠해진 계산대 그리고 그 한쪽 구석에 진열된 각종 카드들이 한눈에 들어왔다. 손수건으로 식은땀부터 닦아내고 운동화를 벗자 발이 한결 가벼워졌다. 왼발에 자극이 가지 않는 자세로 걷다 보면 온몸이 땀으로 흠뻑 젖었다. 발을 다친 뒤로 출퇴근이 가장 힘들었지만 도와줄 마땅한 사람이 없었다. 서점과 카운슬 하우스 임대료라도 벌려면 서점 문을 열어야 했다.

그녀가 운영하는 서점은 쇼핑센터로 가는 길목에 있었다. 영국인 바바라가 나이 들어 은퇴하면서 제법 오랫동안 서점의 자원 봉사자로 일해왔던 그녀에게 넘겨주었다. 쇼핑센터는 언제나 사람들로 붐볐지만 쇼핑센터로 가는 길목은 여러 갈래였기에 서점을 찾는 손님은 그리 많지 않았다. 쇼핑센터보다 저렴한 요금을 받는 미용실을 제외하고는 그 길목에 있는 다른 상점들 또한 형편은 비슷했다. 그녀가 임대료를 밀리지 않고 낼 수 있었던 건 바바라의 친구와도 같은 오랜 고객들이 서점을 찾아주기 때문이었다. 그녀의 수입은 웬만한 상점의 종업원보다 적었지만 혼자인 그녀에게는 그다지 부족하지 않았다. 오히려 서점의 조용한 분위기가 그녀를 자원 봉사자로 일할 수 있게 하였고, 망설임 없이 서점을 물려받게 했다. 서점에서 일하는 동안 자원 봉사자로 일하는 다른 이민자들처럼 그녀는 좀 더 빨리 영어를 배웠고, 영국 사회에 조금씩 발을 들여놓을 수 있었다.

바바라의 은퇴 시점은 그녀에게 적절했다. 그 무렵 이혼한 그녀는 경제적인 자립이 필요했다. 바바라는 입에 발린 위로의 말 대신 서점을 인수하지 않겠냐고 넌지시 제안했다. 물론 권리금도 요구하지 않았다. 이전부터 진열되었던 책과 카드들도 고스란히 그녀의 몫이 되었다. 그녀는 자원 봉사자에서 서점 주인이 되었고, 임대료가 저렴한 카운슬 하우스로 거처를 옮겼다. 카운슬 하우스 안 가득한 냉기가 그녀를 깨닫게 해주고는 했다. 영국행 비행기에 몸을 싣는 순간부터 고독과 결핍을 두려워하지 않는 홀로서기를 익혀야 했다.

눈초리가 매서운 무당은 목소리도 날카로웠다. 칼을 싸안고 사는 꼴이야. 평생 외롭게 혼자 살든지 그도 싫으면 바다 건너 보내든지! 어찌할 바를 모르는 엄마 대신 큰고모가 다급히 발품을 팔았다. 그녀의 메일 주소로 영국 교포의 사진과 연락처가 보내졌다. 강요하는 사람은 아무도 없었지만 그녀는 결혼을 결심했다. 결혼과 동시에 한국을 떠날 수 있다는 조건이 매력적이었다. 배웅하기 위해 공항에 나온 엄마는 개진개진 젖은 눈가를 훔쳤다. 좋은 데 살러 가는 애, 잘살라고 빌어나 주지. 울긴 왜 우냐고. 큰고모가 엄마를 달랬다. 출국 수속을 차근히 밟던 그녀만이 가벼운 설렘에 눈빛을 반짝였다.

영국에 도착한 이후 그녀는 새로운 삶을 기대했다. 낯선 세계에 대한 막연한 두려움이 있었지만 그녀 곁엔 남편이란 이름의 새로운 가족이 있었다. 칼자국으로부터 그녀의 삶을 벗어나게 해줄 스스로 선택한 가족. 그러나 섣부른 기대와 달리 영국에서 태어나고 자란 그는 한국말이 서툴렀고, 얼큰하고 구수한 음식을 흥미롭게는 여겼으나 입에 대지는 않았다. 그녀는 영어가 서툴렀고, 어린 시절부터 입에 익은 식성을 쉽게 바꾸지 못했다. 신혼의 단꿈 대신 그녀는 밤마다 반복되는 꿈을 꾸었다. 그 꿈속에서 그녀는 어린 시절 뛰어놀던 골목길에 홀로 서 있었다.

늦은 점심을 마치고 택시를 몰고 나간 아빠, 막내 여동생을 둘러업고 장보러 간 엄마, 책가방을 던져놓은 채 축구공을 들고 나간 남동생. 그렇게 가족들이 각자의 자리로 가고 나면 그녀는 혼자서 집을 지켰다. 더디 가는 시간 속에 창밖을 내다보고 있으면 아름다운 노을이 하늘을 붉게 물들였다. 그 황홀함은 그 뒤의 어둠을 예감하게 했고, 그 어둠을 혼자 맞이해야 하는 불안에 그녀는 온몸을 떨었다. 텅 빈 골목길로 나가면 사위는 점점 어두워져도 집으로 돌아오는 가족들은 보이지 않았다. 서러움에 베개를 적시며 깨어나면 그녀 곁에 누워 있는 한 남자. 그 남자가 언제나 낯설었다. 시간이 지나도 좁혀지지 않는 남편과의 거리가 남편을 서운하고 외롭게 했다. 둘 사이에 아이마저 없었기에 이혼은 좀 더 간단하게 이루어졌다.

커피포트에 물이 끓고 있었다. 커다란 진열창의 블라인드를 걷고 손님 맞을 준비를 마친 그녀는 거리를 내다보았다. 영국의 겨울은 어둡고 음습했지만 오래된 건물들은 바람을 제대로 막아내지 못했다. 습기를 머금은 찬바람이 뼛속을 파고들어도 비싼 가스 요금은 난방밸브를 잠그게 했다. 추위와 허전함을 달래려 그녀는 차를 즐겨 마셨다. 찻잔에 뜨거운 물을 붓는 동안 거리에 비가 내렸다. 흩뿌려지는 빗줄기에 어수선해지는 거리와 습기를 머금고 차분히 가라앉은 서점. 갈 길을 가야 하는 행인과 자신의 자리를 지켜야 하는 붙박이. 진열창 밖으로 보이는 거리의 풍경과 서점 안의 공간이 별개의 다른 세계로 분리될수록 그녀는 안도감을 느꼈다. 어우러질 수 없다면 차라리 확연한 이질감이 그녀의 자리를 덜 옹색하게 해주었다.

비가 올 때는 서점을 찾는 손님들이 줄어들었다. 이런 날에는 한가하게 책이라도 펴놓고 읽을 수 있으면 좋으련만 그녀의 서점은 책이나 카드를 사기 위한 손님들만 찾아오는 곳이 아니었다. 날이 궂을수록 고민을 풀어놓거나 잡담 상대가 필요한 사람들이 부쩍 그녀의 서점을 찾았다. 그녀는 결코 그들의 발랄한 대화 상대는 아니었다. 그저 그들이 이야기하는 대로 내버려둘 뿐이었다. 장바구니 할아버지는 그녀의 그런 점을 좋아했다. 매일 장바구니를 들고 거리를 오갔지만 주변에 그의 이름을 아는 사람이 없었다. 일흔이 넘은 영국인 할아버지는 그저 장바구니로 통했다. 빈 장바구니를 흔들어대며 여기저기 기웃거리기만 하는 그는 분명 성가신 존재였다. 그의 장바구니가 눈에 띄면 대부분의 상점 주인들은 고개를 돌렸지만 동정심 많은 몇몇 사람들은 그의 시시콜콜한 잡담을 들어주었다.

그녀 또한 할아버지의 푸념 상대 중에 한 명이었다. 밥은 좀 나왔는가? 안부 인사로부터 시작해서 이십 년 동안 각방을 쓰며 살아가는 마누라와 자신에게 소홀한 자식 흉을 보다가 뉴스를 통해 이미 알고 있는 사실들을 떠벌렸다. 이번에 또 식품 회사 하나를 외국에 매각하려고 협상 중이라더라. 그 공장에 일하는 근로자가 천 명이 넘는다는데 공장 문 닫으면 걱정이다. 롬바드 스트리트(Lombard Street : 런던의 은행가)에는 돈이 넘친다는데 왜 우리 서민들은 갈수록 살아가기가 더 힘든지 모르겠다. 알량한 실업수당으로 살아가기에는 세상이 각박하다. 특히 요사이 동유럽, 아프리카, 아랍, 아시아 지역에서 이민자들이 몰려와 집세가 너무 많이 올랐다. 그 추세대로라면 정작 영국인들은 일자리도 잃고, 돈도 뺏기고, 설 자리가 없다. 이민자도 모자라 난민까지 몰려든다니 브렉시트는 정말 잘한 결정이다. 주말에는 잉글랜드 팀이 챔피언스 리그에 출전하는 날이니 밤늦게 시내를 돌아다니지 말라는 당부까지 잊지 않았다. 어느 정도 속이 개운해지면 그는 다른 상점으로 옮겨가 똑같은 푸념을 다시 늘어놓기 위해 문을 나섰다.

가끔은 장바구니 할아버지의 푸념이 이주민 입장인 그녀를 불편하게 할 수도 있었지만 영국인 삼삼오오가 모이면 으레 늘어놓는 이야기였다. 그녀가 누구인지, 어디에서 왔는지 장바구니 할아버지에게는 관심 밖이었다. 그녀가 불쾌해하지만 않는다면 그런 사실들을 무시하고 싶은 이기적인 마음도 눈감아줄 수 있었다. 교외에 백 년 넘게 가동되어온 식품 공장을 매각하려 한다는 소식에 도시 전체가 술렁이고 있었다. 영국 정부가 경쟁력 잃은 제조업체를 외국에 팔아넘기는 건 어제오늘 일이 아니었다. 공장 문이 닫히면 특별한 기술도 없는 단순 노동자들이 한꺼번에 실직자로 전락할 게 불 보듯 뻔했다. 방향을 찾지 못하는 그들의 울분이 어디로 향할지 모를 일이었다. 잉글랜드 축구팀이 경기에 패한 날에는 밤늦은 외출도 조심해야 하는 이주민들은 진작부터 매각 과정에 촉각을 곤두세우고 있었다.

언제 다시 흩뿌려질지 알 수 없는 빗줄기도 가늘어졌다. 손님이 고른 생일카드를 계산하고 있는 동안 옆집 여자가 서점 앞을 지나갔다.

옆집 여자는 동화책을 사기 위해 가끔 서점에 들렀고, 그녀는 아이들이 좋아할 만한 카드와 사탕을 따로 넉넉히 챙겨주고는 했다. 아침 손님 서너 명이 다녀가고 열한 시가 가까워오면 펍(pub)에 출근하는 옆집 여자를 진열창 너머로 종종 볼 수 있었다. 검은색 코트에 청바지를 즐겨 입는 옆집 여자는 옷의 색깔만으로 멀리서도 알아볼 수 있었다. 더군다나 손목에 감고 있는 흰 붕대가 옆집 여자를 더욱 눈에 띄게 해주었다. 밤늦게까지 벽을 타고 울리던 옆집 남자의 욕설에 제대로 잠들 수 없었던 다음 날이었다. 손목에 붕대를 감은 옆집 여자를 퇴근길에 맞닥뜨렸다. 걱정 어린 표정을 감추지 못하는 그녀에게 옆집 여자는 환한 미소를 지어보였다. 지나친 관심이 옆집 여자를 불편하게 할 수도 있겠다 싶었다. 생각이 거기까지 미치자 그녀는 표정부터 거리를 유지했다. 그리고 옆집 여자의 대답처럼 바닥이 미끄러운 펍에서 넘어졌길 바랐다.

묵묵히 견디는 옆집 여자와 마주치면 그녀는 이유 없이 반가웠다. 여름 무렵 카운슬 하우스에 이사 온 그녀에게 제일 먼저 환한 미소로 인사를 건넨 사람도, 짙은 회색의 새 이름을 가르쳐준 사람도 옆집 여자였다. 스탈링, 그녀를 위해 천천히 발음하는 옆집 여자의 목소리는 부드러웠다. 초록이 우거진 플라타너스 아래에서 이리저리 빠르게 모였다 흩어지는 수백 마리의 군무를 그녀와 옆집 여자는 바라보았다. 해 질 무렵이면 동료들과 먹이를 찾고, 포식자의 공격을 막기 위해 때로는 더 많은 무리가 군무를 출 때도 있다고 했다. 소곤거

림이라는 뜻의 'Murmuration'이라는 단어가 저 시끄러운 군무를 일컫기도 한다며 마치 재밌는 비밀처럼 눈을 찡긋했다. 여름내 세 그루의 플라타너스 위를 무리 지어 날아다니다 가을이 되면 먹이가 많은 곳으로 이동한다고도 알려주었다. 새 이름을 잘 모르는 그녀는 인터넷에서 'Starling'을 검색해보았고, 한국에서는 '찌르레기'라고 부른다는 걸 알게 되었다. 옆집 여자의 말대로 날이 추워지자 한 무리의 찌르레기들은 더 이상 보이지 않았다. 한동안 수다쟁이 이웃이 떠난 것처럼 시원섭섭하다가 어느 순간부터 돌아오길 기다렸다. 먹이를 찾아 떠나는 아침마다 한바탕 울던 찌르레기가 사라지자 옆집 남자의 욕설이 더욱 뚜렷하게 들렸다.

거구의 옆집 남자가 항상 입에 욕설만 달고 사는 건 아니었다. 때로는 아내 대신 장을 봐 오거나 가족과 함께 공원을 산책하기도 했다. 가끔 일자리를 얻기 위해 외출도 했다. 작업복을 넣은 커다란 배낭을 어깨에 둘러메고 하루벌이를 갔다 온 날에는 다정하게 아이들과 놀아주는 소리가 벽을 타고 울렸다. 기분 내키는 날이면 곧잘 그녀와 인사도 나누었다. 간단한 인사말 뒤에는 이렇게 묻고는 했다. 언제 너의 나라로 돌아가는가? 무례하지도 사적이지도 않았다. 안부를 묻는 인사말처럼 적절하게 예의를 갖추었다. 옆집 남자가 노골적으로 욕설을 퍼붓는다 해도 그녀의 모국어가 아니라 제대로 모욕감을 느낄 수 없을지도 몰랐다. 분노의 화살을 언제 그녀에게 돌릴지 알 수는 없지만 옆집 남자는 가로놓인 벽의 두께만큼 적당히 두렵고, 나누어진 공간만큼 어느 정도 무시할 수 있는 존재였다.

계산대 뒤에 앉은 그녀는 도시락 뚜껑을 반쯤 열었다. 점심 무렵 한 차례 손님들이 다녀가고 나면 잠깐의 짬을 이용해 식사를 해결했다. 샌드위치로 간단한 요기를 하다가 가급적 냄새가 순한 반찬을 밥과 함께 싸 오기 시작한 지 제법 오래되었다. 서점이란 좁은 공간에서 하루를 보내다 보면 밀가루 음식은 소화가 잘되지 않았다. 음식 냄새 때문에 도시락 뚜껑조차 활짝 열어놓고 먹을 수 없을지라도 어쩔 수가 없었다. 멸치조림과 함께 밥을 입에 넣는 동안 문에 달린 종이 울렸다. 플라스틱 도시락을 계산대 아래 서랍 깊숙이 밀어 넣고, 문 쪽으로 시선을 돌렸다. 한동안 보이지 않아 궁금해하던 장바구니 할아버지였다. 아직 입안에 남아 있는 밥알을 삼키기 위해 손으로 입을 가리고 눈웃음을 건네었다. 그녀는 그동안 쌓인 푸념을 듣기 위해 의자에 등을 기대었다. 그러나 장바구니 할아버지는 계산대가 붙어 있는 진열대 앞에 말없이 서 있었다. 문을 열자마자 떠벌리던 평상시 장바구니 할아버지의 모습과 달랐다. 세 평 남짓한 공간 안에서 장바구니 할아버지와 함께 나누는 어색한 침묵이 그녀를 불편하게 만들었다. 보조 의자에 올려놓은 왼발이 더욱 욱신거렸다.

그녀가 먼저 입을 열어야겠다고 생각할 때 장바구니 할아버지가 바짓단을 허벅지까지 걷어 올렸다. 종아리와 허벅지가 벌겋게 멍들어 있었다. 아들에게 맞았다. 장바구니 할아버지는 눈물을 흘렸다. 주름진 입술이 부르르 떨렸다. 그 입술 사이로 슬픔에 잠긴 목소리가 한숨처럼 흘러나왔다. 날 빨리 데려가 달라고 하느님께 매일매일 기도를 드렸다. 손등 위에 힘없이 불거져 나온 핏줄. 그 주먹으로 눈물을 훔칠 때마다 보조 의자에 올려놓은 그녀의 왼발은 더욱 욱신거렸다. 그녀의 심장은 연민으로 소용돌이쳤고, 자율신경이 약해진 왼발은 경련을 일으켰다. 서점에서 만난 사람들의 눈과 피부와 머리카락의 색깔은 각각 달라도 가난과 외로움에 흘리는 눈물의 빛깔은 같았다. 가족에게서 버려진 삶이 마음 붙일 곳을 찾기가 절망을 이겨내기보다 힘들었기에 그녀를 찾아왔으리라.

집안 망하게 하는 년! 성질이 괄괄한 큰고모가 그녀의 머리칼을 거머쥐었다. 택시를 몰다 교통사고를 크게 낸 아빠는 일자리를 잃었다. 가정형편이 어려워지자 큰딸인 그녀에게 원했던 건 취업과 동생들의 뒷바라지였다. 그러나 그녀가 학업을 고집하자 아빠는 세 자녀들의 학비를 막노동으로 감당해야 했다. 막내 여동생까지 대학에 입학한 뒤로 지친 아빠가 결국 쓰러졌다. 그 소식을 듣고 서울 사는 큰고모가 달려와 그녀를 몰아세웠다. 가족과 함께 슬퍼하던 그녀는 어느새 집안에 불행을 안겨다 주는 몹쓸 자식이 되었다. 당황한 그녀는 자신을 감싸줄 엄마를 찾았다. 붙들려 꼼짝할 수 없던 고개 너머 옆으로 흘린 눈에 엄마의 모습이 들어왔다. 엄마는 그리 멀지 않은 곳에 있었다. 그러나 그녀와 눈이 마주친 엄마는 고개를 숙였다. 한 손으로 이마를 싸안고, 다른 한 손으로는 방바닥을 짚고 앉아 나무 무늬 장판도 꽃무늬 벽지도 아닌 그 어디쯤을 골똘히 바라보았다. 머리칼을 거머쥔 큰

고모의 우악스런 손아귀보다 고개를 숙이던 엄마의 지친 눈빛이, 그녀의 마음에 칼자국을 깊이 새겼다.

해지고 어두운 크리켓 운동장에는 서너 명의 백인 소년들만이 눈에 띄었다. 서점 문을 닫고 집으로 돌아가는 겨울에는 크리켓 운동장을 가로지른 길이 더욱 을씨년스러웠다. 한구석에 모여 시시덕거리던 백인 소년들이 그녀를 향해 일제히 외쳤다. 니하오! 중국어 인사말이었다. 멀지 않은 곳에 중국인 거리가 있었고, 거리에는 중국인들이 넘쳤다. 그녀가 중국인이 아니라고 대꾸할 필요도 없었다. 검은 머리에 노란 피부. 그들에겐 중국인이든 일본인이든 한국인이든 다 같은 동양인이었다. 그녀가 영국인과 프랑스인 그리고 독일인을 제대로 구별할 수 없었던 것처럼 백인 소년들의 눈에 비친 그녀의 존재는 이주민일 뿐이었다. 그녀의 반응을 잠시 살핀 그들은 다시 시시덕거렸다. 그녀는 어깨를 펴고 다리를 쭉 뻗었다. 호기심 어린 시선을 거두지 않는 백인 소년들에게 당당한 뒷모습을 보여주고 싶었다. 마음과 달리 연신 뒤틀리는 왼발이 야속했다. 내일은 무리를 해서라도 개인병원에 가야겠다고 그녀는 입술을 깨물었다.

집 앞 플라타너스 앙상한 가지에는 낡은 티셔츠가 그대로 걸려 있었다. 'Kill', 티셔츠에 프린트된 얼굴 위에는 어느새 붉은색 스프레이가 뿌려져 있었다. 울타리에 나란히 매달려 장난거리를 찾던 아이들은 보이지 않았다. 쓰레기를 밟고 다니는 무기력한 어른들과 달리 카운슬 하우스 아이들은 짓궂은 장난거리를 틈틈이 노리고 있었다. 세

그루의 플라타너스를 지나자 옆집 여자의 모습이 창문에 어른거렸다. 두꺼운 커튼을 젖히고, 불을 환하게 밝힌 거실 창 너머로 그녀가 보였다. 손걸레를 들고 거실 선반의 장식물들을 닦고 있는 모습이 단란한 가정처럼 보였다. 텔레비전 앞 소파를 지키고 있어야 할 옆집 남자의 모습도 보이지 않았다. 모처럼 일을 나간 옆집 남자를 맞이하기 위해 옆집 여자는 맛깔스런 음식을 준비하고, 집 안 구석구석을 청소하는 거라고 혼자 어림짐작했다. 일자리를 구한 옆집 남자가 출근이라도 한 거라면 옆집 오븐 안에서는 큼직한 로스트비프가 구워지고 있을 터였다. 옆집 남자가 아이들과 놀아주는 기분 좋은 소리가 벌써 그녀의 방을 울리고 있는 듯했다.

옷을 갈아입으려는데 현관문 밖에서 인기척이 들렸다. 누구세요? 그녀는 현관문을 향해 소리를 질렀다. 아무 대꾸가 없었다. 문을 열었지만 밖에는 아무도 없었다. 그녀의 왼발은 문을 닫고 돌아서길 원했다. 그러나 그녀는 문을 닫지도 돌아서지도 않았다. 현관문을 장식한 계란 파편들이 아직 그 자리에 그대로 달라붙어 있었다. 실내화에서 운동화로 갈아 신고 현관문 앞 계단을 내려갔다. 울타리 너머로 밝은 갈색과 검은 머리들이 보였다. 위층에 사는 폴란드에서 온 키라와 뒤 동에 사는 자메이카에서 온 빅토리아 그리고 이란에서 온 샤가였다. 그녀는 담벼락에 기대어 아이들을 주시했다. 여러 차례 울타리 위로 고개를 내밀었다 숨었다를 반복하는 천진난만한 아이들의 얼굴에서 그녀는 눈을 떼지 않았다. 끈질긴 시선에 겁먹은 아이들이 울타리를 따라 건물 뒤로 도망간 후에도 그녀는 움직일 줄 몰랐다. 매서운 바람 한줄기가 왼발을 훑고 지나가 상처를 아리게 하자 그제야 자리를 떴다.

집으로 돌아온 그녀는 추위에도 아랑곳 않고 거실 창문을 활짝 열었다. 창문 너머로 몸을 내밀고 다시 아이들을 지켜보았다. 장난거리를 찾기 위해 다시 어두운 거리로 나서던 아이들은 창문 너머로 내밀어진 그녀의 얼굴을 보고 소스라쳤다. 이 무슨 어리석은 짓인가! 아이들의 비명에 정신을 차린 그녀는 창문을 닫으며 쓴웃음을 지었다. 그들은 그저 장난을 좋아하는 철부지 아이들에 불과했다. 그리고 그 아이들 역시 그녀와 같은 이주민이었다. 그런데도 마음 한구석에는 그녀의 행동들이 충분히 위협적이기를 바랐다. 부인하고 싶지만 그녀 안에 억눌려온 동양인으로서 갖는 열등감과 불안감이었다. 기껏 코흘리개들을 상대로 힘을 과시하고 싶어 하는 자신이 서글펐고, 조금은 부끄러웠다. 다음에 마주치면 서점에서 파는 카드와 사탕이라도 나누어주리라 마음먹었다.

양초 심지가 타올라 은은한 불길이 부엌 창문에 드리워졌다. 그녀는 어제 저녁 먹고 남은 된장찌개를 가스레인지 위에 올렸다. 울적한 날에는 얼큰한 김치찌개와 구수한 된장찌개가 더욱 먹고 싶었다. 냄새가 강한 찌개는 한 달에 한두 번 그것도 저녁에나 끓여 먹고 있었다. 그리고 그때마다 집 안과 외출복에 냄새가 배는 걸 막기 위해 조리대에 양초를 켜두는 것도 잊지 않았다. 된장찌개가 데워지길 기다리면서 소파에 두 발을 높이 올려놓았다. 한결 편안해지는 왼발을 느끼면서 지갑에 있는 돈과 개인병원 진료비를 저울질해보았다. 진료비에 검사비와 치료비가 더해진다면 그녀의 적은 수입으로는 감당할 수 없는 액수가 되었다. 퇴근길에 부은 발을 끌고 올드 처치 로드를 걸어올 때면 개인병원에 가야겠다고 굳게 결심을 하지만 집에서 한숨을 돌리고 나면 빠듯한 생활비에 미루게 되었다. 이번 주말까지만 더 버텨보자고 스스로를 달래고 있을 때 또다시 현관문에서 인기척이 들렸다. 이 시간 그녀를 찾아올 사람은 없었다. 또 아이들인가. 하지만 이번에는 그 소리가 달랐다. 가벼운 노크가 아닌 거센 주먹질이었다.

문을 향해 달려가야 할 그녀는 오히려 머뭇거렸다. 아침마다 때로는 밤에도 그녀의 방을 울리던 소리와 흡사했다. 문 열어, 문 열어! 그녀는 뒤뚱거리며 현관문에 다다랐지만 차마 문을 열 수는 없었다. 그녀와 현관문을 사이에 두고 서 있는 사람이 바로 옆집 남자라는 걸 알 수 있었다. 무슨 수작이야! 음침한 노란 낯짝으로 역겨운 악취를 풍기고. 올드 처치 로드에서 썩은 시체라도 파다가 밤마다 끓이는 거냐고! 현관문에 코를 바짝 들이댄 옆집 남자의 고함이 밤의 고요를 타고 카운슬 하우스에 울려 퍼졌다. 뒤이어 옆집 여자의 달래는 목소리가 낮게 들려왔다. 닥쳐! 아내에게 일갈한 옆집 남자는 다시 현관문을 향해 외쳤다. 너란 인종은 특별한 비위를 가졌는지 모르겠지만 난 구역질이 난다고! 옆집 남자가 경고의 의미로 벽을 세차게 걷어찬 후에야 현관문 밖의 광포는 다시 어둠 속에 잦아들었다.

그녀는 바닥에 주저앉았다. 잊을 만하면 한 번씩 현관문을 장식한 계란 파편과 가끔 저녁에 끓여 먹은 얼큰하고 구수한 찌개. 그 둘 사이의 고리를 이제야 가늠하다니. 서점으로 출근할 때마다 듬뿍 뿌린 향수, 뚜껑을 반만 열어놓고 먹던 도시락, 조리대에 켜놓은 양초. 그녀의 어설픈 눈가림조차 그들의 조롱거리였는지도 몰랐다. 당황하며 몸을 떨던 그녀는 발작적으로 기침을 했다. 매캐한 연기가 집 안을 채우고 있었다. 황급히 돌아보니 냄비가 조리대 위에서 타들어 가고 있었다. 그녀는 조리대를 향해 급히 달려갔다. 오븐 장갑을 끼고 냄비 뚜껑을 열자 검은 연기가 쏟아져 나왔다. 되직하게 끓인 된장찌개는 숯 덩어리가 되어 냄비 바닥에 까맣게 들러붙었다. 찬물을 붓기 위해 냄비를 옮기던 그녀는 그대로 바닥에 뒹굴었다. 급한 마음에 발의 상처도 잊고 함부로 내딛었던 탓이었다. 상처 부위를 칼로 난자당하는 것 같은 고통에 신음마저 심장에 삼켜버렸다.

얼음 조각을 담은 플라스틱 통에 왼발을 담갔다. 상처 부위가 차가운 얼음에 닿자 화끈거렸다. 그녀는 양손에 얼굴을 파묻었다. 왜 여기에 있는가, 누구와 더불어 살아가기 위해 여기에 있는가. 스스로를 향해 물었다. 그녀를 낳아준 대지에서도 이방인으로 살아왔다면 다른 하늘 아래에서 이방인으로 살아간다는 것과 무엇이 다른가. 변명 아닌 변명 또한 들려왔다. 몸을 눕히자 낡은 침대 매트가 출렁거렸다. 바람이 거리를 휩쓰는 소리, 플라타너스가 앙상한 가지를 비벼대는 소리, 천식을 앓는 옆집 여자의 기침 소리에 그녀는 잠 못 이루었다. 진통제를 먹어도 발의 통증은 가라앉지 않았다. 끓는 물이 담긴 팩을

양 옆구리에 끌어당기고, 머리맡에 두었던 카드를 펼쳤다.

노랗게 물들어가는 플라타너스 아래에서 한 무리의 찌르레기들을 바라보고 있을 때 옆집 아이들이 건네준 카드였다. 카드 안에는 금발의 옆집 세 아이들과 함께 검은 머리의 그녀가 크레파스로 그려져 있었다. 그녀는 앙증맞은 작은 새가 프린트된 그 카드를 잘 알고 있었다. 서점에서 사탕과 함께 옆집 여자에게 따로 챙겨준 카드였다. 막내를 안고 있던 옆집 여자는 봄이 되면 언제나 같은 무리가 돌아오는 건 아니라고 말해주었다. 각기 다른 곳에서 날아오지만 원래 한 무리였던 것처럼 어울린다고 했다. 그날 그녀는 방긋거리며 내미는 옆집 막내의 통통한 손을 감싸 쥐고 군무를 오래도록 바라보았다. 우두머리도 없이 수백 마리가 자유롭게 어울려 날았지만 신기하게 조금도 서로 부딪치지 않았다.

그녀는 카드 속 작은 새의 눈망울을 들여다보았다. 까만 눈망울은 함께 날아오를 무리를 기다리는 것만 같았다. 울컥 뜨거운 눈물이 그녀의 얼굴을 뒤덮었다. 눈 덮인 나뭇가지에 편안히 앉지도 못하고 조심스레 두 발을 디딘 작은 새가 그녀인 것만 같았다. 한 무리의 찌르레기들을 기다린 건 어쩌면 작은 새가 그 무리 속에 어울려 소리 높여 울어 젖히고, 마음껏 날아오르길 바랐기 때문인지도 몰랐다. 원래 한 무리였던 것처럼, 그녀는 옆집 여자가 한 말을 따라해 보았다. 가슴 깊은 곳으로부터 올라오는 나직한 소리가 그녀를 사로잡았다. 살고 싶었다. 그녀를 잠 못 이루게 하는 발의 통증으로부터, 그녀의 삶에 엉겨 붙은 칼자국으로부터 벗어나고 싶었다. 그녀의 육체와 영혼을 고통으로부터 벗어나게 해 정결하게 하고 싶었다. 그녀 스스로 뿌리 내린 삶의 터전에서 어울려 노래하고 싶었다. 그녀 안의 절망 그리고 때때로 삶을 포기하고 싶은 달콤한 유혹보다 살고자 하는 의지가 더 강하다는 사실을 깨닫자 닫혀 있던 가슴이 열렸다. 자욱한 새벽안개에 카운슬 하우스는 잠겨가고, 어둠 속에 또 다른 하루가 시작되었다.

스탈링, 그녀는 짙은 회색의 새 이름을 천천히 발음해보았다. 꺼져! 이 더러운 년아, 너의 나라로 꺼져! 돈도 집도 일자리도 몽땅 긁어가는 호색 년아, 나는 아침에 눈을 떠도 일하러 갈 곳조차 없어! 당장 너의 나라로 꺼져! 격해진 옆집 남자는 벽이 아닌 그녀의 현관문을 두들기고 있었다. 밤사이 추위에 굳은 몸을 침대 밖으로 일으킨 그녀는 제대로 내딛을 수 없는 왼발을 끌었다. 차분하게 커튼을 젖히고, 집 안의 불을 밝혔다. 옆집 남자는 끝내 문을 부수려는 듯 주먹질을 멈추지 않았다. 그녀는 싱크대에서 집에 단 하나 남은 과도를 찾아 들었다. 옆집 남자와 그녀를 가른 현관문이 무너진다면 스스로를 보호해야 했다. 현관문을 향해 치켜든 과도 끝이 불빛을 받아 반짝이며 그녀의 얼굴에 짧은 그림자를 드리웠다. 할아버지가 그녀의 얼굴에서 읽은 칼자국이란 결국 칼의 그림자에 불과할지도 몰랐다. 그녀는 온몸의 날을 세웠다. 더 이상 물러날 곳이 없었다.

벌려진 현관문 사이로 그녀가 모습을 나타내자 옆집 남자는 뒷걸음질을 쳤다. 한두 걸음에 불과했지만 옆집 남자의 표정에는 당황한 기색이 역력했다. 그녀가 겁 없이 현관문을 열어젖혀서는 아니었다. 그녀의 오른손에 들려 있던 과도 때문도 아니었다. 땀에 젖은 이마나 홉뜬 흔들리는 눈빛 그리고 더욱 샛노래진 그녀의 낯은 위협적인 묘한 분위기를 자아냈다. 옆집 남자가 그 분위기의 정체를 깨닫는 데 그리 오랜 시간이 걸리지 않았다는 걸 그녀는 느낄 수 있었다. 물리적인 세계에서는 이해할 수 없는 모공의 털을 곧추세우는 오싹한 느낌, 죽음을 담보한 자의 마지막 발악, 그건 바로 섬뜩함이었다. 옆집 남자는 그녀가 마치 마법의 주문이라도 외고 있는 것처럼 달싹이는 그녀의 입술에서 눈을 떼지 못했다. 어쩌면 그녀는 옆집 남자를 향해서가 아니라 한 인간의 운명에 대해 함부로 짓까부는 자들을 향해 소리 없이 울부짖고 있었는지도 몰랐다. 아니면, 웅크린 마음의 문을 좀 더 일찍 열어젖히지 못한 그녀 스스로를 향한 외침이었는지도. 맥없이 돌아서는 옆집 남자의 처진 어깨를 옆집 여자가 감싸 안았다. 정말 미안해요, 봄이 되면 찌르레기들이 돌아올 거라고 조그만 희망을 주었던 옆집 여자의 목소리는 잠겨 있었다.

집집마다 두꺼운 커튼이 젖혀지고, 호기심 어린 눈길들이 빛바랜 레이스 커튼 뒤에서 쏟아지고 있었다. 그들이 이 광경을 지켜보고 있다는 걸 그녀는 온몸으로 느꼈다. 가늘게 떨리는 그녀의 날갯짓이 한겨울 바람을 타고 카운슬 하우스의 차가운 공기 속으로 천천히 스며들었다.

매미 울음소리

초인종이 연거푸 울렸다. 나는 소파 쿠션으로 귀를 틀어막았다. 주르륵 땀이 흘렀다. 501호도 대단했다. 그 정도 했으면 돌아갈 줄 알았다. 집요하고 끈적거리는 걸로는 능히 목련아파트 금메달감이었다. 저러다 인터폰 고장 내는 건 아닌지 걱정도 됐지만 인기척을 내지 않았다. 501호는 포기하지 않고 현관문에 입을 바짝 들이대고 살살 달랬다.

"집에 있는 거 다 알아. 아니까 문 좀 열어봐. 얼굴 보고 이야기하자고."

어찌나 죽는 시늉을 하는지 내막 모르는 사람이 들었으면 애간장이 녹는다 했을 터였다.

"현석엄마가 이러면 내가 정말 서운하다."

501호의 능청에 결국 소파에서 일어났다. 동네 시끄러워서라도 어쩔 수 없었다. 가뜩이나 단지가 작은 데다 문이란 문은 모두 열어두고 지내는 여름이라 작은 소리도 멀리까지 퍼졌다. 아파트 단지 내 여자들이 소리를 죽이고 무슨 일인가 귀를 기울이고 있을지도 몰랐다. 현관문을 열어주고는 얼굴도 내다보지 않고 그대로 돌아와 소파에 누웠다. 501호는 요란하게 신발을 벗고 뒤따라 들어왔다. 벌겋게 상기된 얼굴에 머리카락까지 듬성해져 털 뽑힌 장닭 꼴이었다. 501호는 길게 누워 있는 내 모습을 보더니 혀부터 찼다.

"쯔쯔, 아예 관을 짜줄까. 그 속에 들어가 다리 쭉 뻗고 누워 있게. 사람이 그깟 일로 초주검이 돼가지고는."

나는 못 들은 척 눈을 질끈 감았다. 대꾸할 말이 없어서가 아니었다. 상대하기가 싫었다. 아랑곳없이 501호는 선풍기 앞에 엉덩이를 철퍼덕 깔고 앉았다. 너야 나를 상종하기 싫든 좋든, 무시하든 말든 그런 투였다. 돌아가는 선풍기 목을 따라 501호의 땀내가 훅 풍겨왔다.

"갑갑하게 굴지 말고 내 말대로 해보자니까. 직접 눈으로 확인해보면 뭐가 검은 돌이고 뭐가 흰 돌인지 답이 나올 거 아냐. 현석 아빠 말이 맞나, 새댁 말이 맞나."

이게 무슨 애들 수학 문제 푸는 거냐고 소리치고 싶은 걸 꾹 눌러 참았다. 분을 못 견딘 입술만 절로 실룩거렸다. 어쩌다가 저 여자 위층에 살게 됐는지, 어쩌다가 저 여자랑 안면을 트고 어울려 지냈는지 후회가 막심했다. 그러나 이미 때는 늦었다. 잘못되고 나서야 뉘우치는 게 후회였다. 발 넓고, 입심 좋고, 숨기는 구석 없이 시원시원하다는 건 형님 아우 할 때 이야기였다. 이번 일을 겪고 나니 501호 됨됨이가 제대로 보였다. 쓸데없이 오지랖이 넓어 무슨 일이고 참견 잘 하는 푼수에다가 입이 싼 주접이었다. 상황에 따라 약이 독이 되고, 독이 약이 될 수 있다는 걸 나이 마흔 넘어 제대로 배웠다고 하기에는 대가가 너무 쓰렸다. 눈을 감고 있어도 아파트 단지 내 여자들의 호기심 어린 눈초리와 수군덕질이 선명하게 떠올랐다. 망할 여편네. 그간에 쌓인 정만 아니었다면 그 얄팍한 입을 당장 일어나 때려주고 싶었다. 그러나 501호 탓만 할 수도 없었다. 사람 봐가며 말을 가릴 줄 몰랐던 내 잘못이 컸다. 앞집 새댁이 달라졌다고 먼저 하소연을 했던 사람은 바로 나였다.

언제부터인가 새댁의 태도가 예전 같지 않았다. 그렇다고 대놓고 토라지거나 외면하는 건 아니었다. 여전히 만나면 인사도 잘 하고 깍듯하게 굴었지만 뭔가 석연치가 않았다. 찜찜한 생각에 여러 날 동안 새댁의 행동을 곱씹어보았다. 하루가 멀다 하고 반찬 담은 접시를 들고 초인종을 누르거나 단지 내에서라도 마주치면 가던 길을 멈추고 신랑 흉 따위의 자잘한 일까지 새살거리던 새댁이었다. 그러던 새댁이 멀리서 날 발견하면 주춤하거나 오던 길로 되돌아갔다. 엘리베이터 앞에서 마주치면 묻는 말에 대답만 할 뿐 전처럼 살갑게 굴던 모습을 볼 수 없었다. 우연이겠지. 오해겠지. 맘이 편하질 않아서 그러겠지. 처음에는 단순하게 받아들였지만 몇 주가 지나고 보니 그건 아니었다. 슬슬 피한다는 표현이 딱 어울렸다.

새댁이 나한테 그럴 수가 있나. 속 시원히, 이건 이래서 잘못됐고 저건 저래서 서운하다, 이야기 못할 사이였던가. 다른 사이도 아니고 우리가. 섭섭하기도 섭섭했지만 정말 답답했던 건 새댁이 틀어진 이유를 도통 짐작할 수 없었다. 근래에 새댁하고 나누었던 말이나 행동을 곰곰이 되새겨보았지만 딱히 짚이는 구석이 없었다. 나이 차이로 치면 막냇동생뻘이라 붙들고 따지기도 우스웠다. 삼복더위에 비지땀을 흘리며 새댁이 좋아하는 오징어 초무침이랑 파전을 만들어 몇 번 날라다 주어도 배탈이 났다며 접시째 되돌려 보냈다. 주는 사람 입장만 무참할 뿐이었다. 혼자 속앓이를 하다 501호에게 털어놓았다. 아파트 입주 때부터 터 잡고 살아온 501호는 자타가 인정하는 목련아파트 소식통이었다.

어느새 선풍기를 통째로 껴안은 501호는 턱 끝을 치켜들었다.

"이 아파트에서야 내 말 한마디면 다 오케이지. 다른 사람도 아니고 내가 부탁하는데 수위 아저씨가 안 된다 하겠어."

너는, 이라고 튀어나오는 막말을 간신히 삼켰다.

"……진창을 만들어놓고 이제 나보고 뒷설거지까지 해라."

"미안해, 동상. 내가 미안하다고 그랬잖아. 나도 잘 해결해보려고 했는데 할 일 없는 여편네들이 괜한 입질을 해가지고……."

501호의 흐릿한 뒷말을 매미 울음소리가 덮었다. 시내 변두리의 오래된 아파트답게 조경수들이 제법 굵었고, 그 무성한 가지마다 매미들이 붙어서 우렁차게 울고 있었다.

폭염주의보를 동반한 불볕이 펄펄 끓는 대장간 화덕이라면 매미 울음소리는 그 열기를 부채질하는 풀무였다. 가뜩이나 열대야로 잠 못 이루는 아파트 주민들은 밤낮 없는 매미 울음소리에 짜증을 냈다. 살충제를 뿌리자는 주민들도 있었고, 매미가 발을 붙이지 못하게 조경수를 죄다 베어버리자는 황당한 의견도 있었다. 그러나 사람들의 푸념을 아는지 모르는지 징글징글 울어대던 건 매미들만이 아니었다. 단지 내 여자들은 삼삼오오 모이기만 하면 더위에 지치지도 않고 입방아를 찧었다. 여자들의 수군덕질이야 하루 이틀 일이 아니지만 입방아에 오른 대상이 바로 내 남편이란 게 문제라면 문제였다.

더 이상 변명할 말이 떠오르지 않자 501호는 왈칵 성을 냈다. 무릎을 세우는 폼이 베란다 너머로 쫓아나갈 기세였다.

"매미들이 지랄이 났나! 세상이 뒤숭숭하니까 매미들까지 발악이네."

으이그! 약이 오를 대로 오른 나는 손에 잡히는 대로 집어던졌다. 바닥에 내동댕이쳐진 유리 액자가 파편을 튀기며 여러 조각으로 갈라졌다. 501호는 소스라치며 일어났다. 그래도 입은 살아가지고 내빼면서도 잊지 않고 한마디 덧붙였다.

"그리고 아무리 미워도 옷 좀 다려 입혀 내보내라. 그 옷 꼴이 뭐냐. 현석 아빠야 선비 중에 선비인데 그게 말이나 되냐고. 현석 아빠가 어떤 사람인데."

그것도 위로랍시고. 병 주고 약 주고. 남편이 어떤 사람인지 알긴

뭘 안다고 끝까지 입을 놀리는지. 저 능구렁이 같은 혓바닥으로 새댁을 얼렀겠지. 떠벌리기 좋아하는 저 주둥이에 절대 들어가선 안 될 말까지 털어놓게 했겠지. 가는 사람 뒤통수 따갑게 현관문을 힘껏 닫아 걸었다.

501호가 혹 떼려고 왔다가 오히려 혼만 나고 간 뒤 휴지통에 유리 조각부터 주워 담았다. 유리 액자를 부수려던 건 아니었는데 아까워서 속이 쓰렸다. 제일 큰 유리 조각을 집어 드는데 유리 액자에 끼어져 있던 사진이 너덜너덜 매달려왔다. 현석이 초등학교 입학식 때 찍은 가족사진이었다. 현석이가 내년이면 고등학생이니 오래전 사진이었다. 사진을 들여다보니 현석이 볼살은 토실하고, 나나 남편도 풋풋해 보였다. 이 사진을 찍을 때는 하나밖에 없는 아들 입학식이라고 미장원에서 머리도 하고 코트도 새로 사 입었는데. 모처럼 젊고 예쁜 시절의 사진을 보고 있자니 입꼬리가 부드럽게 올라갔다. 그러나 그것도 잠깐. 마음이 상해버린 나는 사진을 찢어 휴지통에 버렸다. 사진 속에서 헤벌쭉 웃고 있는 남편을 보고 있자니 비위가 뒤틀렸다.

사십 줄에 들어서면서 부쩍 머리가 벗겨진 남편은 앞집 새댁을 보면 마누라 앞에서도 표정 관리를 못했다. 나긋나긋한 새댁의 목소리만 들려도 엉덩이를 들썩였고 하늘거리는 새댁의 치맛자락만 보아도 입이 벌어졌다. 새댁이 겉절이라도 보내온 날이면 눈꼴시게 굴었다. 무친 손이 야들야들하니까 배추까지 아삭아삭하네. 아줌마야, 나이 들어 뱃살만 늘리지 말고 음식 솜씨도 늘어봐라. 정 안 되면 젊은 새댁에게 좀 배우든지. 내가 노려보는 것도 모르고 시부렁댔다. 새댁을 막내 여동생처럼 예뻐했었기에 무시하고 넘겼지만 지나와서 떠올려 보니 말 한마디 한마디가 괘씸하기 이를 데 없었다. 더구나 내 눈을 피해 새댁의 하얀 목덜미와 가는 허리까지 슬쩍슬쩍 훔쳐보기까지 했다. 그러나 나는 속으로는 질투가 났어도 겉으로는 내색하지 않았다. 그때는 새댁과 관련된 모든 일이 너그럽게 보아졌고 살붙이처럼 마냥 다독여주고 싶었다. 사람의 인연이란 묘해, 나이로 보나 성격으로 보나 나와 어울릴 구석이라고는 조금도 없어 보이는 앞집 새댁에게 정이 갔다.

속눈썹이 까맣고 웃을 때 한쪽 뺨에 볼우물이 살짝 패는 새댁이 목련아파트로 이사 온 건 작년 봄이었다. 그날이 기억에 또렷한 건 목련꽃 때문이었다. 아침에 베란다 문을 열고 내다보니 단지 내 목련꽃이 밤사이 하얗게 피어 있었다. 흐드러진 하얀 꽃잎에 기분이 들뜬 나는 이불을 내다 털면서 혼잣말을 했다. 좋은 사람이 오려나 보다. 부담 없이 차 한잔 같이 마실 수 있는 사람이면 더할 나위 없겠다. 목을 길게 빼고 이삿짐 트럭에서 내리는 세간을 유심히 살펴보았다. 사다리차를 타고 602호로 올라간 깔끔한 세간처럼 말쑥한 새댁 내외는 이삿짐을 들여놓은 뒤 인사를 왔다. 새댁이 내민 접시에 팥 시루떡이 소복했다. 새댁의 마음씀씀이는 젊은 사람답지 않게 후덕했다. 위아래 집 정도가 아니라 같은 라인 삼십 집과 수위 아저씨와 청소부 아줌마에게까지 떡을 돌렸다. 떡을 받아든 사람들은 입이 마르게 새댁 칭찬을 했다. 역에서 멀고 한적한 동네라 이사도 뜸했지만 옛날과 달리 이사 떡까지 돌리는 집이 드물었다. 누구라도 칭찬하지 않을 수 없었다.

아직 솜털이 보송한 새댁은 나보다 십 년 이상은 어려 보였다. 그러나 막상 말문을 트고 보니 새댁의 나이는 의외로 많았다. 서른이나 되었을까 짐작했던 새댁의 나이는 삼십 대 중반이었다. 가랑가랑하고 아가씨처럼 늘 옷매무새가 단정하기도 했지만 새댁이 나이에 비해 훨씬 앳돼 보였던 이유는 따로 있었다. 결혼 칠 년 차인 새댁에겐 아직 아이가 없었다. 육아와 살림에 찌든 사람 입장에서는 신혼을 오래 즐기니 얼마나 좋을까 부러워할 수도 있었다. 그러나 정작 본인 속마음은 탔다. 만혼이 추세라 나이는 아직 젊다 해도 결혼 햇수가 주는 중압감이 컸다. 시댁의 성화에 새댁은 다니던 직장까지 그만두고 불임 클리닉을 다니고 있었다. 의학이 발달했다 해도 인공수정이 수월한 건 아니었다. 병원에 다니며 들이는 시간과 비용과 공도 컸지만 마음고생이 이만저만이 아니었다. 인공수정 결과가 음성으로 나온 날이면 새댁은 상심한 나머지 자리에 누웠다. 한동안은 우울증이 심해져 병원 치료까지 받았다. 옆에서 보기 정말 딱했다. 새댁이 의지 삼아 찾아오면 나는 달리 위로의 말이 떠오르지 않았다. 괜찮아, 괜찮아. 나는 그저 새댁의 등을 다독여주었다.

수위실에 가기 전, 501호에게 슬쩍 운을 떼었다. 남편을 못 믿는 건 아니지만 가릴 건 가려야겠다고. 501호가 바로 따라나서겠다는 걸 무슨 좋은 구경 났냐고 핀잔을 주었다. 좋은 구경이라는 말에 군침을 삼키던 501호는 내 시퍼런 서슬 앞에 달아오른 호기심을 누르느라 입맛을 다셨다. 어둠 속 501호의 찐득한 시선을 느끼며 나는 수위실로 내려갔다. 창문을 두드리자 졸고 있던 수위 아저씨는 몸을 벌떡 일으켰다. 선잠이 깬 수위 아저씨는 벽에 붙은 시계부터 보았다. 시곗바늘이 자정을 가리키고 있었다. 뜨악한 표정의 수위 아저씨는 창문으로 고개를 내밀었다. 목소리를 낮추고 재빨리 사정을 말했다.

"601호에요. 낮에 부탁드렸던."

"아, 601호."

영문 모르는 수위 아저씨까지 덩달아 목소리를 죽이고 있었다. 선반 위에는 낮에 수위실에 넣어준 플라스틱 통이 깨끗이 비워져 있었다. 얼음을 가득 띄운 냉커피는 효과가 있었다. 수위 아저씨는 묵직해 보이는 열쇠꾸러미를 들고 선뜻 앞장을 섰다. 나는 오가는 사람이 없나 주위를 살폈다. 열대야를 피해 산책을 나온 사람들과 마주칠 수 있었다. 몸을 낮추고 꽁지발로 뒤따라가 보니 수위 아저씨는 관리실 문을 열쇠로 따고 있었다. 관리실 문을 열자 닫힌 공간에서 뜨거운 열기가 쏟아져 나왔다. 멈칫거리던 수위 아저씨는 내키지 않는 걸음으로 들어가 형광등 스위치에 손을 뻗었다.

"아저씨, 저 잠깐만요."

나는 준비해 간 손전등을 켰다.

"한밤에 관리실 불이 켜져 있으면 이상하게들 여겨서."

수위 아저씨도 틀린 말은 아니다 싶었는지 뻗었던 손을 거두었다.

손전등 불빛에 의지해 책상 위에 있는 모니터를 켜고 디지털 녹화기 비밀번호를 입력했다. 내가 내려진 블라인드를 확인하는 동안 수위 아저씨는 녹화 파일 검색까지 해두었다.

"날짜가 맞나 모르겠네."

모니터에 뜬 파일의 녹화 날짜를 살펴보니 틀림없었다. 새댁이 결과를 보러 병원에 간다던 날이었다. 나는 만 원짜리 두 장을 얼른 쥐어드렸다. 경비 월급이 박해서인지 배춧잎 한두 장이면 성가신 부탁에도 군말이 없었다. 눈치 빠른 수위 아저씨가 자리를 비켜주자 녹화 파일을 클릭했다. 501호가 뾰족한 수라고 거들기 전부터 내 두 눈으로 직접 확인하고 싶었다. 덮어놓고 새댁 말만 믿을 수도 무턱대고 남편만 의심할 수도 없었다. 어쨌거나, 남편이었다.

엘리베이터 사건을 따지고 들었을 때 남편은 콧방귀를 뀌었다.

"할 일 없는 여편네들이 하는 짓거리란."

"웃어. 내가 남부끄러워서 밖엘 나가지 못하는데. 뒤에서 껴안기만 한 거야, 가슴까지 만진 거야?"

"사람을 뭐로 보는 거야!"

남편은 되레 버럭 화를 냈다.

"새댁이 없던 일을 있었다고 했겠어. 새댁이 미치지 않고서야 왜 없던 일을 있었다고 했겠냐고."

"내가 무슨 짓을 했다고 그래! 나이 먹으면서 강짜만 늘어가지고."

남편은 대꾸할 가치조차 없다는 듯 안방에 들어가 누웠다. 나는 안

방으로 따라 들어갔다.

"그래, 나 늙은 년이다. 그래서 새댁만 보면 좋아서 내 앞이고 현석이 앞이고 헤헤거렸어? 젊은 년이 좋아서 그 짓 했냐고."

과거에 쌓였던 감정들이 한꺼번에 되살아나 사정없이 남편의 옆구리를 꼬집고 할퀴었다.

"아악! 이게 왜 이래!"

손톱이 날카로웠는지 남편은 고통을 이기지 못하고 비명을 질렀다. 뜯겨진 살갗을 들여다보던 남편은 이해 안 된다는 표정을 지었다. 자신의 죄가 무엇인지도 모르겠다는. 내가 쉽게 물러서지 않으리라 여겼는지 남편은 얼굴을 손바닥에 묻었다. 손가락 사이로 신음이 비어져 나왔다.

"아휴, 비가 왔어. 비가 온 건 확실해. 회식 끝나고 내가 택시 타려는데 김 대리가 어디서 구했는지 우산을 갖다 주더라고……."

마지막 한 방울을 쥐어짜듯 남편은 얼굴을 심하게 일그러뜨렸다.

"엘리베이터에서 미끄러졌을 거야."

"그래서?"

"뭘 그래서야. 술 취했는데 어떻게 다 일일이 기억해!"

악에 받친 남편의 굵은 목소리가 쩌렁쩌렁 베란다를 넘어갔다.

"조용히 해! 동네 자랑이야!"

종주먹을 들이대긴 했어도 말도 안 되는 소리라며 펄쩍 뛰는 남편의 반응에 안도의 한숨이 흘러나왔다. 501호 말대로 선비 중의 선비는 아니어도 남편이 모난 사람은 아니었다. 술을 좋아하는 게 탈이라면 탈이었지만 그렇다고 술 먹고 문제를 일으키거나 사고를 친 적도 없었다. 문상을 구실로 불미스런 외박도 여러 번 했지만 여자 문제로 대놓고 속 썩인 적은 더군다나 없었다. 아무리 새댁에게 흑심이 있다 해도 다른 곳도 아니고 문 열고 나가면 바로 맞닥뜨리는 엘리베이터 안에서 그런 행동을 했다는 게 믿어지지 않았다.

빠르게 돌리던 모니터 화면을 정지시켰다. 화면 안으로 남편이 들어오고 있었다. 몇 올 되지도 않는 머리는 헝클어지고 걸음걸이부터가 갈지자였다. 모르는 남자였다면 나부터라도 겁을 집어먹었을 몰골이었다. 바지 꼴 봐라. 삼복에 다리미질이 얼마나 고역인데! 술자리를 전전하는 동안 구겨졌을 후줄근한 양복바지를 보자 손톱에 힘이 들어갔다. 치미는 욕지기를 누르고 다시 재생 버튼을 클릭하자 뒤이어 새댁이 화면 안으로 들어왔다. 새댁이 가볍게 목례를 하자 남편은 길게 내밀고 있던 우산부터 옆으로 비켜들었다. 얼굴은 불콰했지만 몸을 추스르는 걸 보니 취중이라도 정신은 있던 모양이었다. 새댁은 남편에게 더 이상 아는 체는 하지 않았다. 양쪽 팔을 엇갈려 팔뚝을 감싸 안은 새댁은 골똘하게 눈을 내리깔고 있었다. 집을 나설 때만 해도 간밤에 꾼 꿈이 좋았다며 벙글거렸었는데. 가족 없이 자라 정이 그리워선지 꼭 친언니처럼 느껴져요. 동생처럼 응석을 부리던 새댁이었다. 왜 하필 이런 일이 벌어졌는지 서로에게 못 할 짓이었다. 잘 해결해보려고 이야기를 나누면 나눌수록 서로의 감정만 상해갔다. 양심에 걸릴 것 전혀 없다는 남편의 당당함에 용기를 내어 새댁을 찾아 갔을 때도 마찬가지였다.

오해가 있으면 오해만 풀면 되겠지. 그러면 새댁도, 제가 지나치게 예민하게 굴었네요, 할 줄 알았다. 단지 내 소문이 왁자하게 퍼진 걸 나는 아직 모르고 있었다. 그러나 남편의 변명은 새댁에게 오히려 역효과를 일으켰다.

"제가 똑똑히 기억하거든요."

새댁은 얼굴을 붉히고 허리를 꼿꼿이 세웠다.

"아니, 그런 말이 아니라. 사람이 힘들 때는 별일 아닌 일도 좀 크게 보이고."

"저도 비가 왔던 건 기억해요. 제가 얼마나 똑똑히 기억하는지 들어 보시겠어요. 아시다시피 제가 그날 병원에 갔고요. 집으로 그냥 돌아오기에는 울적해서 친구하고 밥을 먹었어요. 밤늦게 집에 오는데 갑자기 비가 와서 편의점에 들어가 우산을 샀고요. 그러고 보니 우산 색깔도 기억나네요. 짙은 초록색이었을 거예요. 좀 더 밝은 색 우산을 사려는데 남은 게 없더라고요. 어쩔 수 없이 마지막 남은 짙은 초록색 우산을 사 들고 저 밑 버스 정류장에서부터 걸어오다가……."

새댁은 시선을 떨어뜨리고 고개를 외로 꼬았다. 눈물방울이 바닥으로 뚝뚝 떨어졌다.

"남편 얼굴 마주 보기 힘들 것 같아서 놀이터 벤치에 한참 앉아 있었어요. 엘리베이터 탔는데 아저씨가 먼저 타 계셨어요. 아저씨가 술 많이 취하셨더라고요. 그날 있었던 일은 다른 날보다 기억이 더 또렷한데 그걸 구분 못 하겠어요. 미끄러진 건지 의도적으로 그런 건지 여자들이 느낌으로 안다는 걸 앞집 언니도 잘 아시잖아요."

눈물범벅이 된 새댁이 울음 섞인 목소리로 앙칼지게 대들었다. 한동안 날 외면하던 이유를 조심스레 털어놓았을 때와는 너무 달랐다. 앞집 언니에게 어떻게 말을 꺼내야 하나 고민하던 새댁은 501호의 교묘한 유도 질문에 넘어갔다며 오히려 미안해했다. 그런데 그렇게 사근사근하던 새댁이 날을 세워 나에게 휘두르고 있었다. 피해자인 여자로서 자신을 방어하다 보면 그럴 수도 있겠다 싶었지만 한편으로는 괘씸했다. 우리 남편을 뭐로 보는 거야! 안으로부터 터져 나오는 고함을 꾹 눌러 참았다. 그때만 해도 새댁의 감정만 풀어진다면 예전의 관계로 돌아갈 수 있을 거란 순진한 생각을 품었다.

창문까지 닫아둔 관리실은 찜통이 따로 없었다. 부릅뜬 눈에 땀이 줄줄 흘러내렸다. 화질이 나빠 남편 말대로 엘리베이터 바닥에 빗물이 고여 있는지 화면을 뚫어져라 쳐다보아도 알 수 없었다. 엘리베이터가 운행되는 동안 화면 속의 새댁은 작동 버튼 바로 앞에 남편은 조금 떨어진 뒤쪽에 서 있었다. 엘리베이터가 멈추고 문이 열리는 동안 두 사람은 그 자리에서 움직이지 않았다. 화면은 정지된 양 흘러가고 있었다. 엘리베이터 문이 열리자 문 앞에 서 있던 새댁이 먼저 내리고 남편이 뒤따라 내렸다.

뭐람! 맥이 빠졌다. 엘리베이터에 단둘이 있던 짧은 시간 동안 아무

일도 벌어지지 않았다. 두 사람은 엘리베이터를 타고 내렸을 뿐이었다. 눈에 띄는 거라고는 남편이 엘리베이터에서 내릴 때 상체가 유독 앞으로 쏠렸다는 거였다. 그럼, 엘리베이터에서 내릴 때 미끄러진 건가. 그러나 그 이상은 화면이 비춰지지 않는 곳에서 벌어진 일이니 알 수가 없었다. 두 사람 중 누구의 말이 맞는지 객관적으로 확인할 방법조차 이제 없었다. 엘리베이터 문이 닫힌 다음에는 엘리베이터의 빈 공간만 화면에 나오고 있었다. 분명 엘리베이터에서 일이 벌어졌다고 했었는데. 화면을 다시 앞으로 돌리던 나는 정지 버튼을 클릭했다. 우산이 없었다. 새댁이 편의점에서 샀다던 짙은 초록색 우산이 보이지 않았다.

새댁을 핸드폰으로 불러내기 전에 한참을 망설였다. 이렇게까지 하고 싶지는 않았다. 가정을 가진 다 큰 성인들이었다. 내심 서로 불쾌하고 찜찜한 건 어쩔 수 없겠지만 가슴에 묻어두고 잊은 듯 살 수도 있었다. 그러나 더 이상 나와 새댁 단둘이서 이해하고 용서하고 덮어줄 수 있는 문제는 아니었다. 앞으로 계속 이 동네에서 살아가고, 살면서 현석이 결혼도 시켜야 한다면 그냥 넘어갈 수 없었다. 어떻게 소문이 돌고 돌면서 새끼를 치는 동안 나만 감쪽같이 모르고 있었는지 기가 찼다. 요만큼도 내색하지 않던 여자들이 모여서 신나게 짓씹었을 걸 생각하면 수치스럽고 만정이 떨어졌다. 슈퍼 주인도 내가 안타깝기도 했지만 같이 몰려다니던 여자들이 하는 짓거리가 괘씸해서 귀띔해주리라 마음먹었단다.

마침 슈퍼에는 슈퍼 주인과 나밖에 없었다.

"현석 엄마, 그 소문 사실이야?"

지갑을 열던 내 손이 멈칫했다.

"무슨 소문?"

"현석 아빠가……, 이걸 뭐라고 말해야 되나."

"현석 아빠가 뭘!"

나도 모르게 억양이 높아졌다.

"여자들이 쑥덕거리는데 현석 엄마가 모르는 것 같아서."

슈퍼 주인은 잠시 주춤했다.

"현석 아빠가 앞집 새댁…… 성폭행했다고 소문이 났더라고."

"뭐, 성폭행!"

두 눈이 튀어나올 것만 같았다. 슈퍼 주인은 아차 싶었는지 손으로 입을 가렸다. 재빠르게 눈알을 굴리면서 번복할 말을 찾았다.

"그러니까 술 먹고 뒤에서 껴안았다고."

"술 먹고 뒤에서 껴안으면 성폭행이야? 제대로나 알고 말해. 그리고 누가 그래? 누가 남의 집 가정 파탄 시키려고 생사람 잡는 소릴 하냐고. 누군지 말해. 그년 아가리를 찢어놓을 테니까!"

슈퍼 주인은 내 팔을 붙들었다. 내가 흥분하면 말해준 자기 입장만 곤란하다는 거였다. 진정시키는 슈퍼 주인을 힘껏 뿌리치고 나는 그 길로 501호로 달려갔다. 말이 새나갔다면 나 아니면 새댁, 새댁 아니면 501호밖에 없었다. 조심성 많은 새댁이 자기 입으로 떠벌리고 돌아다녔을 리는 절대 없었다. 501호의 유도 질문에 새댁이 넘어갔다는 소리를 듣고 나는 기겁을 했다. 익히 그 가벼운 입놀림을 알고 있던 나는 501호에게 당부에 당부를 거듭했다. 걱정 붙들어 매라며 온갖 염려까지 해주던 말간 혀에 뒤통수를 제대로 얻어맞은 셈이었다. 나는 신발을 신은 채 501호로 뛰어 들어갔다. 형님 아우 따위의 예의도 도리도 안중에 없었다. 501호와 한참을 뒤엉켰다 떨어지고 보니 손아귀에 한 뭉치의 머리카락이 뽑혀져 있었다.

활짝 열어둔 창문으로 시원한 바람이 들어왔다. 신발 끄는 소리도 울릴 만큼 사방이 고요한 가운데 매미들만이 가로등에 붙어서 울고 있었다. 새댁에게 전화를 걸고 나서 관리실의 창문을 모두 열어젖혔다. 새댁이 몸을 사리고 걸음을 돌릴까 형광등은 계속 꺼두었다. 어둠 속에 유난히 밝게 빛나는 정지 화면이 가늘게 떨리고 있었다. 나는 손전등을 새댁에게 비추었다.

"잘 봐봐."

관리실에 들어서면서부터 훌쩍거리던 새댁은 마지못해 고개를 들었다. 정지 화면 속의 새댁은 양쪽 팔을 엇갈려 팔뚝을 감싸 안고 골똘하게 눈을 내리깔고 있었다. 새댁의 핸드백은 너무 작았고, 새댁의 양손 어디에도 우산은 들려 있지 않았다. 나는 목소리를 한껏 높였다. 들을 사람 있으면 다 들을 수 있게.

"분명 기억한다고 했지. 그날 비가 온 거 기억한다고. 기억이 또렷하다고. 그런데 우산이 없잖아. 편의점에서 사 들고 왔다던 우산은 어디에 있어? 이때까지 새댁하고 쌓인 정을 생각해서 이런 말까지 하고 싶지 않았는데. 그날 새댁 정신없었던 거 아니야. 미끄러져서 좀 부딪힌 거하고 뒤에서 덮친 거하고 구분도 못할 만큼 경황 없었던 것 아니냐고. 우울증 때문에 정신병원 치료도 받고 약도 먹었잖아."

정신과 치료를 들먹이자 울먹이던 새댁의 어깨가 흠칫했다. 젖어 있던 새댁의 눈망울이 빠르게 말라가면서 가는 실핏줄이 섰다. 나는 먹잇감을 쫓는 맹수처럼 끝까지 몰아쳤다.

"새댁이 불임 때문에 힘들다는 건 알아. 이번엔 기대도 많이 했는데 또 글렀으니 속도 상했겠지. 그렇다고 멀쩡한 남의 집 가장을 치한으로 몰아서야 되겠어. 우울증이 심해지면 없던 일도 있었던 것처럼 착각한다며. 말이 좋아 우울증이지. 그게 바로 정신병이잖아. 어때, 내 말이 틀려!"

손전등이 비추고 있던 새댁의 얼굴이 묘하게 일그러졌다. 모든 원인을 불안정한 자신의 정신 상태 탓으로 돌리는 데 질렸는지 새댁의 벌어진 입술이 떨리고 있었다. 나이만 먹었지 아직 아가씨 태를 못 벗은 새댁이었다. 한줌 허리의 새댁이 두꺼워진 뱃살만큼 거칠 것 없는 중년 아줌마의 상대가 될 수 없었다. 새댁은 도망치듯 자리를 뜨기 위해 의자에서 일어섰다. 바닥에 의자가 나뒹구는 순간 새댁의 몸이 휘청거렸다. 언제 들어왔는지 501호가 관리실 한구석에서 이 모든 광경을 지켜보고 있었다. 가까스로 몸의 균형을 잡고 걸어가는 새댁의 뒷모습을 바라보면서 나는 아랫입술을 깨물었다. 입 안 가득 생피가 고였다. 비릿하고 구역질이 났다. 나라는 여자도 결국, 별 수 없는 인간이었다. 높아진 언성을 쫓아 관리실 앞에서 기웃거리고 있던 501호의 그림자를 나는 처음부터 알고 있었다.

몸은 무거운데 잠이 오질 않았다. 누가 보아도 내가 이긴 싸움이었다. 새댁이 말문이 막혀 쫓겨 가는 걸 501호도 똑똑히 보았다. 그러나 개운하지가 않았다. 욱하는 마음에 새댁을 정신병자로 몰았지만 새댁의 정신이 멀쩡하다는 건 누구보다 내가 더 잘 알고 있었다. 새댁 말대로 편의점에서 우산을 산 게 분명하다면 대체 우산은 어디로 사라진 것일까. 머리가 지근거렸다.

드르렁! 깜짝 놀라 돌아보니 잠에 곯아떨어진 남편이었다. 사지를 쭉 뻗고 코까지 고는 남편의 모습에 심기가 거슬렸다.

"마누라는 싸움질을 시켜놓고 편하게 잠이 오냐!"

자는 남편의 뒤통수를 향해 으름장을 놓아도 성에 차지 않았다. 남편의 엉덩이를 발로 찼다. 잠자리 밖으로 밀려나가면서도 남편은 세상없이 잠을 잤다. 무던하다 못해 둔한 남편이 어떻게 그런 구설수에 휘말렸는지. 기가 차 피식 웃음만 나왔다. 어쩜 눈치껏 약삭빠르지 못해 괜한 오해를 산 건지도 몰랐다.

그래, 오해다. 뙤약볕에 달구어진 아스팔트 위로 잠시 피어오르는 신기루다. 생애 마지막으로 울다 사그라질 매미들의 한여름 밤의 꿈일 뿐이다. 이십 년 가까이 살 섞고 살아온 정이 억울해서라도 그렇게 믿고 싶었고, 구겨진 체면이 분해서라도 그렇다고 믿어야 했다. 밑져야 본전이었다. 못 찾아도 그만이었다. 놀이터라도 둘러보고 와야 맘이 놓일 것 같았다. 잠자리에서 일어나 벗어놓은 옷가지를 끌어당겼다.

가로등 불빛에 어룽진 놀이터는 이른 새벽인데도 제법 밝았다. 새댁이 한참을 앉아 있었다던 벤치 주변부터 뒤졌다. 벤치 위로 드리운 무성한 나뭇가지는 소낙비를 피하기에 넉넉했다. 새댁이 우산을 접고 잠시 마음을 달래기에 놀이터 벤치는 충분히 고즈넉했다. 나는 눈에 띄는 부러진 나뭇가지를 주워들고 수풀 사이를 쑤셨다. 무성한 잔디 사이사이 숨어 있던 모기들이 살냄새를 맡고 몰려들었다. 맨살의 다리가 따끔거렸다. 그러나 나는 모기들이 살을 뜯도록 내버려두었다. 모기 따위를 신경 쓸 겨를이 없었다. 새댁이 정신을 추스르기 전에 우산을 찾아야 했다. 새댁 역시 혹시나 하는 마음으로 우산을 찾아 나올 수도 있었다. 관리실을 나갈 때 하얗게 질린 표정으로 봐선 충격이 쉽게 가시질 않겠지만.

급하게 수풀을 헤집다 앞으로 고꾸라졌다. 긴 작대기에 발부리가 걸렸다. 신음 소리도 내지 못하고 다리를 들여다보았다. 돌멩이에 짓찧은 정강이에서 피가 흐르고 있었다. 이쯤이야. 이를 악물었다. 손을 뻗어 발에 걸렸던 작대기부터 집어 들었다. 짙은 초록색 우산이었다. 이리저리 돌려보니 우산살 하나 부러진 것 없이 말짱했다. 새댁이 놀이터 벤치에 앉아 있다가 흘린 우산이 틀림없었다. 수풀에 가려 그동안 보이지 않았던 모양이었다. 안도의 한숨이 흘러나왔다. 다행이다.

먼저 찾아냈으니 천만다행이다.

우산 숨길 곳을 찾아 서성이는 동안 동쪽 하늘에서 붉은 기운이 번져 올라오고 있었다. 해의 기운을 느낀 매미들이 일제히 큰 소리로 울었다. 나는 양손을 들어 귀를 틀어막았다. 단지 내 모든 매미들이 일제히 나를 지목해 울어대는 것만 같았다.

"그 입 닥치지 못해!"

매미들을 향해 정강이를 짓찧었던 돌멩이를 힘껏 던졌다. 그러나 나뭇가지에 미치지도 못한 돌멩이는 나무 밑둥치에 툭 떨어졌다. 맥이 빠진 나는 잔디 위에 퍼질러 앉아 어린애처럼 훌쩍거렸다. 그악스런 매미 울음소리를 돌멩이 따위로 막을 수는 없었다.

날이 밝기 무섭게 새댁과 내가 결판을 냈다는 소문이 아파트 단지 내에 파다하게 퍼졌다. 우울증이 무섭긴 무섭구나. 새댁에게 쏟아졌던 동정의 눈길들이 꺼림칙한 경계의 시선으로 변했다. 새로운 입질거리가 생긴 501호는 단지 내 사람들을 붙들고 신이 나서 떠벌렸다. 새댁 속눈썹이 까만 게 음기가 강해 보였다는 둥 한쪽 볼우물이 있는 여자들이 원래 색을 밝힌다는 둥 너무 색을 밝혀 애가 들어서지 않는 건 아닌지 모르겠다는 둥 듣기에도 민망한 소리들을 지껄이고 다녔다. 내가 있는 자리면 부러 더욱 큰 소리로 새댁을 음해했다.

"원래 요래 눈을 내리깔고 다니는 여자들이 뒤로 사람 잡는다니까."

그러다 나와 눈이 마주치면 눈을 찡긋했다. 그렇지. 내 말이 맞지. 내가 이렇게 떠들어주니까 속 시원하지! 동의를 구하는 눈짓이었다.

나는 그따위 근거도 없는 헛소리 집어치우라고 화를 내는 대신 가만히 듣고만 있었다. 기세가 오른 501호는 나의 환심을 되사려고 새댁을 더욱 깎아내렸다. 새댁이 허술하고 음탕한 여자가 되면 될수록 남편은 무고하고 결백한 사람이 되었다. 마음이 편한 건 아니었다. 602호 현관문이나 엘리베이터 여닫히는 소리에도 신경이 곤두섰다. 그나마 새댁이 숨기고 싶어 하던 천애고아로 자랐다는 비밀만은 끝까지 지켜주지 않았나 생각하면 위안이 되었다. 다만 더위가 물러가고 매미 울음소리가 잦아지길 기다릴 뿐이었다. 단지 내 상가 부동산 유리창에 602호 전세 매물 광고가 나붙었다.

하얀 목련꽃의 환영을 받으며 사다리차를 타고 602호로 올라갔던 세간이 이삿짐 트럭으로 차곡차곡 되들어가고 있었다. 새댁은 보이지 않고 새댁의 신랑 혼자 인부 서넛이 이삿짐 꾸리는 걸 거들고 있었다. 추분도 지나 매미들은 땅속으로 숨어들고, 추적추적 내리는 빗줄기는 제법 차가웠다. 새댁의 신랑은 가는 비 정도는 무시하고 싶은지 굳이 우산을 쓰지 않았다. 좁은 코에 걸친 뿔테 안경에 빗방울이 맺혔다. 이삿짐 트럭이 출발하자 새댁의 신랑은 뿔테 안경을 쓰윽 추켜올리고는 하얀색 승용차에 올라탔다. 젖은 아스팔트를 천천히 달려 아파트 단지 밖으로 사라지는 하얀색 승용차의 뒷모습을 베란다에 숨어서 지켜보았다. 모퉁이를 돌며 뒷바퀴마저 시야에서 사라지자 가슴 한가운데가 뻥 뚫렸다. 정강이의 상처도 아물어가고, 새댁과의 씁쓸한 인연도 끝이 났다. 힘겨운 한숨을 내쉬며 거실로 들어서려는데 뒷덜미가 서늘했다. 돌아보니 열려진 베란다 창고 문 사이로 우산이 비죽 나와 있었다. 짙은 초록색 우산이었다. 등줄기에 식은땀이 흘렀다. 누가 볼까 얼른 짙은 초록색 우산을 욱여넣고, 베란다 창고 문을 굳게 걸어 닫았다. 괜찮아, 괜찮아. 새댁에게 했던 말을 어느새 나 자신에게 하고 있었다.

M, 결국 당신

리는 사라진 M으로부터 이메일을 받았다. 잠적한 지 보름 만이었다. 열어본 이메일에는 의례적인 인사말이나 흔한 변명조차 없었다. 첨부파일에 약속된 원고만이 있었다. 점점 더 오리무중이었다. 마감일도 훨씬 지나 뒤늦게 M을 찾고 있던 리는 놀림을 받는 기분이었다. M의 휴대폰은 꺼져 있었고, M의 오피스텔에는 주인 없는 우편물만 쌓여 있었다. 리는 염려 반 짜증 반인 심정으로 M의 지인들에게 연락을 돌리면서 궁금하기 짝이 없었다. 왜 그는 사라져버린 걸까? 답은 M의 소설에 있을지 몰랐다. 먼저 첨부파일을 클릭해 M의 소설 제목부터 훑어보았다.

마우스를 쥔 리의 손에 힘이 들어갔다. 소설 제목이 갖는 의미가 리와 M, 둘 사이에 그리고 무엇보다 리 자신에게 너무 컸다. 한 장의 사진처럼. 리는 가벼운 두통을 느끼며 책상 위 메모보드를 향해 몸을 돌렸다. 메모보드에는 몇 주 전 편집부에 배송된 익명의 엽서 한 장이 붙어 있었다. 수신자는 편집부인데 엽서 안에 담긴 편지글은 어느 개인에게 보내려 한 사적인 내용이었다. 더군다나 주소가 적힌 겉봉투와 엽서 안 편지글 글씨체까지 서로 달랐다. 옆의 직원이 버리려던 걸 겉면에 인쇄된 사진 때문에 간직하고 있던 엽서였다. 리의 눈길이 자연스럽게 원고에서 익명의 엽서로 옮겨갔다.

땅바닥에 지쳐 엎드린 앙상한 뼈만 남은 조그만 흑인 소녀. 그 뒤에서 소녀의 죽음을 기다리며 먹이를 노리는 독수리. 잔인하고 충격적인 상황이건만 날개를 접고 땅에 두 발을 디딘 독수리에게서 흥분되거나 조급한 모습은 전혀 찾아볼 수 없다. 반복되는 일상을 기다리는 독수리의 여유와 무심함이 오히려 보는 이로 하여금 섬뜩함을 자아내는 케빈 카터의 〈수단의 굶주린 소녀〉, 전 세계에 엄청난 반향을 일으켰던 사진이었다.

엽서에 새겨진 문구를 살펴보니 삼 년 전 예술의 전당 한가람 디자인 미술관에서 열린 퓰리처상 사진전 기념엽서였다. 리는 모니터에서 원고의 제목을 다시 읽어보았다. M의 소설 제목 역시 「수단의 굶주린 소녀」였다. 소설 제목 위로 진지한 M의 얼굴이 겹쳐져 떠올랐다. 격앙된 나머지 리의 멱살을 움켜잡았던 M이 그냥이라든가, 재미로 소설 제목을 정했을 리는 없었다.

리는 엽서 겉면에 인쇄된 사진에 또다시 눈길을 주었다. 한때 시사지 기자로 보도사진을 찍었던 리는 자신도 모르게 양손을 말아 쥐었다. 손바닥에 느껴지던 카메라의 매끄러운 감촉과 적당한 중량감이 불현듯 그리워졌다. 불길과 함께 치솟던 검은 연기, 창문마다 둘러쳐진 쇠창살에 매달리던 갈색 손과 단말마의 비명, 걷잡을 수 없이 쏟아져 나오는 기억의 편린들에 쓴 침을 집어삼켰다.

비난하는 사람은 아무도 없었다.

리는 머리를 흔들며 애써 정신을 집중했다. 그리고 신문에서 사진을 맨 처음 접했을 때처럼 엽서를 찬찬히 들여다보았다. 어느 누구의 말과 단어와 문장이 아프리카의 참상을 이처럼 극적으로 보여줄 수 있을까. 사진의 위력을 새삼 느끼면서 리는 최근에 M과 밤늦게까지 설전을 벌였던 기억을 떠올렸다.

삼십 대 중반 동갑내기인 M은 리가 일하고 있는 출판사의 문예지를 통해 등단했던 계기로 오래전부터 리와 안면이 있었다. 평소 말수가 적은 M이었지만 술자리에서는 자신의 소설과 문학관에 대해서 허심탄회하게 털어놓고 때로는 격론도 마다하지 않았다. 이 년 전 첫 작품집, 『폐허 산책』과 작년에 발표된 중편, 「알리사, 좁은 문으로 들어가다」에서 보여준 독특하고 매력적인 세계로 주목받는 신인작가였다. 리와 M은 어느 중견작가의 출판기념회 뒤풀이에서 우연히 케빈카터에 관한 이야기를 나누었고, 서로의 의견이 팽팽히 맞섰다.

케빈 카터가 이 사진으로 퓰리처상을 수상한 때가 1994년이다. 전혀 새로울 것 없는 해묵은 논란거리에 불과한데도 M은 술잔에 침까지 튀겨가며 자신의 의견을 피력했다. 리는 한물간 논쟁에 열을 내고 싶지는 않았지만 술기운을 빌려 목에 핏대를 세우며 떠들다 M에게 멱살을 잡혔다. 그 와중에 테이블 위의 술병들이 바닥에 떨어져 깨졌고, 유리 파편에 찔린 동료 작가의 비명 소리에 둘의 싸움은 중단되었다.

싸움의 발단은 케빈 카터의 행위와 그의 사진 중 진실은 과연 어디에 있는가였다. 그렇다고 케빈 카터의 행위와 사진 중 어느 한쪽을 전적으로 부정한다는 의미는 아니었다. 비중을 어디에 두는가의 문제였다. 리는 케빈 카터의 행위에 진실이 있다고 했다. M은 그의 사진에 진실이 있다고 했다. 리는 케빈 카터가 소녀를 구하기 전 좀 더 극적인 사진을 얻기 위해 지체했던 이십여 분 시간 동안의 그의 행동에 대해 물고 늘어졌다. M은 소녀를 구한 사람도 결국 케빈 카터이며 그 사실보다 더욱 더 중요한 건 그의 사진이 곧 그의 행동의 결과물이라며 반박했다. 사진을 찍는 행위 그 자체가 사진작가로서 케빈 카터의 양심이라는 거였다. 멱살을 잡힌 리는 잠시 말문이 막혔다. 그날 이후 리 또한 스스로에게 변명처럼 되뇌었기에. 사진을 찍는 행위 그 자체가 사진작가로서의 양심이라고.

리는 케빈 카터의 사진, 〈수단의 굶주린 소녀〉와 M의 소설이 과연 어떤 연관성을 지니고 있는지 호기심이 일었다. 사직했던 시사지로부터 복귀 제안을 받고 고심하던 중이었다. 사표는 이미 출판사에 제

출되었다. 그러나 사표 수리를 원치 않는 편집국장은 결재를 미루고 최종 결정을 리에게 맡겨두고 있었다. 시간이 흘러도 떨쳐지지 않는 과거의 악몽과 자책으로 결정을 미루고 있던 리는 M의 소설이 몹시 궁금해졌다. 리는 궁금증을 해결하기 위해 재빨리 M의 원고를 읽어 내려갔다.

●

마법 주머니와 자신의 그림자를 맞바꾼 페터 슐레밀이란 사내가 내내 떠올랐다. 그녀의 여동생에게서 연락이 온 후부터였다.

포스터에는 티아라를 쓴 초록색 인어가 상냥하게 웃고 있었다. 새로 개점한 스타벅스 그 어디에도 일 년 전 그녀를 만났던 보라색 줄 커튼이 둘러쳐진 어둑한 카페의 흔적이 남아 있지 않았다.

"첫 만남인데 낯설지 않군요."

여동생의 모습에서 그녀의 눈, 코, 입을 되살릴 수 있었다. 전체적인 분위기나 옷차림은 크게 달랐는데도 단박에 자매라는 느낌을 주었다. 어쩌면 오렌지색으로 물들인 머리카락 때문인지도 몰랐다.

"언니랑 많이 닮았죠? 어려서부터 누가 가르쳐주지 않아도 자매인 줄 알겠단 소릴 곧잘 들었거든요. 쌤도 언니한테 듣던 대로 청바지에 야구 모자까지 그대로네요."

여동생은 입으로는 대꾸를 하면서 열 손가락으로는 컬이 많이 들어간 머리카락을 부지런히 매만지고 있었다. 오렌지색으로 물들인 머리카락은 손가락을 들썩일 때마다 솜사탕처럼 부풀어 올랐다. 여동생의 쉬지 않고 달싹거리는 입술과 솜사탕처럼 부풀어 오르는 머리카락을 오가며 시선을 두다 보니 이 자리에 나온 내 자신이 한심하게 느껴졌다. 기분 전환 삼아 북한산이라도 다녀오는 것이 차라리 나았을 텐데. 난 자연히 그녀의 몸짓과 손짓을 떠올려보았다. 별다른 기억이 떠오르지 않는 걸 보면 그녀의 몸짓과 손짓엔 유별난 구석은 없었던 것 같다. 긴장할 때 손톱을 물어뜯는 습관을 빼면 여러모로 눈에 띄지 않는 그녀였다. 반면 여동생은 부산스럽고 생기가 넘쳐 보였다. 더구나 눈치도 빨랐다.

"새로 온 미용사가 다 망쳐놨어요. 이 머리는 이렇게 볼륨을 살려야 스타일이 사는데 거울 볼 때마다 짜증나 미치겠어요."

내가 하품을 삼키자 여동생은 빠르게 내뱉던 말을 멈추고 검지로 입술을 가볍게 두드렸다.

"작가님 앞에서 말이 좀 심했네요."

여동생의 애교스런 눈웃음을 대하고 나자 생각이 조금 바뀌었다. 이 자리에 잘못 나온 것만은 아닐지도 모른다는.

"쌤은 머리가 굉장히 좋은가 봐요. 소설을 읽다 보면 작가들은 어떻게 이런 이야기를 다 지어냈을까 하는 생각이 들거든요."

나는 겸손하게 입을 다물고 숫저운 미소를 지었다. 사석에서 만난 일반 독자들이 던지는 형식적인 인사말에 대한 나름의 대응이었다.

"언니처럼 여동생도 문학에 관심이 많으시군요."

“그건 절대 아니에요. 사실 작가들한테는 미안하지만 대부분의 소설은 인내심을 요구하더라고요. 지루하거나 하찮거나. 첫 페이지부터 마지막 페이지까지 단숨에 읽어낸 책은 아마 쌤 책이 유일할 거예요.”

여동생의 답변에 나는 다시 겸손한 미소로 대꾸했다. 언니에 이어 여동생까지 내 소설의 애독자로 자처하고 나서는데 기분이 나쁠 리는 없었다. 여동생의 과찬이 듣기 좋은 말로만 들리지 않을 정도로 첫 작품집, 『폐허 산책』은 문단과 독자들로부터 꽤 호평을 받았다. 두 번째 작품집에 정신을 뺏기다 보니 근래의 일들조차 아득하게 떠오르지만 겨우 이 년 전이었다.

흡인력 있는 문장의 첫 작품집은 제법 적지 않은 수의 젊은 독자층에게 관심을 불러일으켰다. 지명도가 낮은 신인작가였지만 권위 있는 문예지에서 선정하는 ‘주목해야 할 젊은 작가’에 이름을 올렸다. 비평가들의 평은 반반으로 나뉘었다. 젊은 비평가들은 대체적으로 긍정적이었지만 중견 비평가들은 감성 자극 일변도의 작가적 성숙이 결여된 작품이라며 난색을 표했다. 심지어 한 원로 비평가는 문예지에서 이렇게 평을 했다.

> 기성세대가 이해할 수 없는 젊은 세대만의 세계를 흡인력 있는 필체로 그려낸 것은 칭찬할 만하다 하겠습니다. 블랙홀과 같은 죽음과 죽음을 상징하는 어둠을 향해 걸어가는 주인공들. 그들의 고립과 절망의 근거가 오로지 나약한 허무의식에 뿌리를 두고 있네요. 문체 미학은

있되 책임감 있는 작가적 사회의식과 진지한 성찰은 엿볼 수 없군요. 소설 쓰고 자빠졌네, 이런 염려 어린 질책을 모면할 순 없겠지요.

표제작 「폐허 산책」에 대한 비평이었다. 첫 작품집에는 여러 다른 색깔과 주제의 단편소설들이 실렸는데 유독 평론가들은 표제작 「폐허 산책」에 주목하였다. 그 후, 소설 쓰고 자빠졌네, 이 한마디는 동료 작가들과의 술자리에서 즐겨 농담으로 써먹었다. 작가가 소설 쓰고 자빠져 있어야지, 소설 안 쓰고 자빠져 있으면 되냐고. 그땐 그깟 혹평쯤이야 했다. 출발부터 새로운 소설의 지평을 열고야 말겠다는 거창한 포부와 신인다운 패기가 있었다. 비평가들이야 뭐라 하든 나는 나만의 작품으로 승부하겠다는 각오가 단단했다. 하지만 시간이 흐르고 두 번째 작품집을 준비하면서 중압감에 시달렸다. 첫 작품집보다는 문학적으로 한층 성숙하고 진일보해야 한다는 스스로의 강압에 시달리고 있었다. 왠지, 소설 쓰고 자빠졌다, 라는 말은 더 이상 듣고 싶지 않았다. 나는 전환점이 필요했다.

바리스타가 소리 높여 음료가 나왔다고 알렸고, 내 앞에는 진한 아메리카노가 여동생 앞에는 생크림을 듬뿍 얹은 카라멜 마키아또가 놓였다. 여동생은 새끼손가락 끝으로 생크림을 살짝 떠내 혀로 핥았다. 손톱에 발라진 붉은색 매니큐어가 도발적이었다. 이십 대 중반쯤 됐을까. 짙고 세련된 화장은 여동생의 나이를 가늠하기 힘들게 했다. 내 눈은 매력을 뿜어내는 여동생의 몸을 훑었다. 가슴골이 드러난 빈티지 티셔츠와 엉덩이를 살짝 가린 미니스커트, 그 아래 길게 뻗은 다리를 감싼 망사 스타킹과 가는 굽의 은회색 하이힐. 오후의 햇살이 파고드는 창가에서 나는 재킷을 벗었다. 날씨가 많이 풀려서인지 후덥지근했다.

여동생은 테이블 위로 상체를 내밀면서 친밀한 사이처럼 속삭였다.

"쌤이 만나서 처음으로 한 말이 「폐허 산책」 첫 문장과 같았다는 거 아세요?"

「폐허 산책」 첫 문장을 떠올려보았다. 내가 쓴 소설이지만 갑작스런 질문에 당황해서인지 떠올릴 수 없었다.

"어머, 기억 못 하나 보다. 난 기억하는데."

여동생은 재미있어했다. 대중가수가 자신의 데뷔곡 가사를 잊어버린 것처럼 뜻밖으로 여겨졌던 모양이었다.

"그녀가 그다지 낯설지 않다는 것을 알 수 있었습니다."

날 만나러 오는 길에 따로 읽고 온 모양인지 여동생은 정확하게 첫 문장을 외고 있었다. 여동생의 얼굴이 칭찬을 기대하며 발그레해졌다. 난 여동생의 성의에 부응해서 감사의 말을 대충 해주었다. 그러나 내심으로는 가벼운 경계심이 일었다. 무엇이든 지나치면 상대방은 질리게 마련이다. 보라색 줄 커튼이 둘러쳐진 어둑한 카페에서 그녀가 내게 내민 손때 묻은 내 첫 소설집, 『폐허 산책』이 그랬다.

첫 작품집 출간 이후 글과 어깨에 힘이 들어가 한 문장 한 문장에 진땀을 흘리던 여름날이었다. 그녀가 내 핸드폰에 메시지를 남겼다.

'저 기억나세요? 너무 오랜만이라 놀라셨겠네요. 바쁘지 않으시면 연락 주세요.'

용케도 그녀는 내 연락처를 기억하고 있었다. 계절이 몇 번 바뀌었고, 정확히 말하면 난 그녀를 잘 몰랐다. 그녀의 요청에 응대해야 할 명백한 이유는 없었다. 그러나 선뜻 그녀의 메시지를 무시할 수 없었다. 그녀에 대한 나만의 호기심과 양심 비슷한 게 가슴에 걸렸다.

그녀에 대한 호기심은 꽃샘추위에 새순까지 얼어붙던 봄날로부터 시작되었다.

"사람은 책을 읽어야 해요! 책을 읽어야 똑똑해진다고 엄마가 그랬다고요!"

열람실의 침묵을 깨는 새된 목소리에 고개를 들어보니 눈에 익은 아이였다. 가끔 혼자서 도서관을 돌아다니는 인근 동네 아이였다. 아이의 동그랗게 가운데로 쏠린 눈동자가 나이에 비해 낮은 정신연령을 말해주었다. 바닥에는 빨간 소화기가 뒹굴고 있었다. 소화기를 넘어뜨린 둔중한 쇳소리에 사람들의 시선이 집중되자 당황해서 소리를 질렀던 모양이다. 열람실 안에 있던 사람들은 쇳소리의 진원지를 확인하고는 읽고 있던 책에 머리를 도로 박았다. 집중된 이목에 얼굴이 벌겋게 상기된 아이에 대한 배려였다. 담당 사서들도 아이의 흥분이 가라앉기를 기다리는지 바닥에 뒹굴고 있는 소화기로 달려가고 싶은 욕구를 잠시 억누르고 있었다.

열람실 가장 안쪽 자리에 앉아 있던 나는 아이에게 부담을 주지 않으면서도 아이와 다른 사람들의 반응을 찬찬히 살필 수 있었다. 내 머리는 책을 향해 약간 기울어져 있었으나 시선과 청각과 온몸의 감각은 긴장이 감도는 열람실 안의 광경을 촉수를 내밀어 살피고 있었다. 좀처럼 수그러들 줄 모르는 내 안의 촉수를 만족시키되 무례하지 않기 위한 최선이었다. 이렇게 최선을 다했음에도 상대편에게 무례하게 비춰지거나 혹은 스스로에게 그렇게 느껴진다면, 나 스스로를 위해 그럴듯한 변명을 했을 터였다. 난 작가야. 작가적 호기심이 불러일으킨 치밀한 탐색이야말로 좋은 글의 원천이지. 작품을 위해서라면 때로는 오연하게 굴 필요도 있다고. 자기변호랍시고 치기만만해 있는 동안 열람실 안의 분위기는 빠르게 평정을 되찾았다.

아이는 이미 잡지 진열 선반에서 화보가 예쁜 잡지들을 뒤적이고 있었다. 그러나 나는 여전히 관찰자 겸 감상자의 태도를 고수했다. 내가 진정으로 호기심의 촉수를 내밀고 탐색하고 있던 건 소화기 바로 옆에 앉아 있는 그녀였다. 빨간 소화기는 아직도 바닥에 나뒹굴고 있었다. 내가 지켜본 그녀의 표정과 몸짓에서는 난데없는 소란에 놀라거나, 당황하는 아이를 가여워하거나, 평화로운 독서가 방해된 걸 성가셔하는 기색을 조금도 찾아볼 수 없었다. 그녀는 여느 날처럼 손톱을 씹으며 대중소설의 책장을 넘기고 있었다. 이십 대 중후반의 나이로 보이는 화장기 없는 얼굴, 몇 달 동안 미용실 근처에도 가지 않았음에 틀림없는 질끈 묶은 생머리, 뭉툭한 손톱, 나이답지 않게 둔중한 몸놀림, 밝고 화사한 원색은 눈 씻고도 찾아볼 수 없는 무채색의 옷차림. 난 언젠가부터 그녀를 '무채색의 그녀'라고 명명하였다.

연락을 받고 계절이 몇 번 바뀐 뒤에 만난 무채색의 그녀는 달라 보였다. 보라색 줄 커튼이 둘러쳐진 어두운 카페였다. 머리카락은 과감하게 오렌지색으로 물들였고, 얼굴도 확실히 날카로워졌다.

"잘 모르겠지만 달라지셨네요."

여자의 변화에 대해 둔한 내가 먼저 인사를 했다. 그녀는 머뭇거리다가 화제를 돌렸다.

"서점에 소설책 나온 거 봤어요, 첫 작품집. 그래서 뵙고 싶다고 한 거예요."

어떤 일에도 쉽게 흥미를 느끼지 못하는 그녀가 내 첫 작품집이 출판된 걸 알고 있었다니 거대한 바위를 흔든 느낌이었다. 그러면서 그녀가 날 만나고 싶어 한 이유와 내가 내심 켕겨하는 부분이 연관성이 있는 건 아닐까 싶어 뜨끔했다. 증거물처럼 그녀는 서점에서 구매한 내 첫 소설집, 『폐허 산책』을 내밀어 보여주었다. 손때가 묻을 대로 묻은 겉표지는 출판된 지 겨우 구 개월 된 책이라 할 수 없었다. 그녀는 변명처럼 이렇게 덧붙였다.

"제가 곧잘 가지고 다녔더니 심하게 닳았어요. 손 닿는 곁에 두고 수시로 들춰보고, 버스 안이나 약속 장소에서 사람을 기다리면서 읽었거든요."

그녀는 그걸 증명해 보이려 책을 펼쳐보였다. 책의 문장마다 밑줄이 그어져 있었고, 그 밑줄은 한 번에 그어진 줄이 아님을 알 수 있었다. 책을 여러 번 반복해 읽으면서 그때마다 마음과 생각이 가닿는 곳에 그은 밑줄들이었다. 또 책의 여백에는 그녀만이 알아볼 수 있는 물음표 따위의 메모들이 있었다.

“이렇게 제 작품에 관심을 가지고 계실 줄은 몰랐습니다.”

말과 달리 내키지 않는 상황에 한 발을 디딘 기분이었다. 나 역시 인상 깊은 글은 여러 번 읽고, 멋진 문장에 밑줄도 긋고, 따로 메모도 해두지만 이건 아니었다. 종교 교리서 따위 삶의 지침서도 아닌데 그렇게 반복해가며 읽을 필요가 있을까 싶었다. 내 소설의 가치를 스스로 가볍게 여기는 건 아니지만 그녀의 행동이 부담스럽게 여겨지는 건 어쩔 수 없었다. 내 마음은 베팅을 하고 있었다. 그녀가 보여준 내 소설에 대한 지나친 관심과 나의 우려가 아무 연관이 없다는 안도감 쪽과 만약 연관이 있다면 그녀가 어떤 반응을 보일지 흥미롭겠다는 얄팍한 호기심 쪽.

아슬아슬한 내 심정을 아는지 모르는지 그녀는 카라멜 마키아또가 담긴 머그잔을 손톱으로 긁고 있었다. 손톱엔 여전히 이빨로 물어뜯은 자국이 있었다. 난 그녀가 상당히 긴장하고 있다고 느꼈다. 그러면서 한편으로는 나 때문만은 아니란 생각이 들었다. 어색한 분위기에서 벗어나고 싶어 그녀에게 요즘도 도서관에 자주 가냐고 물었다. 그녀는 고개를 저었다. 그리고 겨우 두 번째 만남인 나에게 가까운 사람이 아니면 말하기 쉽지 않은 자신의 이야기를 털어놓았다. 그녀는 힘겨운 날들을 보냈다고 했다. 친구가 자살 기도를 했고, 그녀는 친구의 곁을 지켜주었다. 그녀의 도움을 절실히 원하면서도 그녀의 상처를 수시로 할퀴는 친구. 너무 고통스러웠던 그녀는 친구를 외면하고 싶었지만 우정과 연민을 저버릴 수 없었단다.

서로의 줄기에 가시가 박히는 줄도 모르고 엉켜 피어 올라오는 두 송이의 선홍빛 장미. 그녀의 이야기는 내 머릿속에 선명한 이미지로 떠올랐다. 이걸 직업병이라고 해야 할까. 내 안의 촉수는 그녀와의 대화 속에서 꿈틀거리며 서사의 가닥을 잡아가고 있었다. 나는 내게 자신의 이야기를 털어놓는 그녀의 마음을 헤아리기보다 촉수가 원하는 이야기들을 그녀로부터 끄집어내려 했다. 내 안의 탐욕스러운 촉수에 당황하면서도 친구가 자살하려던 이유 따위 등 그녀가 고통스러워하는 기억에 대한 호기심을 접지 않았다. 그러나 그녀는 속내를 내비치는 말을 하다가도 있는 그대로의 자신을 드러내지 않았다. 그녀는 나를 숭배자처럼 대하다가 한순간에 돌변하여 공격을 했다. 나는 종잡을 수 없이 변하는 그녀의 감정에 의연하게 대응하려다 보니 진땀이 흘렀다.

끈을 놓지 않고 팽팽하게 서로를 탐색할 기회만 찾던 대화가 무의미하게 마쳐질 무렵이었다. 그녀는 헤어지기 전에 꼭 물어보고 싶은 게 있다고 했다.

"이 소설, 저에 대해서 쓰신 거죠?"

올 게 왔군, 하면서도 난 그녀의 질문에 쉽게 긍정할 수도 없었다.

"예상에 없던 질문이라 당황스럽군요. 여러 번 읽으셨다니 잘 아실 테지만 이 소설은 여성의 내면을 그린 소설이잖습니까. 심리 묘사가 주를 이루는 소설인데 굳이 제 소설 어느 부분이 본인 이야기라 여겨지시는 건가요?"

"저를 도서관에서 만난 시점하고 딱 맞잖아요."

그녀는 『폐허 산책』 첫 페이지를 펼쳐보였다. 소설 속 주인공은 꽃샘추위가 기승을 부리는 삼월에 폐허 산책을 시작했다. 그러나 그녀는 더 이상 뚜렷한 따질 거리를 찾을 수 없었는지 입을 다물었다. 그러다 애써 감추고 있던 날카로운 발톱을 내밀었다.

"절 유심히 본다는 거 알고 있었어요. 자판기에서 커피 뽑아주기 전부터 그랬다는 거 알고 있었다고요."

그녀는 흥분으로 실핏줄이 도드라진 눈을 치켜뜨고 내 눈을 응시했다. 그녀는 알고 있었다. 커피 자판기 앞에서 가졌던 잠시의 만남이 우연이 아니었다는 걸. 나는 그녀가 나의 시선을 모른 척했을 뿐이라는 사실을 새삼 알게 되었다. 붉어지는 얼굴을 감추기 위해 야구 모자를 깊이 눌러썼다.

우연을 가장한 그 짧은 만남은 우연이 아니었다. 소설에는 내가 꾸준히 관찰하며 쌓아올린 그녀의 이미지를 가져왔지만 나는 그녀의 목소리가 궁금했다. 그때까지 나는 그녀와 간단한 대화조차 나눈 적이 없었다. 「폐허 산책」은 여성 화자의 독백체 소설이었다. 소설 구상을 마친 나는 그녀의 목울대를 통과한 그녀의 영혼과 내면의 울림을 듣고 싶었다. 자연스런 기회를 노리던 중 도서관 폐관 시간을 알리는 음악 소리에 자리에서 일어서는 그녀를 뒤따랐다. 헛발을 짚은 듯 가볍게 부딪쳤고, 책이 몇 권 바닥에 떨어졌다. 아무런 반응도 보이지 않고 가던 길을 그대로 가려는 그녀에게 용기 내어 넉살 좋게 말을 붙였다.

"미안해서 그러는데 커피 한 잔 뽑아드려도 괜찮으시겠습니까?"

자판기에서 커피를 뽑아주었지만 그녀는 혼잣말처럼 중얼거렸다.

"커피는…… 안 마셔요."

그리고 어색한 침묵. 그녀가 나의 정체에 대해 몹시 경계하는 것 같아 가방에 있던 내 소설이 실린 문예지를 건네주었다. 그 문예지 표지에 내 연락처까지 적어주었던 건 인연이 이어질 수도 있겠다는 예감 때문이었다.

나는 다시 모자를 고쳐 썼다. 그 예감대로 인연이 이어진 것에 후회도 되었고, 흥미도 느꼈다.

"작가인 제 입장에선 독자가 소설 속 주인공과 동질감을 느낄 만큼 심리 묘사가 보편성을 획득했다면야 그보다 더한 칭찬은 없겠지만……. 불쾌하셨나 봐요. 제가 커피 뽑아드린 것까지 못마땅하게 기억될 만큼 화가 많이 나신 것 같은데."

"뭐, 그냥."

그녀는 담담하게 나오다가 돌변했다.

"이 작가가 뻔뻔스럽게 정말! 낱낱이 발가벗겨진 느낌, 희롱당한 느낌을 알아요? 그 알량한 글재주로."

다시 맥 빠진 목소리를 덧붙였다.

"그때는 그랬었죠."

돌연 핸드백을 챙겨 일어서던 그녀의 눈이 할로겐 불빛에 반짝거렸다. 아마 눈가에 물기가 고여 있었던 건가.

"눈빛만은 푸르게 맑아야 한다고 하면서도……."

그녀는 뒷말을 입안에 삼켜버렸다. 유쾌한 내용을 담고 있는 건 아니었던지 그녀는 미간을 잔뜩 찡그리며 오렌지색으로 물들인 머리카락을 쓸어 올렸다.

"머리 색깔을 밝게 바꿔보았는데 아직도 무채색의 그녀로 보이나요?"

당황한 나머지 관심을 가져줘서 고맙다고 작별인사를 건네는 나에게 (예측할 수 없는 행동을 하는 그녀에게 내가 해줄 수 있는 유일한 말이었고, 진심이었다.) 그녀는 유학 가서 공부를 할 생각이라고 했다. 그러나 무슨 공부를 할 건지, 어느 나라에서 할 건지, 구체적인 이야기는 하지 않았다. 불쑥 연락을 해오고 또 일방적으로 먼저 자리를 떠나는 그녀의 뒷모습을 지켜보았다. 그녀는 왜 나를 만나려고 했을까. 단지 자신의 의문점을 확인하기 위해서인가. 테이블 모서리에 놓인 유리잔처럼 그녀의 뒷모습이 위태위태해 보였다. 그러나 손은 내밀 수 없었다. 금이 간 유리에 손이 베일 것만 같았다.

헤어지고 집으로 돌아오는 걸음은 무거웠다. 그녀의 긴장이 고스란히 내게로 전달되어온 탓이었다. 그러나 샤워를 마치고 컴퓨터 앞에 앉자 다시 흥분을 느꼈다. 전신에 졸음을 떨치는 가벼운 흥분을 느꼈지만 머릿속은 깊은 바닷물처럼 고요하고 차가웠다. 타이핑 속도가 따라잡을 수 없을 정도로 빠르게 쏟아지는 문장들을 밤새 토해냈다. 프린트를 마치고 보니 태양은 높았고, 오후의 거리는 부산스러웠다. 나는 아직 프린트의 열기가 식지 않은 하얀 종이를 들추며 신선하고 강렬한 이미지를 뿜어내는 문장들을 일별했다. 꼬박 서른 시간 가까이 수면을 취하지 못한 내 턱엔 검은 수염이 까칠했다. 그러나 막힘없는 열정적 글쓰기가 가져다주는 쾌감에 몸과 마음이 가벼웠다. 나른했다.

글쓰기의 쾌감이 출판사에 원고를 보낼 때까지 지속된 건 아니었다. 나는 땀에 젖은 이마를 짚었다. 갈등이 일었다. 글쓰기까지는 개인적인 행위가 될 수 있었다. 그러나 지면에 발표하거나 출판을 하는 건 또 다른 문제였다. 더 이상 사적인 영역의 문제가 아니었다. 그녀가 내 글에 집착하고 있다는 걸 안 이상 소설가 이전에 한 인간으로서 도의적인 책임감이 느껴졌다. 그러나 한편으로는 변명도 되었다. 작가에게 있어 소설이란 살아온 날들의 총체적인 기억일 수밖에 없었다. 허구이며 공상이며 환상일지라도. 인격권과 프라이버시권 그리고 인격권 침해. 이에 해당될 수 있는 그녀의 그 어떤 사생활도 소설 속에 폭로되지 않았다. 나는 내 자신의 행위를 합리화했다. 그리고 그녀가 내게 가져다 준 영감으로 완성한 「알리사, 좁은 문으로 들어가다」 원고를 출판사에 보냈다.

몹시 갈증이 났다. 아직 온기가 남아 있는 아메리카노를 한 모금 마시고 미심쩍은 눈길로 여동생을 보았다. 천재적인 소설가 취팽은 다양한 미래들에게 끝없이 두 갈래로 갈라지는 길들이 있는 정원을 남긴다고 했다. 여동생과 함께 한 이 자리는 내가 선택한 미래가 증식한 결과일지도 몰랐다.

"진짜 재미없다. 쌤은 늘 생각이 많아요?"

내 복잡한 생각을 아는지 모르는지 여동생은 눈을 살짝 찌푸리며 웃어 보였다. 초록색 인어처럼 상냥한 미소가 그녀와의 기억으로 번잡스러운 나를 편안하게 해주었다. 여동생은 그녀와 달리 혼란스럽게 나를 뒤흔들지도 공격하지도 않았다. 여동생은 내 소설 중 특히 「폐허 산책」과 「알리사, 좁은 문으로 들어가다」에 관심이 많았다.

"쌤이 카라멜 마키아또 대신에 아메리카노를 주문해서 실망했어요. 언니는 「폐허 산책」을 읽은 뒤론 주인공처럼 생크림이 듬뿍 얹어진 달콤한 카라멜 마키아또를 즐겨 마셨는데."

커피는…… 안 마셔요, 중얼거리던 그녀와 카라멜 마키아또가 담긴 머그잔을 손톱으로 긁던 그녀의 모습이 머릿속에 교차되었다. 소리 없는 가벼운 탄성이 터졌다.

"쌤이 진한 아메리카노를 즐기는 것도 모르고. 언니가 쌤 소설에 흠뻑 빠졌었나 봐요. 쌤 소설을 저한테 가져와서는 이렇게 묻는 거예요. 자기 이야기 같지 않느냐고요. 「폐허 산책」의 폐허는 바로 자신이라는 거예요. 참, 어이없죠? 언니가 몸무게를 왕창 줄인 것도 쌤 소설 때문이었어요. 젊은이들의 비만에 대해서 쌤이 이렇게 쓰셨잖아요. 왜곡된 몸속에 깃든 마음의 병을 간과하고 있다고."

그랬군. 나는 그제야 그녀의 얼굴이 날카로워 보였던 이유를 짐작하게 되었다.

"뭐, 그리고 거울을 보면서 그러더군요. 눈빛만은 푸르게 맑아야 한다고."

여동생은 목젖을 보이며 크게 웃었다. 언니의 행동이 너무 우습다는 투였다. 그러나 나는 따라 웃을 수가 없었다. 삶의 색을 잃어버렸을지라도 눈빛만은 푸르게 맑아야 해. 「폐허 산책」에서 '무채색의 그녀'가 거울을 보면서 쓸쓸히 읊조리던 문장이었다. 그 뒷말을 입안에 삼키던 그녀의 물기 어린 눈가도 떠올랐다. 곤혹스러웠다. 그녀를 만났을 때도 곤혹스러웠고, 그녀의 여동생이 고개를 뒤로 젖히며 웃는 이 자리도 곤혹스러웠다.

입술이 바짝 말랐다. 차가워진 아메리카노를 마셔도 갈증은 가시지 않았다. 나와 여동생은 스타벅스에서 와인바로 자리를 옮겼다. 다행히 와인은 부드러웠고, 재즈는 감미로웠다. 여동생은 재즈 리듬에 따라 상체를 유연하게 움직였다. 와인과 재즈에 젖어 있던 나는 여동생과의 만남에서 무언가가 빠져 있다는 걸 깨달았다. 여동생이 처음 연락해왔을 때도 나는 언니의 안부를 물었다. 그러나 여동생의 답변은 시원치 않았다. 언니에 관한 이야기를 의도적으로 피하는 여동생의 태도가 미심쩍었다. 마음에 걸리는 부분이 있던 나였지만 그녀의 안부를 묻지 않을 수가 없었다.

"언니, 공부 잘하고 있죠?"

"궁금해요?"

뜻밖의 차분한 음성에 난 당황했다. 조금 전까지 쉬지 않고 입술을 달싹이던 여동생이었다.

"그러니까 단순한 호기심이 아닌 진심으로 궁금하냐고요?"

여동생은 허둥거리는 내게 차가운 웃음을 던졌다.

"언니를 잘 몰랐단 생각이 들게 했어요."

그것이 무엇이더냐고 묻고 있는 내 눈을 그녀는 피하지 않았다. 시선을 고정한 채 단어 하나하나를 또박또박 발음했다.

"보내지 않은 엽서."

나는 그만 시선을 아래로 떨어뜨리고 말았다. 그녀의 매운 눈매에 눈이 시렸다.

"다 쓰기도 전에 펜이 번진 모양이던데 버리지도 않고 쌤 책, 「폐허 산책」 갈피에 끼워두었더라고요. 동생인 나조차 이해할 수 없는 내용의 엽서를 누구에게 보내려 했던 걸까요?"

여동생은 내게 엽서를 내밀었다. 굶주린 소녀를 구하지 않고 사진부터 찍었다는 비난을 받고 자살한 케빈 카터의 사진, 〈수단의 굶주린 소녀〉가 인쇄된 엽서였다. 엽서를 받아드는 내 손이 긴장으로 떨렸다. 엽서 뒷면에는 동글동글한 글씨체로 깨알같이 빽빽하게 써내려간 편지글이 있었다.

결국 당신의 글에 갇혀버린 거죠. 그 굴레를 뭐라고 표현할 수 있을까요. 자고 나면 키가 한 뼘씩 자라나던 소녀 시절이었어요. 나는 말하기 부끄러운 꿈을 가끔 꾸었어요. 벌거벗고 거리를 돌아다니는 꿈. 성에 눈뜨던 시기였으니까 이루 말할 수 없이 부끄럽고 수치스러웠지요. 옷을 제대로 갖춰 입은 사람들은 아무도 내게 말을 걸지 않았어요. 하지만 그들의 눈빛이 말하고 있었어요. 뻔뻔스럽고 추한 계집애라고. 그 자리에서 흔적조차 없이 사라지고 싶었어요. 꿈이지만 아무리 도망치려고 해도 힐난과 조소가 담긴 눈길로부터 벗어날 수가 없더라고요. 그래서 생각했어요. 죽는다면……, 죽어버린다면……, 더 이상 부끄럽지도 수치스럽지도 않겠구나. 그런 느낌이었어요. 발가벗겨진 느낌, 희롱당한 느낌…….

나도 모르게 가는 한숨이 흘러나왔다. 편지글만 보아서는 그녀가 무얼 말하고 있는지 알 수 없었다. 펜이 번져 쓰다 만 엽서에는 발신인도 수신인도 적혀 있지 않았다. 여동생은 계속 내 답변을 피하고 있었다. 참을 수가 없어 둥근 어깨를 거머쥐자 냉소를 띤 입을 열었다.

"언니는 죽었어요. 정확히 말하면 자살했어요. 제일 가까웠던 친구가 자살 기도를 한 이후에 우울증과 불면증이 심해졌거든요. 그래도 그렇게 쉽게 무모한 행동을 할 줄이야. 그나마 즐기던 책읽기조차 시들해졌을 때 내가 좀 더 신경을 썼어야 했는데……. 그래도 쌤의 소설, 「알리사, 좁은 문에 들어가다」에는 꽤 흥미를 보였어요. 읽고 또 읽더군요. 어떤 이들에겐 소설이 흥밋거리에 불과하지만 어리석은 어떤 이들에겐 길 잃은 삶에 대한 나침반이라고도 하잖아요."

여동생은 대수롭지 않은 소식을 전해준다는 투였다. 나는 충격에 휩싸였다. 놀리는가 싶어 여동생을 노려보았다. 여동생은 재즈 리듬에 여전히 몸을 맡기고 있었다. 리듬을 타면서 나를 돌아보는 여동생의 눈망울이 이렇게 말하고 있었다. 믿기지는 않겠지만 인정할 수밖에 없을 때는 인정하라고. 그리고 여동생은 고개를 끄덕였다.

"생각해보니 언니가 죽기 전에 이상한 행동을 했어요. 우울증과 불면증 때문인지 몸무게가 빠지기 전보다 더 불어났거든요. 거울 앞에 알몸으로 서서 알 수 없는 말들을 하더군요. 언니는, 자신을 삶에서 쓸쓸히 밀려난 폐허로 묘사한 글들에 갇혀버렸다고. 눈빛마저 잃어버렸다고."

서서히 죄책감이 밀려왔다. 아무도 내 소설 때문에 그녀가 죽었다고 탓하는 사람은 없었다. 그녀의 여동생조차. 그런데도 난 맘이 편치 않았다. 첫 작품집 출간 이후 한동안의 슬럼프를 극복하고 새롭게 발표한 「알리사, 좁은 문에 들어가다」는 우울증을 앓고 있는 두 여자의 우정과 죽음을 향한 환상여행기였다. 그 소설은 죽음에 이르는 과정을 달콤하고 탐미적으로 그려낸 작품이었다. 나는 그녀와의 인연을 다시 떠올려보았다. 나는 그녀를 매력적이거나 유쾌하다고 여긴 적은 없었다. 여성으로서 느낀 적은 더군다나 없었다. 사석에서 만난 건 고작 두 번뿐이었다. 도서관 자판기 앞에서 그리고 보라색 줄 커튼이 둘러쳐진 어둑한 카페에서. 그런데 그녀와의 만남에서 난 두 편의 소설을 썼다. 그녀는 나에게 뮤즈인가.

그녀가 주는 강렬한 영감에 의아했던 나는 「폐허 산책」에서 의문을 이렇게 풀어놓았다.

살다 보면 딱히 어떻게 살아왔는지 그리고 앞으로 어떻게 살아갈 건지 아는 바가 거의 없는 사람을 통해서도 자기 자신을 돌아보게 될 수도 있는가 봅니다.

죄책감에 고통스럽고 한편으로는 혼란스러웠다. 내가 그녀를 사랑했거나, 그녀가 나를 사랑했거나, 둘이서 뜨거운 정사라도 벌였거나, 차라리 죽이고 싶을 정도로 증오하는 사이였다면 차라리 내 마음이 홀가분할 수 있을 것 같았다.

그녀를 처음 본 날을 나는 기억하고 있었다. 꽃샘추위가 기승을 부리던 이른 봄날, 그녀는 홑겹의 점퍼를 입고 열람실에 들어왔다. 그녀의 여동생이 기억하고 있는 「폐허 산책」의 첫 문장처럼 그녀는 낯설어 보이지 않았다. 그렇다고 친숙해 보였다는 뜻도 아니었다. 꽃샘바람을 막아내기에는 턱없이 얇아 보이는 그녀의 팥죽색 점퍼가 내 가슴에 들어왔다. 지울 수 없는 강한 인상은 극적인 사건으로만 비롯되지 않는다는 걸 난 그때 깨달았다.

그날 이후 자료를 찾기 위해 도서관에 들를 때면 나는 열람실에서 대중소설 책장을 넘기는 그녀를 가끔 볼 수 있었다. 작가 지망생이라고 보기에는 그녀의 책 읽는 모습에서 열망과 몰입을 찾아볼 수 없었다. 난 그런 그녀를 볼 때마다 의구심이 일었다. 이십 대 중후반은 가장 활동력이 왕성할 나이이다. 일을 할 수도, 공부를 할 수도, 또래들과 젊음을 즐길 수도, 사랑을 나눌 수도, 미래를 꿈꾸어 볼 수도 있는 나이이다. 그런데 그녀는 여기에 있다. 그 의문을 붙들고 쓴 소설이 「폐허 산책」이었다. 무채색의 주인공에 관해 나는 이렇게 메모해 두었다.

그들에겐 열정이 없다. 열정이 없으므로 절박하지 않다. 그들의 언어는 폭력적이거나 빈정거림을 동반하지 않는다. 왜냐하면 그들에겐 타인과 사회에 대한 관심도 없고, 더군다나 자신의 미래에 대해서도 관심이 없다. 그저 무기력할 뿐이며 현재의 무기력감을 온몸으로 느낄 뿐이다.

나는 얼굴의 윤곽을 흐릿하게 드러내는 어두운 조명조차 버거운 사람처럼 거리로 나왔다. 어둠과 고요와 먼지가 내려앉은 거리에는 바람조차 불지 않았다. 나와 여동생은 같은 거리를 거닐면서도 역시 같은 사람에 대한 각자의 기억으로 마음이 흩어졌다. 온몸에 소름이 돋게 하는 봄밤의 한기만이 우리 두 사람을 엮어주었다. 옷차림이 가벼운 여동생은 내 팔에 자신의 팔을 끼었다.

"쌤, 내가 너무 취했나 봐요. 언니 생각도 나고요. 오늘 밤은 쌤이랑 있으면 안 될까요?"

술 취한 여동생은 날 이끌었다. 그 이끌림에 나는 몸을 맡겼다. 어느새 나는 알몸이 되어 모텔 침대에 누워 있었다. 여동생은 옷을 벗는 대신 자신의 머리카락 사이로 손가락을 집어넣고 잡아당겼다. 오렌지색 가발 밑에 여동생의 갈색 머리가 드러났다. 부드러운 생머리가 어깨 부분에서 찰랑거렸다. 여동생은 오렌지색 가발을 내 가슴에 던졌다.

"나쁜 놈, 언니는 염색약 알레르기 때문에 염색을 할 수 없게 되자 가발까지 쓰고 다녔어. 이게 소설이라면 너와 술을 마시면서 언니를 떠올리고, 너와 섹스를 하면서 언니를 잃은 상처를 위로받아야겠지. 그래야 그럴싸한 소설이 완성될 테니까. 바로 너같이 비겁한 놈이 꿈꾸는 낭만적 거짓. 그런 쓰레기 같은 소설들 때문에 세상 사람들이 미친 헛소리를 빗대서, 소설 쓰고 자빠졌다, 라고 하는 거야. 하지만 이건 현실이야!"

여동생은 핸드백에서 여성용 면도칼을 꺼내 들었다. 나는 질겁하면서 몸을 떨었다. 그러나 반항하지도 피하지도 않았다. 소설 쓰고 자빠졌다, 라는 말은 더 이상 듣고 싶지 않았지만 결국 또 듣고 말았다. 여성용 면도칼을 치켜든 여동생 앞에 알몸으로 널브러져 누운 내 자신이 부끄러워 눈을 감았다. 법으로는 나를 처벌할 수 없다는 걸 잘 알고 있었기에 이 방법을 선택했으리라. 인격권 침해로 고소할 수 있을 만큼 난 그녀의 사생활을 노출시킨 적이 없었다. 그만큼 난 그녀에 대해서 아는 바가 없었다. 이것은 법으로 해결할 수 없는 영역의 문제였다. 바로 양심의 문제. 그녀는 나의 소설, 「폐허 산책」이 자신을 소재로 한 걸 직감적으로 알았다. 그녀가 그 사실을 안다는 걸 나도 알았다. 그녀에게 그녀를 소재로 한 내 소설이 얼마나 큰 영향을 미치는지 알면서도 나는 다시 그녀를 소재로 「알리사, 좁은 문으로 들어가다」를 썼다. 변명의 여지가 없었다.

여동생은 여성용 면도칼로 내 가슴을 그었다. 할퀴고 지나가는 금속의 날카로움에 저절로 신음이 나왔다. 방 안에는 피비린내가 진동하였다. 하얀 시트는 핏빛을 머금어갔다.

"개새끼! 언니가 정말 필요로 했던 건 도움이었어. 정신적으로 불안정한 사람을 교묘히 이용해먹다니! 언니는 소설 속 주인공처럼 알몸 여기저기에 면도칼을 그었다고."

흑, 터져 나오는 울음을 여동생은 손바닥으로 눌렀다. 눈물을 글썽이며 여성용 면도칼을 바닥에 던졌다. 가발도 벗고 눈물로 화장까지 지워진 여동생의 얼굴은 자신이 한 행동을 감당하기에는 너무 앳돼 보였다. 돌아서 나가는 여동생의 발걸음이 비칠거렸다.

모텔 안은 정적에 잠겼다. 우울증과 불면증으로 눈 밑이 까매진 그녀가 거울 앞에 알몸으로 서 있는 황량한 모습이 떠올랐다. 나는 오렌지색 가발을 가슴에 끌어안고 울었다. 그녀가 알몸에 흐르는 피로 피어난 선홍빛 장미가 되고자 했다니 믿을 수가 없었다. 적어도 「알리사, 좁은 문으로 들어가다」는 쓰지 말았어야 했다. 정녕 쓸 수밖에 없었더라도 발표하지는 말았어야 했다. 그녀는 힘겨울 때 용기를 내어 나를 찾아왔다. 여동생의 말대로 도움을 원했을지도 몰랐다. 나는 소설을 쓰겠다는 욕심에 도움을 필요로 하던 그녀의 호소를 의도적으로 외면하고 내 호기심만 채웠다는 걸 인정할 수밖에 없었다. 오렌지색 가발은 피로, 내 얼굴은 눈물과 콧물과 침으로 추하게 더럽혀졌다. 한참을 울자 나는 허기를 느꼈다. 빌어먹을 소설에 대한. 내 안의 탐욕스러운 촉수가 양심과 후회와 연민을 강하게 밀어내고 있었다. 탐욕스러운 촉수란 놈은 예리하고, 민첩하며, 수치를 몰랐다. 그리고 잔인하리만치 집요했다.

난 나의 서재로 한달음에 달려가고 싶었다. 자신을 소재로 삼은 소설로 인해 자살한 그녀. 그리고 복수를 꿈꾸며 소설가를 파멸시키려는 그녀의 매력적인 여동생. 소설의 소재와 주제와 줄거리와 등장인물까지 모두 완벽하게 머릿속에 떠올랐다. 열 손가락은 자판을 두들기고 싶은 강한 열망으로 떨리고 있었다. 더 이상 양심의 가책도 느낄 수 없었다. 부끄럽지도 않았다. 처음부터 난 그녀의 여동생이 어떤 의도를 갖고 접근했다는 걸 직감했다. 여동생은 날 유혹하고, 난 여동생의 의도에 따라 전개되는 서사에 몸을 맡기고 소설이 완성되어가는 추이를 지켜보고 있었다. 나는 끊임없이 전환점이 필요했다.

정말이지 난, 그림자뿐만 아니라 영혼까지 팔아치우고 싶었다.

●

영혼까지 팔아치우고 싶었다, 리는 M의 「수단의 굶주린 소녀」 마지막 문장을 여러 번 소리 내어 읽어보았다. 그리고 출판인으로서 다년간의 경험으로 추측을 해보았다. 이 소설은 M의 개인적인 경험을 바탕으로 이루어진 소설이라는 걸. 물론 날것 그대로는 아닐 테다. 소설로서의 형상화 과정을 거치면서 개인적인 경험은 철저히 변형되고 재구성되었겠지만 M이 말하고자 하는 바는 뚜렷했다. M은 특정인 또는 주변인을 소재로 소설화했고, 그로 인해서 곤혹을 치렀거나 설사 곤혹을 치르지 않았다 해도 양심의 가책을 느끼고 있음에 틀림없었다. 리는 M에게 다시 전화를 걸었다. 전원이 꺼져 있어 연결되지 않습니다, 음성 안내만이 흘러나왔다. 리는 M을 찾기 위해 그의 고향집이라도 다녀올까 망설이다 단념하였다. 발표되지 않는다면, 이 글은 M에게 일기에 불과했다. M의 문장, 소재, 주제에 대해서 아무도 비난할 수 없었다. 종내 작가 자신을 위한 토로와 자위의 글로 남을 것이다. 그러나 발표된다면 이야기는 달라진다. M은 비난받거나 인격권 침해로 고소되는 곤혹을 치를 수도 있었다. 설령 인격권 침해로 고소되지 않는다 해도 M은 작가로서 도의의 문제로 스스로 가혹하게 시달릴 수 있었다. 목에 핏대를 세우다 M에게 멱살을 잡혔던 그 순간

리는 알 수 있었다. M이 리와 같은 자책과 악몽에 시달리고 있다는 걸. 삶에는 들춰내고 싶지 않지만 그래서 더 고통스러운 기억의 편린들이 있게 마련이었다.

출판사에 몸담기 전, 리는 시사지 기자로 보도사진을 찍었다. 이주 노동자의 인권 상황을 취재하기 위해 외국인노동자보호소를 방문한 날이었다. 취재하던 도중 공교롭게도 외국인노동자보호소에 화재가 났다. 리는 본능적으로 카메라 셔터를 눌렀고, 119가 출동했다. 화재는 진압되었지만 다수의 사상자가 발생했다. 이중 쇠창살에 갇힌 외국인노동자는 불길에 갇혀 비명밖에 지를 수 없었다. 쇠창살에 절망적으로 매달리던 갈색 손을 담은 사진, 〈쇠창살에 매달린 갈색 손〉. 리가 찍은 한 장의 사진이 신문을 비롯한 각종 매체에 실렸고, 외국인노동자의 인권에 관한 관심과 자성을 이끌어내었다. 감옥이나 다름없던 전국의 외국인노동자보호소는 구금 시설에서 보호 시설로 바뀌어 쇠창살이 철거되었다. 그해 리는 보도사진상을 받았다.

〈쇠창살에 매달린 갈색 손〉의 주인공은 결국 사체로 발견되었다. 스리랑카에서 온 마하모드. 당년 나이 이십칠 세. 코리안 드림을 꿈꾸었던 외국인 청년이 유독가스에 질식사했다. 비난하는 사람은 아무도 없었다. 그러나 비난보다 영혼을 각성시키는 침묵이 리에게는 더 두려웠다. 특종 취재라는 미명하에 피 맺힌 절규를 외면하지 않았는가, 카메라를 내려놓고 구조 작업에 일조했어야 마땅하지 않았는가, 그렇다면 갈색 손의 주인공은 구조되어 죽음은 모면하지 않았을까.

자책과 악몽에 시달리게 되면서 리는 더 이상 카메라 셔터를 누를 수 없게 되었다.

리는 셔츠의 목 단추를 풀고 깊은숨을 내쉬었다. M 역시 비난받거나 인격권 침해로 고소되는 곤혹보다 도의의 문제로 스스로 가혹하게 시달릴지도 몰랐다. 작가로서 또한 작가이기 전에 한 인간으로서. 출판사 뒤풀이에서 M이 멱살을 거머쥐고 싶었던 건 리가 아니라 M 자기 자신이었을지도 몰랐다. 케빈 카터 역시 '인간성 대신 상을 택했다'는 거센 항의를 받았다.

사리사욕을 위해 어린 생명마저 이용한 부도덕한 사람, 윤리를 저버린 사진작가, 사람들은 케빈 카터를 비난했다. 아사 직전의 소녀를 구하지 않고 촬영부터 한 그의 행동에 대해 사람들은 분노했다. 결국 그는 퓰리처상을 수상하고 삼 개월 후 스스로 목숨을 끊었다. 서른네 살의 젊은 나이였다. 그가 죽은 뒤 그의 자동차에서 이런 글이 발견되었다.

어린아이에게 물을 주어야 할 것인가, 사진을 먼저 찍어야 할 것인가?

리는 케빈 카터의 사진, 〈수단의 굶주린 소녀〉가 인쇄된 익명의 엽서를 다시 들여다보았다. 그리고 문예지 다음 호 목차에 M의 소설 제목, 「수단의 굶주린 소녀」를 적었다. 머뭇거리며 고민할 필요가 없었다. 양심이 소리를 높여 아우성을 친다 해도 M의 내면이 강렬하게 원하고 있는 건 일기가 아니라 소설이었다. M이 「폐허 산책」과 「알리사, 좁은 문으로 들어가다」 등 자신의 실제 소설 제목을 「수단의 굶주린 소녀」에 그대로 인용한 이유도 그 때문인지도 몰랐다.

리는 책상 위의 개인적인 물건들을 상자에 담았다. 리 자신의 자리로 돌아가야 했다. 더 이상 회피할 수만은 없었다. 도망쳐왔던 그 길에는 사진기자로서 감당해야 할 몫과 넘어야 할 산이 있었을 뿐이었다. 메모보드를 정리하던 리는 엽서를 집어 들었다. 겉면에 인쇄된 사진 때문에 간직했던 엽서라 편지글에는 전혀 관심을 두지 않았던 것에 생각이 미쳤다. 가끔 편집부에 배송되는 엉뚱한 내용의 우편물들 중 하나로만 여겼으니 어찌 보면 당연하기도 했다. 그렇지만 엽서를 뒤집는 손은 알 수 없는 긴장으로 떨렸다. M의 소설, 「수단의 굶주린 소녀」의 소설가처럼.

엽서 뒷면을 일별하던 리는 긴장으로 떨리던 손을 불끈 쥐었다. 리는 자신의 눈을 믿을 수가 없었다. 펜이 번져 쓰다 만 엽서에는 동글동글한 글씨체의 한 줄이 적혀 있었다.

결국 당신의 글에 갇혀버린 거죠.

폐허 산책 추락 사건

안경은 하품을 했다. 유리창 너머 작은 역사가 내려다보이는 대학가 프랜차이즈 카페였다. 티끌 하나 없이 잘 닦여진 유리창으로 스며든 봄볕은 말갰다. 유리창에 비친 안경의 크게 벌린 입은 검은 구멍처럼 보였다. 볼썽사납게 바라보는 낯선 눈길에 멋쩍어진 안경은 입을 다물었다. 초록색 세이렌 로고로 장식한 매장에는 카페에 어울리는 음악도 흘러나왔다. 손바닥에 귀를 파묻고 45도 각도로 기울인 안경의 머리는 음악을 감상하고 있는 사람처럼 보였다. 그러나 잠시 후 머리를 곧추세운 안경은 후벼낸 도톰한 귓밥을 손톱에서 튕겨냈다. 날면서 가속도가 붙은 연노랑 귓밥이 유리창에 달라붙었다. 귓밥이 날아가는 곳을 쫓던 안경은 유리창 너머를 내려다보았다. 작은 역사 바로 옆에 새로 지어진 기차역과 연결된 복합 쇼핑몰이 확대되어 들어왔다.

예상치 못했던 광경에 화들짝 놀란 안경은 뿔테 안경을 벗었다. 최신식 건축 디자인의 복합 쇼핑몰이 제법 오래전에 지어졌지만 이제야 알게 되었다. 거대한 복합 쇼핑몰은 주변은 물론 기차역 너머의 풍경까지 가로막고 있었다. 안경은 점퍼를 젖히고 체크무늬 셔츠 아래 러닝셔츠를 끄집어내어 손에 쥔 뿔테 안경을 닦았다. 사람들 눈에 띌 만큼 커다란 안경이었다. 뿔테 안경을 꼼꼼히 닦으면서 알 수 없는 말들을 지껄였다. 뿔테 안경을 다시 쓰고 급기야 큰 소리로 욕설을 내뱉었다.

어리석은 짓거리를 누가 해놓았군!

하늘을 한번 올려다보고 가슴에 십자가를 그었다. 전시물로 폐기처분된 작은 역사에 대한 애도의 표시였다.

뿔테 안경 너머의 두 눈이 번들거렸다. 망가져가고, 사라져가고, 죽어가는 세상에 대한 연민. 그런 연민에 도취되는 순간은 흥분을 자아냈다. 안경은 양손을 비볐다. 폐허 산책은 얼굴도 모르는 사람들과의 만남이라 성가시기도 했지만 뜻하지 않은 만족감을 줄 수도 있었다. 손목을 코앞에 바짝 당겨 시계를 들여다보았다. 시침과 분침이 3시 10분을 가리키고 있었다.

내가 아주 멍청한 인간들을 기다리고 있었던 거야!

약속 시간이 10분 지나 있었다. 안경은 입술을 지그시 깨물며 내부를 둘러보았다. 대학가답게 카페 안은 젊은 사람들로 붐볐다. 꽃샘추위에 아랑곳하지 않는 밝고 가벼운 차림새들이었다. 안경의 미간이 일그러졌다. 시시덕거리는 젊은이들에게서 뿜어져 나오는 산뜻하고 발랄한 에너지가 그의 심기를 건드렸다. 프랜차이즈 카페의 인스턴트 같은 인테리어가 주는 경박함에 매장 안에서 벌어지는 남녀 육체 탐구의 경망함까지. 안경은 소름이 돋을 지경이었다. 가느다란 손가락으로 시집을 두들겼다. 손가락을 따라 테이블 위의 얇은 시집이 몸살을 했다. 시집의 겉표지는 수수했다. 커다란 뿔테 안경을 낀 시인의 소묘가 전부였다. 제목은『알리사, 좁은 문으로 들어가다』. 그 시집을 의심스레 살피는 눈길이 있었다.

다른 이의 시선을 의식한 안경은 고개를 바짝 쳐들었다. 그리고 곧바로 안도의 휘파람을 불었다. 눈앞을 막아선 정체는 겨울 코트를 입은 소녀에 불과했다.

소녀라니?

안경은 아주 잠깐 동안 망설였다. 겹겹이 쌓아올려진 저 살덩이는 소녀라 불러야 할까. 비계 덩어리라 불러야 할까. 그러나 안경은 쉽게 결론을 내렸다. 어깨까지 늘어뜨린 한 갈래로 땋은 머리는 비계 덩어리가 아닌 소녀에게나 어울렸기 때문이었다. 둥근 막대사탕을 입에 문 소녀는 테이블 위에 놓인 시집을 내려다보고 있었다. 안경은 소녀가 왜 자신의 주변을 얼쩡거리는지 그 이유를 알 수 없었다. 조금 전 크게 벌린 입에 따가운 눈길을 보냈던 소녀였다.

소녀가 먼저 둥근 막대사탕을 뱉어낸 입을 실룩거렸다.

실망했어요.

안경은 어깨를 으쓱해 보였다. 뭐가? 입은 다물고 두 눈으로 물었다.

어깨가 단단한 거인인 줄 알았어요.

안경은 곧장 맞받아쳤다.

그쪽도 그리 근사해 보이지는 않는군.

키가 너무 작아요.

그쪽은 0.1톤은 족히 되어 보이는데.

소녀도 지기 싫었다.

선생님의 안경이 그렇게 우스꽝스러울 줄은 몰랐어요. 그리고 잠바 목덜미에 때가 끼었다고요.

선생님? 내가 누군 줄 알고?

소녀는 테이블 위의 시집을 턱 끝으로 가리켰다.

뿔테 안경을 썼잖아요.

살짝 들려진 말끝이 뿔테 안경만 끼고 있을 뿐이지 시인의 소묘와 조금도 닮지 않았다는 투였다. 안경은 소녀의 턱짓을 무시했다. 소녀는 의자에 엉덩이를 걸쳤다. 솜사탕처럼 부푼 엉덩이가 손잡이 달린 의자에 꽉 끼였다. 꽉 끼인 엉덩이를 빼기 위해 안간힘을 쓸 때마다 의자가 들썩였다. 그 우스꽝스런 광경을 놓치지 않고 안경이 비웃음을 던졌다. 둘 사이에 통성명은 더 이상 필요 없었다. 소녀의 실망이 그 어떠한 것이라도 어이없을 뿐이었다. 안경은 양손바닥을 펼쳐 보였다.

이런 봉변이 있나? 정중한 인사는커녕 초면에 다짜고짜 뒤통수를 치는 격이라니. 그쪽의 예의라는 게 늘 그렇지는 않겠지?

안경은 팔짱을 끼고 소녀를 올려다보았다. 마음은 소녀를 내려다보고 싶었지만 앉은키가 작아 어쩔 수 없었다. 엉덩이가 꽉 끼는 의자에 앉은 소녀는 힘겹게 몸을 돌려 가방을 뒤졌다. 이불을 만들어 덮을 수 있을 만큼 커다란 천 가방이었다. 소녀는 휴지를 꺼내 코를 세차게 풀었다.

죄송해요. 꽃샘바람 알레르기가 있어요.

그리고 한숨을 쉬었다.

제가 선생님 팬이에요. 정말 기대가 컸다고요.

맙소사, 팬이라니. 내겐 팬 따위는 필요치 않다고. 인기몰이나 하려고 시를 쓰고 있는 건 아니니까. 더구나 내게는 팬을 선택할 권리조차도 없었잖아. 선택권이 있었다면 나 또한 일찌감치 사양했을 거야. 나라고 근사한 팬을 꿈꾸지 말라는 법은 없으니까.

소녀는 코를 더 세차게 풀었다. 그리고 더 크게 한숨을 쉬었다.

이럴 줄 알았으면 처음부터 만나러 오지 않았을 거예요.

안경은 팔짱을 풀고 허리를 최대한 세워 앉았다. 왜 자신이 일방적으로 몰리고 있는지 종잡을 수 없었다. 소녀의 실망이 그 어떠한 것이라도 어이없을 뿐이었다.

아이돌이라도 기대하고 온 건가. 만나자고 먼저 연락을 해 온 건 그쪽이었는데.

소녀는 적당한 말을 찾지 못했는지 목소리에 짜증이 잔뜩 묻어났다.

그 정도는 저도 안다고요.

어리석은 환상을 강요한 사람은 없었다고.

소녀가 더 이상 변명거리를 찾아내지 못하자 안경은 몸을 반쯤 일으켰다. 당장이라도 카페 밖으로 뛰쳐나갈 기세였다. 소녀가 안경의 점퍼를 붙잡았다.

선생님, 잠깐만요.

다급하게 부르는 소리에 카페의 다른 손님들까지 소녀를 힐끔거렸다. 한꺼번에 쏠린 시선에 얼굴이 벌겋게 달아오른 소녀는 천 가방에 고개를 파묻었다. 안경은 소녀가 어쩌자는 건지 잠시 지켜보았다. 코 푼 휴지가 가득 든 천 가방에 고개를 파묻었던 소녀는 한참 후에 좁은 이마부터 빼들었다. 그리고 천 가방에서 시집을 찾아 『알리사, 좁은 문으로 들어가다』 시집 옆에 조심스럽게 올려놓았다. 손때 묻은 낡은 시집이었다. 제목은 『폐허 산책』. 겉표지에는 건물의 잔해가 그려져 있었다.

선생님의 시는 그렇지 않았거든요. 선생님의 시는 정말 특별했단 말이에요.

특별이란 단어를 발음할 때 소녀는 입술을 힘주어 내밀었다. 내민 입술이 깊게 주름 잡힌 돼지의 항문을 연상시켰다. 안경은 굳게 다문 입 대신 뚫린 코로 빠져나오려는 웃음을 삼켜야만 했다. 안경이 생뚱맞게 코를 쥐어 잡자 소녀는 킁킁거리며 자신의 몸 냄새를 맡았다. 소녀의 온몸에서 풍기는 데오도란트의 플로럴향이 향긋했다. 그러나 코가 막혀 아무 냄새도 맡을 수 없는 소녀는 답답한지 얼굴을 찡그렸다.

안경은 의자에 도로 앉았다. 처음 만난 소녀가 까닭 없이 불쾌하게 굴었지만 관찰해둘 만한 재밌는 인물이라는 생각이 들었다. 안경은 납작한 코를 테이블 위에 걸치고 소녀가 올려놓은 시집에 검지를 뻗었다. 내용이 궁금할 리는 없었다. 『폐허 산책』과 『알리사, 좁은 문으로 들어가다』, 두 시집에 담긴 언어들은 모두 그의 손끝에서 나왔다. 단지 타인의 손에 들려진 자신의 시집에 대한 단순한 호기심이었다.

넘겨지는 책장마다 밑줄이 그어져 있었다. 색색의 밑줄과 시집의 여백을 메우고 있는 낙서는 어지럽고 너저분했다.

책을 험하게 다루는군. 팬이라면 책부터 소중하게 다룰 줄 알아야지.

소녀는 얼굴을 붉혔다.

그건 절대 아니에요. 늘 손닿는 데 두고 들춰보다 보니 닳았을 뿐이에요.

말을 더 이으려던 소녀는 입을 다물었다. 안경은 의자 아래 허공에 떠 있는 짧은 다리를 흔들었다. 의기양양해진 자신의 기분을 숨기고 싶지 않았다.

다른 친구들은 언제 오는 거야?

소녀는 고개를 푹 숙였다.

다른 친구들은 없어요.

화들짝 놀란 안경은 뿔테 안경을 고쳐 썼다.

거짓말을 한 거야?

소녀는 휴지를 새로 꺼내 코를 풀었다. 바로 대꾸를 못 하고 코 푼 휴지를 다시 천 가방에 집어넣었다.

저 혼자라면 선생님이 안 나오실 줄 알았어요.

잠바 목덜미에 때가 끼었다더니 그쪽이야말로 칠칠맞지 못하군.

안경은 허공에 뜬 발로 테이블 다리를 찼다. 코 푼 휴지로 점점 부풀어 오르는 천 가방을 견딜 수가 없었다. 소녀는 혀를 불쑥 내밀어 손에 들고 있던 둥근 막대사탕을 핥았다. 안경이 자신의 서투른 거짓말을 탓하고 있다고 지레짐작하는 것 같았다. 안경에게 적당한 아부와 찬사라도 해두지 않은 걸 후회라도 하는지 눈물을 글썽거렸다.

안경은 소녀의 눈물에는 조금도 신경 쓰지 않았다. 초록색 세이렌 위로 봄물처럼 흘러내리는 봄볕이 안경의 목덜미를 내리쬐고 있었다. 안경은 달구어진 목덜미를 어루만지며 폐허 산책을 머릿속에 그려보았다. 소녀가 거짓말을 했다고 해도 산책마저 취소할 이유는 되지 않았다. 안경은 검지를 들어 소녀에게 손목시계를 가리켜 보였다. 고개를 숙인 소녀를 향해 한껏 벌려지는 안경의 검은 입이 유리창에 비치었다.

일어나지. 산책하기에 가장 좋은 시간이야.

그냥 나가요?

설마 매장 안 얼빠진 연인들처럼 하염없이 얼싸안고 있자는 건 아니겠지.

안경이 비아냥거리자 당황한 소녀가 말을 더듬었다.

아니, 다리도 아프고, 목도 마르고.

10분이나 늦었다는 걸 잊지 말라고.

자리에서 일어난 안경은 소녀를 올려다보았다. 마음은 소녀를 내려다보고 싶었지만 앉은키뿐만 아니라 선키도 작아 어쩔 수 없었다. 불쾌감에 입맛을 다신 안경은 오늘의 산책을 위해 준비한 『알리사, 좁은 문으로 들어가다』란 시집을 손에 들었다. 겉표지의 커다란 뿔테안경이 가느다란 손에 가려졌다. 소묘 속 시인은 목만이 존재하는 얼굴 없는 인간이 되었다. 소녀도 『폐허 산책』이란 시집을 살며시 들었다. 겉표지의 건물의 잔해가 창백한 손가락 사이사이로 드러났다. 소묘 속 폐허는 형체 없는 흔적이 되었다.

천 가방을 둘러멘 소녀가 엉덩이를 들자 의자가 따라 들려졌다. 카페 여기저기에서 숨죽인 웃음소리가 터져 나왔다. 엉덩이를 따라 의자가 이리저리 휘둘려졌다. 손잡이 달린 의자는 솜사탕처럼 부푼 엉덩이의 거추장스런 장식물 같았다. 바리스타들은 매장 관리 행동 지침서에 없던 돌발 상황에 난처해했다. 그러나 안경의 반응은 냉담했다.

의자와는 여기서 작별 인사를 하지. 의자까지 산책에 동행하는 건 좀 곤란하잖아.

소녀가 의자에서 엉덩이를 빼내느라 갓 태어난 강아지처럼 낑낑거

려도 안경은 도와줄 생각조차 하지 않았다. 급한 볼일이 있는 사람처럼 뒤도 안 돌아보고 카페를 빠져나갔다. 안경이 먼저 사라지자 소녀는 다급하게 의자를 잡아당겼다. 손에 힘을 너무 주는 바람에 의자 손잡이가 떨어져 나갔다. 의자에 부딪힌 테이블이 바닥에 나동그라졌다. 소스라치게 놀란 소녀는 엉뚱한 소리를 내뱉었다.

산책하기에 가장 좋은 시간이에요! 약속 시간에 10분이나 늦었다고요!

수치심에 이미 제정신이 아닌 것처럼 보였다. 소녀를 가엾게 여긴 사람들이 애써 호기심을 누르고 딴청을 부렸다.

이럴 줄 알았으면 처음부터 나오지 말걸…….

더 이상 아무도 귀담아 듣지 않는 뒷말을 소녀는 삼켰다. 팔뚝이 굵은 바리스타가 달려와서 소녀의 엉덩이에서 의자를 떼어냈다. 소녀는 커다란 천 가방을 방패 삼아 가슴에 꼭 안았다. 눈에 띄는 소녀를 재미 삼아 골려주기 위해 쫓아오는 사람이 있을까 봐 겁이 난 것 같았다. 소녀는 앞뒤좌우를 두리번거리며 카페를 빠져나왔다. 너무 갑작스레 벌어진 일이라 의자 수리비를 변상해줘야 한다는 사실을 소녀도 바리스타들도 잊고 있었다.

거리에는 바람이 매섭게 불었다. 꽃샘바람 알레르기가 있는 소녀는 더 자주 재채기를 했고, 콧물이 심하게 흘러내렸다. 콧물을 닦아낸 휴지가 소녀의 천 가방을 점점 부풀리고 있었다. 점액질의 끈끈한 콧물을 보며 안경은 몸서리를 쳤다.

제길, 날씨가 맘에 드는군. 사람을 혹하게 하는 따사로운 햇살에 뺨을 할퀴는 호된 바람. 암, 조화로운 날씨야. 너와 나처럼.

키득거리느라 안경의 가는 다리가 꼬였다. 소녀 역시 따라 웃느라 솜사탕처럼 부푼 살들이 출렁거렸다. 한참을 웃던 소녀는 천 가방에서 소라빵을 꺼내 입 안 가득 베어 물었다. 소라빵을 씹으면서 안경의 말을 곱씹어보니 기분이 나빴다. 안경의 말은 소녀의 외모를 비꼬고 있었다. 하지만 불쾌하다고 해서 틀린 말은 아니었다.

소녀의 몸피는 안경의 두 배였다. 안경의 머리는 소녀의 가슴께에 왔다. 소녀의 솜사탕처럼 부푼 엉덩이와 안경의 가는 다리로는 재빨리 나아갈 수 없었다. 더디게 움직이는 소녀와 안경의 모습은 사람들 눈에 쉽게 띄었다. 사람들은 소녀와 안경을 흥미로운 눈길로 곁눈질했다. 그 곁눈질에 민감해진 소녀의 온몸은 땀으로 젖었다. 곁눈질하며 스쳐 지나간 사람들이 상점과 음식점과 술집이 넘치는 거리로 제각각 흩어졌다. 한 무리의 사람들이 흩어져도 또 한 무리의 사람들이 거리로 쏟아져 나왔다. 안경은 이죽거렸다.

산책을 즐길 줄 모르는 사람들은 원래 분주한 법이지.

안경은 전시물로 전락한 작은 역사 앞에 두 발을 단단히 디뎠다. 남의 시선 따위야 개의치 않는 것 같았다. 소녀는 곁눈질로부터 벗어나고 싶었지만 어쩔 수 없이 안경 옆에 가만히 섰다. 먼지가 앉은 작은 역사 창문에 소녀와 안경의 모습이 비춰졌다. 한 갈래로 머리를 땋은 소녀의 통통한 몸매는 두꺼운 겨울 코트 때문에 더욱 비대해 보였다. 뿔테 안경을 쓴 안경의 깡마른 몸매도 얇은 점퍼 때문에 더욱 앙상해 보였다. 홀로 서 있는 소녀를 안경이 돌아다보았다. 잠시 입을 달싹이다 다시 작은 역사로 고개를 돌렸다. 작은 역사 관리인이 걸레를 들고 창문의 먼지를 닦자 창문에 비춰진 소녀와 안경의 모습이 사라졌다.

안경이 움직이길 기다리던 소녀는 겨울 코트의 옷깃을 단단히 여몄다. 작은 역사 바로 옆 기차역과 연결된 복합 쇼핑몰 입구에는 쇼핑백을 든 십 대와 이십 대들이 지나다녔다. 쇼핑몰 옷 중에는 자신에게 맞는 사이즈가 없었다. 둘러보는 것만으로도 옷가게 주인들의 비웃음을 살 수 있었다. 소녀는 평소 쇼핑에 무관심한 척 옷가게 앞을 지나쳤지만 속마음은 달랐다.

소녀는 대개 웹에서 옷 구매를 했다. 빅 사이즈 여성을 위한 쇼핑몰 웹 사이트가 여러 개 있었다. 쇼핑몰 웹 사이트에서는 공감대가 쉽게 형성되었다. 다이어트 정보와 날씬해 보이는 코디 방법이 회원들끼리 공유되었다. 하지만 소녀는 그 정보들이 그다지 소용없다는 걸 알았다. 왜냐하면 몸무게가 감량되어 탈퇴하는 회원을 본 적이 없었다. 그저 빅 사이즈 옷을 입어야 하는 여자들끼리의 씁쓸한 바람과 소소한 일상을 반복해서 나눌 뿐이었다. 소녀는 발뒤꿈치에 물집이 잡히도록 이 가게 저 가게를 몰려다니며 원 없이 옷을 골라보고 입어보는 여자들의 모습에 자신의 모습을 겹쳐 보았다. 그러나 그런 속마음은 들키고 싶지 않았다. 그래서 안경을 불렀다.

어서 가요.

쉿! 안경은 검지를 들어 꼭 다문 입에 댔다. 그리고 낮은 철책으로 둘러싸인 작은 역사를 가리켰다.

그게 어쨌다고요. 어서 가요.

이 굳게 닫힌 낡은 나무문 좀 보라고.

충분히 보았어요. 어서 가요.

안경은 설명을 멈추지 않았다.

오늘의 폐허 산책에 작은 역사가 예정되어 있지 않았다는 건 인정하겠어. 나도 뜻밖이었으니까. 한동안 시내에 나오지 않고 지방으로만 다녔으니 당연하다고 할 수밖에. 그래도 기대하지 않았던 새로운 산책 코스를 발견하는 건 또 다른…….

소녀는 세 살배기 아이처럼 보챘다.

아, 진짜. 알았다고요. 어서 가요.

안경도 더 이상 권유하지 않았다. 밀려드는 사람들 때문에 같은 장소에 오래 서 있기도 힘들었다. 그렇다고 순순히 물러날 안경이 아니었다. 물러나면서 슬쩍 독침을 쏘았다.

이런 인내심이 없군. 상상력도 없고. 부족하지 않은 건 단지 살뿐인가. 잊고 있었는지 모르겠지만 폐허 산책은 망가져가고, 사라져가고, 죽어가는 세상에 대한 연민을 찾아가는 경건한 의식이라고. 한심하지만 좋아, 일단 출발하지.

복합 쇼핑몰 입구로 걸음을 옮기는 소녀와 안경 옆으로 미니스커트

차림의 여자 서넛이 지나갔다. 연분홍 립글로스가 발라진 갸름한 입술이 소녀의 뇌리에 잔상을 남겼다. 여자들의 촉촉한 입술에 자극받은 안경은 가슴으로부터 가래를 끌어올려 보도 위에 뱉었다. 소녀는 낮은 소리로 중얼거렸다. 자신에 대한 비난이란 걸 알았는지 안경이 곧장 맞받아쳤다.

말해.

시인은 고상하게 굴 줄 알았어요.

시와 나를 혼동하지 마. 내가 입을 꾹 다물고 위선을 떠는 것보단 낫잖아. 상상력 없는 머리로는 이해가 안 되겠지. 위선이 뭔지 좀 더 자세히 설명해줄까. 예를 들면 그쪽이 미니스커트라도 걸치고 나타나서 또래 여자들과 다름없는 척 군다면 그건 틀림없는 허위겠지. 위선은 허위의 사촌 격이랄까.

안경은 다시 크게 키득거렸다. 어깨를 들썩이며 웃느라 가는 다리마저 휘청거렸다. 볼품없는 뒷모습을 가만히 노려보면서 소녀는 천 가방에 손을 집어넣었다. 이번에는 한 움큼의 피스타치오를 꺼냈다. 껍질 깐 피스타치오를 오도독 오도독 어금니가 아리도록 씹었다. 그러나 복합 쇼핑몰 입구에 다다랐을 때는 더 이상 씹을 수가 없었다. 입구에는 검은 현수막이 걸려 있었다.

'유치권 행사 중 영업 정지.'

쇼핑백을 든 십 대와 이십 대들은 유령 건물이 된 복합 쇼핑몰 앞을 지나다닐 뿐이었다. 안경은 휘파람을 불며 양손을 크게 마주쳤다.

대학가 한가운데 거대한 폐허라. 아주 재미있군!

소녀는 너무 짜릿한 나머지 방금 전의 일을 잊고 안경의 손을 마주 잡을 뻔했다. 복합 쇼핑몰 안에 자신을 비웃을 수 있는 사람은 아무도 없었다.

흥분을 가라앉히고 소녀와 안경은 굴다리 아래로 들어갔다. 굴다리는 복합 쇼핑몰이 끝나는 지점이었다. 음침한 굴다리 아래에서 역겨운 냄새가 진동했다. 밤새 취객들이 오줌을 싸고 토사물을 게워냈는지 여기저기 얼룩이 남아 있었다. 이른 새벽 구청 소속 환경미화원들이 말끔히 치웠겠지만 냄새만은 어쩔 수 없었다. 안경이 헛기침을 하는 동안 굴다리 위로 기차가 지나갔다. 굴다리를 빠져나오자 간식거리를 파는 포장마차가 있었다. 눈가에 기미가 낀 포장마차 아줌마는 겨울옷을 아직까지 껴입고 있있다. 소녀는 군침을 삼켰다. 가짜 고춧가루가 들어간 떡볶이와 어제 팔다 남아 다시 튀겨놓은 튀김과 방부제가 들어가 유통기한이 따로 없는 어묵이 먹음직스럽게 가판대 위에 놓여있었다. 그러나 소녀의 눈동자는 포장마차 옆에 서 있는 남자를 향해 있었다. 갈색으로 물들인 긴 머리의 남자는 이목구비가 서늘했다. 안경은 경멸하듯 혀를 찼다.

쩝, 그런 몸집으로 쓸데없이 동화 속 왕자님이라도 꿈꾸고 있었던 건가.

사람들의 이목이 일제히 소녀에게 쏠렸다. 소녀는 멍하니 입술을 핥았다. 입술에 묻었던 둥근 막대사탕의 파란 색소와 소라빵 가루와 피스타치오 껍질이 도톰한 혓바닥에 쓸려 입 안으로 들어갔다. 소녀는 어찌할 바를 몰랐다. 포장마차를 둘러싼 사람들이 자신을 곁눈질하며 수군거리는 것만 같았다. 안경에게 메일을 보냈던 걸 후회하며 그 자리를 벗어나야만 했다.

소녀가 안경을 뒤쫓아 굴다리를 빠져나오자 신호등이 있었다. 신호등 아래에는 정문이 나란히 붙어 있는 Y대학과 Y대학병원을 가기 위한 사람들이 몰려 있었다. 그 길을 지나면서 소녀는 알아챘다. E여대 정문 근방의 카페에서 한 바퀴를 돌아 E여대 후문으로 향하고 있다는 걸. E여대 후문은 Y대학 정문에서 가까웠다. 소녀는 곳곳의 버스 정류장과 여러 대의 버스를 보았다. E여대 후문 맞은편 길에는 고급스런 인테리어를 빌미로 터무니없이 비싼 값을 받는 카페와 레스토랑이 밀집해 있었다. 카페와 레스토랑이 끝나는 길에 가파른 언덕이 검은 입을 벌리고 있었다. 가파른 언덕에 소녀와 안경이 가고자 했던 폐허가 있었다. 가파른 언덕 앞에서 만나도 될 걸 멀리 돌아왔던 거였다.

그 사실을 깨닫자마자 소녀는 자리에 우뚝 멈춰버렸다. 다른 사람들에게는 먼 길이 아닐 수도 있었다. 그러나 소녀의 발목은 체구에 비해 얇았다. 살이 찔수록 뼈는 더욱 약해졌다. 소녀는 이 모든 것이 안경이 자신을 골탕 먹이려는 의도라고 믿었다.

이 근방에서 만나도 될걸…….

소녀는 울컥했다. 반나절 동안 제대로 된 음식을 먹지 못했다. 둥근 막대사탕이나 소라빵이나 피스타치오는 심심풀이 스트레스 해소용

주전부리에 불과했다. 소녀의 까만 눈알이 가운데로 심하게 쏠렸다. 부들부들 떠는 소녀는 당장이라도 쓰러질 것만 같았다. 소녀는 안경의 굽은 어깨를 잡고 흔들었다.

일부러 돌게 한 거죠?

안경은 맞받아치지 않았다. 겁을 잔뜩 먹었는지 호흡까지 가빠졌다. 소녀의 솜사탕처럼 부푼 살들은 안경을 질식시키기에 충분했다. 안경은 처음으로 말랑하게 굴었다.

순서를 바꾸면 안 돼. 생략해도 안 되고. 우리는 정찬을 만끽하게 될 거야. 지금까지는 전채 요리야. 우리는 충분히 미각을 돋웠다고. 나는 너에게 메일을 받는 순간부터 이 모든 걸 정교하게 짜놓았어. 이제부터 주요리를 먹을 거라고.

안경은 뿔테 안경을 끌어올리며 아부의 미소도 잊지 않았다. 소녀는 가까스로 안경을 만난 까닭을 기억해냈다. 안경의 시는 소녀를 방밖으로 나오게 했다. 안경이 그려낸 폐허에는 황폐한 아름다움과 폐허가 주는 평안함이 있었다. 사람들로 붐비는 거리를 이렇게 두려움 없이 걷는 것도 오랜만이었다. 소녀는 붙잡고 흔들던 안경을 놓아주었다.

> 폐허를 헤매던 나는
> 이제 폐허를 거니네.

소녀는 안경의 시구를 외우며 먼저 언덕을 올라갔다.

언덕길로 들어서자 대학가의 풍경과 소음은 완전히 사라졌다. 외진 길은 가파르고 좁고 구불구불했다. 잡목들이 비탈에 서 있었다. 벌거벗은 나뭇가지들은 바람에 흔들리며 메마른 소리를 냈다. 고개를 일찌감치 내민 새순은 꽃샘추위에 시들어가고 있었다. 소녀는 안경이 일부러 돌아온 길을 전채 요리라고 한 까닭을 짐작할 수 있었다. 길 하나 차이로 전혀 다른 세상이 존재했다. 그 차이가 언덕길을 더 적막하고 음침하게 만들었다. 안경은 외진 길을 벗어나 길도 없는 야산으로 더 깊게 들어갔다. 그 뒤를 꼬리를 한껏 부풀린 길고양이들이 거리를 두고 따라붙었다.

잡목들에 가려진 폐허를 안경은 손쉽게 찾아냈다. 건설회사가 부도나는 바람에 여러 해 동안 골조 상태로 방치된 흉물이었다. 녹슨 철골과 부서진 시멘트 덩어리가 을씨년스러웠다. 소녀와 안경은 시멘트 덩어리 위에 다리를 늘어뜨리고 나란히 앉았다. 시멘트에서 오싹거릴 만큼 냉기가 올라왔다. 음산한 기운에 사로잡힌 소녀에게 잔인한 욕망이 일었다. 소녀는 솜사탕처럼 부푼 살에 짓눌린 안경이 발버둥 치는 모습을 상상했다. 살려달라고 애원하는 입을 막아버리는 엉덩이의 느낌도 머릿속에 그려보았다. 그러면 더 이상 부족하지 않은 건 살뿐이라는 미련한 말 따위는 지껄일 수 없을 터였다. 소녀는 모처럼 조용한 안경 역시 잔인한 상상을 하고 있을지 모른다고 생각했다. 시멘트 덩어리 아래로 밀쳐진 소녀의 약한 뼈마디가 으깨어지는 걸 보고 싶어 할 것만 같았다.

후드득, 살기를 감지한 갈까마귀 떼가 일제히 하늘로 날아올랐다. 갈까마귀 떼의 울음소리가 적막을 깼다. 멀리서 철로와 기차 바퀴가 맞부딪히는 쇳소리가 들려왔다. 헛기운을 누르고 안경은 손목시계를 들여다보았다.

조금만 기다리면 될 거야. 해 지는 시각을 미리 알아뒀거든.

안경의 말대로 노을이 지기 시작했다. 빽빽한 나무들 사이로 붉은 해가 서서히 가라앉았다. 격앙된 안경의 목소리는 떨렸다.

모든 게 너무 조화로워. 새순이 돋기 전 건물의 잔해 위에서 바라보는 황혼은 더할 나위 없이 완벽해. 어둠 그 자체보다 어둠을 예감하게 하는 시간. 시시각각 하늘을 붉게 물들이며 어둠을 예감하게 하는 그 순간만큼 사람을 미치게 하는 때가 없지. 황홀하면 황홀할수록 아름다우면 아름다울수록 견딜 수 없는 불안이 밀려오는 거야.

달뜬 안경과 달리 소녀는 잠자코 있었다. 소녀는 안경과 걸었던 길을 차근차근 떠올렸다.

안경의 목덜미를 내리쬐던 봄볕, 뺨을 할퀴는 꽃샘바람, 작은 역사, 거대한 복합 쇼핑몰, 연분홍 립글로즈가 발라진 갸름한 입술, 기미 낀 주름진 눈가, 신호등 아래에 몰려 있던 사람들, 비탈에 선 잡목들, 녹슨 철골과 부서진 시멘트 덩어리, 일제히 날아오르던 갈까마귀 떼, 그리고 붉은 노을과 어둠.

소녀는 서글픔과 서러움과 두려움이 온몸을 적시며 목구멍으로 서서히 차오르는 걸 느꼈다. 내면에 단단히 감춰져 자신도 알지 못했던 감정들이었다. 소녀는 허리를 꺾고 신음을 내뱉었다.

아, 폐허!

소녀는 안경의 시,「폐허 산책」을 소리 내어 외었다.「폐허 산책」은 세 글자의 아주 짧은 시였다. 격해진 소녀는 일어나 시멘트 덩어리 위를 서성였다.

안경은 마지막 후식을 위해 시집을 펼쳐들었다. 겉표지에 커다란 뿔테 안경을 낀 시인의 소묘가 있던 시집이었다. 안경은 소녀에게 시 한 편을 읽어주었다.

담장 위에 긴 꼬리를 드리우고
달의 좁은 문을 두드렸다
문은 끝내 열리지 않고
달그림자가 삼켜버린 꼬리는
세상의 끝, 막다른 골목으로 사라졌다

「알리사, 좁은 문으로 들어가다」란 시였다. 안경은 뿔테 안경을 벗고 눈을 감았다.

꽃샘바람이 부는 초봄이야말로 죽음의 계절이지. 긴 겨울의 터널을 빠져나간 후 초봄에 다시 찾아오는 추위. 암, 긴장을 풀고 희망을 품은 사람들을 나락으로 떨어뜨리는 죽음의 계절이고말고.

긴 떨림을 주던 붉은 잔영마저 사라졌다. 더디고도 빠른 시간이 흘렀다. 건물의 잔해는 어둠에 잠겨 철골도 시멘트 덩어리도 구분할 수 없었다. 늘어뜨린 다리 아래로 깊이를 가늠할 수 없는 검은 구덩이가 입을 벌리고 있었다. 안경은 어둠 속에 홀로 서 있는 소녀를 바라보았다.

낯익다 했더니 바로 〈줄리의 산책〉이었어.

안경의 혼잣말에 소녀는 귀를 기울였다. 시체와 잔해 사이를 산책하는 소녀를 무채색으로 담아낸 〈줄리의 산책〉. 한 갈래로 머리를 땋은 풍만한 소녀는 폐허 속에서 무척이나 평온해 보였다. 그래서 더 보는 이들에게 깊은 인상을 남겼는지도 모른다. 세계적인 현대화가 K. 버네트의 〈줄리의 산책〉 역시 안경의 시를 통해 알게 되었다.

동화 속 왕자님이나 꿈꾸는 멍청한 소녀가 폐허 산책에 어울리는 그림을 완벽하게 재현해내고 있다니.

풍성한 정찬에 의기양양해졌는지 안경은 허공에 떠 있는 짧은 다리를 흔들었다.

안경의 자기애성 증상을 자신을 향한 우호적 제스처라 착각한 소녀는 다시 안경 곁에 앉았다. 감정이 벅차오른 소녀의 몸이 안경의 어깨로 기울어졌다. 폐허 산책 자체가 안경의 시였다. 그러나 안경은 차갑게 굴었다.

유치한 짓은 집어치워!

소녀의 속눈썹이 촉촉해졌다. 무시를 당한 소녀는 휴지를 찾기 위해 천 가방을 뒤졌다. 소녀는 어줍고 고탑지근했다. 안경은 노련하고 어리석었다. 소녀는 안경의 호감 사는 방법을 몰랐다. 안경은 소녀를 존중할 줄 몰랐다. 안경의 관심은 오로지 폐허 산책에만 있는 것 같았다.

소녀는 코 푼 휴지를 천 가방에 쑤셔 넣었다. 그 천 가방 안에는 안경의 또 다른 시집, 『폐허 산책』이 들어 있었다. 소녀는 『폐허 산책』 시집을 꺼내들고 가슴에 안았다.

폐허 산책을 통해 선생님의 시를 완벽하게 이해하게 되었어요.

안경은 목소리를 가느다랗게 올리며 소녀가 한 말을 그대로 흉내 냈다.

선생님의 시를 완벽하게 이해하게 되었어요.

안경은 빈정거리는 말투로 내뱉었다.

흥, 넌 멍청이야. 약속 시간에도 10분이나 늦었고. 의자와 엉덩이도 구분 못 해 엉덩이에 의자를 달고 다니는 멍청이에게 그런 말을 듣게 되다니, 오 맙소사!

안경은 다시 소녀의 말투를 흉내 냈다.

선생님의 시를 완벽하게 이해하게 되었어요.

안경은 또다시 빈정거리는 말투로 공격했다.

그런 말 자체가 내 시에 대한 모독이야. 그저 내 시를 이해한다는 착각 속에 겉멋을 부려보았을 뿐이야.

소녀는 어줍었지만 바보는 아니었다.

왜 이렇게 못됐어요? 머리만 큰 주제에. 달의 좁은 문은 어떻게 생겼어요? 세상의 끝이라도 진짜 가보았어요?

제기랄, 용케도 시집 맨 뒷장에 깨알만 한 글씨로 적혀 있던 내 메일 주소를 찾아냈더군. 그 집요함은 높이 사주지. 그렇다 해도 인내심도 없고 상상력도 없는 너는 겹겹이 쌓인 비계 덩어리일 뿐이야.

비계 덩어리라는 말에 소녀의 인내심이 무너졌다. 안경의 시는 특별했지만 정작 그는 역겨운 인간일 뿐이었다.

우스꽝스런 안경이나 끼고 다니는 주제에! 긴장을 풀고 희망을 품은 사람을 나락으로 떨어뜨리는 죽음의 계절이 초봄이라고요? 그럼 작은 희망을 품고 조심스럽게 내민 새순을 농락한 대가가 뭔지 보여주겠어요. 진짜 폐허 산책이 뭔지 보여주겠다고요!

소녀는 안고 있던 커다란 천 가방을 무기처럼 휘둘렀다. 코 푼 휴지와 심심풀이 스트레스 해소용 주전부리가 가득 든 천 가방은 제법 묵직했다. 이불을 만들어 덮을 수 있을 만큼 커다란 천 가방은 몹시 위협적이었다. 갑작스런 공격으로부터 벗어나기 위해 안경은 얼른 일어섰다. 하지만 소녀의 앉은키가 더 컸기 때문에 쉽게 벗어날 수가 없었다. 달아나려던 안경은 천 가방에 뒤통수를 정통으로 맞고 시멘트 덩어리 아래로 미끄러졌다. 검은 구덩이로 떨어지던 안경은 간신히 소녀의 한쪽 다리를 붙들었다. 소녀는 달라붙은 벌레인 양 안경을 떼어내려고 발버둥을 쳤다. 천 가방을 휘두르며 괴성을 질렀다. 뒤집힌 천 가방에서 코 푼 휴지와 사탕 막대와 소라빵 봉지와 피스타치오 껍질이 쏟아져 안경의 벌린 입 안으로 들어갔다. 소녀가 빈 천 가방을 안경의 머리에 덮어씌우자 매달린 안경은 몸서리를 치며 바둥거렸다. 언덕길에서부터 뒤쫓아온 길고양이들이 날카롭게 울었다. 둥지에서 휴식을 취하던 갈까마귀 떼도 동참하여 울부짖었다. 그 소리에 놀란 소녀는 겁을 먹고 그만 중심을 잃었다. 『폐허 산책』이란 시집이 검은 구덩이로 떨어졌다.

그날 밤 불순한 목적을 갖고 은밀한 장소를 찾아온 십 대 소년들에 의해 괴이한 광경이 발견되었다. 폐허가 된 건물 잔해에서 추락사한 남자와 여자의 시신이었다. 더구나 여자의 두꺼운 겨울 코트 아래 완벽하게 깔린 깡마른 남자는 추락사라기보다 질식사했다고 할 수밖에 없는 모습이었다. 남자의 크게 벌려진 입은 코 푼 휴지와 사탕 막대와 소라빵 봉지와 피스타치오 껍질로 가득 차 더러운 검은 구멍처럼 보였다. 그 옆에는 깨진 뿔테 안경이 나뒹굴고 있었다.

오랜 말다툼 끝에 십 대 소년들은 이 괴이한 광경을 아무에게도 알리지 않기로 결정했다. 자신들이 폐허를 찾아온 불순한 목적이 밝혀질까 두려웠던 것이다. 달이 밝아오기 전 소년들은 언덕 아래 인파가 붐비는 거리로 되돌아갔다. 가파르고 구불구불한 외진 길을 내려가는 소년들의 뒷모습은 좁은 문을 급히 빠져나가는 길고양이들처럼 보였다. 긴 꼬리를 감춘 여러 마리의 알리사가 세상의 끝, 막다른 골목으로 사라지고 있었다. 다만 코밑이 유독 까만 소년 하나가 『폐허 산책』이란 시집을 점퍼 밑에 감추고 갔다는 사실은 다른 소년들도 알지 못했다.

한밤의 스메그 쇼룸

엘리베이터에서 내린 그녀 앞에는 불 꺼진 스메그 쇼룸이 있었다. 태양을 더듬거리는 모나크 버터플라이처럼 그녀는 조명 스위치를 향해 손을 뻗었다. 긴 겨울잠에서 깨어난 것처럼 퍽퍽했던 그녀의 온몸에 물기가 돌았다. 너무 낯설어서 누구에게도 말할 수 없는 꿈이 기다리고 있었다.* 한밤의 스메그 쇼룸은 그녀의 아름다운 비밀이었다.

Buy the color. Technology with style.**

두 줄의 광고 카피는 그녀를 사로잡았다.

---

* 셰익스피어, 「한여름 밤의 꿈」 문장 인용하였습니다.

** 스메그코리아 광고 카피 인용하였습니다.

최저 시급을 잊을 만큼 매력적인 구인 광고였다. 구인 사이트에서 판매 계약직 광고를 찾아낸 그녀는 고작 반나절 정도 망설이다 이력서를 넣었다. 잠시 머뭇거렸던 건 이력서와 면접을 통과할 수 있을까 하는 구직자의 흔한 불안감이었다. 스메그에 대한 망설임은 아니었다. 스메그는 그녀에게 단순한 가전제품 그 이상이었다. 호수공원이 내려다보이는 친구의 아파트에 초대받았던 초봄이나 빌라 입구에 노인과 노인의 묵은 짐이 버려졌던 지난겨울. 좀 더 시간을 거슬러 올라가면 입김 서린 안경을 벗었다 꼈던 그해 겨울부터 그녀만의 스웨그였다.

50년대 레트로 스타일의 둥근 곡선과 감성을 자극하는 빈티지한 색감은 그녀를 사로잡았다. 들꽃을 담은 유리병이 놓인 식탁과 조화를 이루려면 최신 기술이 지나치게 돋보여도 노골적으로 세련되어도 안 되었다. 레이스가 달린 창가에 작은 새 한 마리가 지저귀고, 오븐에서 빵이 익어가는 동안 커피 머신에서는 카푸치노의 부드러운 거품이 흘러내리는 소소한 행복의 안식처. 그녀가 꿈꾸는 멋스럽게 소박한 주방이라면 에밀리아 구아스탈라 지역 에나멜 공장의 스메그였다. 평화의 문이 내려다보이는 쇼룸에는 스메그로 채워진 베이킹 클래스 룸이 달려 있었다.

이제 손님을 위해 근사한 식사를 준비할 시간이었다. 한때의 사소한 비밀을 함께 나눌 수 있는 친구를 초대하기에 이보다 더 좋은 쇼룸은 없었다.

조명이 밝혀지자 크롬 소재 로고가 가전제품들 위에서 선명하게 반짝거렸다. 네 개의 이니셜, 'S', 'M', 'E', 'G'만으로도 인테리어 오브제로서의 역할은 충분했다. 영어가 능숙한 유학파도 아니었고, 외국인이 다가오면 피하기 일쑤였지만 그래서 더 외래어로 된 상호나 광고 카피에 사로잡힌다는 걸 알았다. 스스로에게도 제법 솔직한 그녀는 유명 브랜드라면 무조건 추종하는 여자들과 달리 스메그에 대한 기준도 뚜렷했다. 고급 패션 브랜드 돌체앤가바나와 컬래버레이션한 시칠리아 중세풍 그림들도 인테리어 가전제품의 아이콘다운 시도였다. 시칠리아 장인이 그린 중세 문양과 기사들의 전투 장면은 출시되자마자 마니아들을 열광시켰지만 스메그는 역시 컬러였다. 50년대를 연상시키는 레트로하면서도 팝아트적인 발랄한 색감을 놓치면 스메그가 아니었다.

장바구니를 내려놓고 그녀는 블라우스와 정장 바지부터 벗었다. 사장과 직원들이 모두 퇴근한 쇼룸에는 그녀뿐이었다. 본사 안에 있는 쇼룸은 본사 직원들 퇴근 시간에 맞춰 영업을 일찍 마쳤다. 고객들은 대개 쇼룸 매장에서만 할인된 가격으로 판매되는 백화점 전시 상품 구매자들이거나 오븐 구매자들 대상의 베이킹 클래스 수강생이었다. 할인 상품도 사전 예약제로 판매되기 때문에 밤늦게까지 영업할 필요가 없었다. 직원들을 따라 퇴근했던 그녀는 가까운 아파트에서 간단한 장을 보고 되돌아왔다. 새로 온 경비 직원에게 베이킹 준비를 위해 야간 근무를 한다고 하면 딱히 의심하지 않았다. 그녀는 실제로 한밤의 쇼룸에서 베이킹을 했으므로 꼭 거짓말만은 아니었다.

경비 직원뿐만 아니라 본사 직원들도 걱정할 필요는 없었다. 쇼룸으로 들어오면서 본사 사무실을 살펴보았는데 여느 때처럼 조명이 꺼져 있었다. 아직 아이들이 어린 사장은 스메그가 있는 저녁을 연출하기 위해 집으로 일찍 돌아갔고, 덕분에 직원들도 신규 매장 오픈 같은 특별한 경우가 아니면 야근이 없었다. 퇴근 시간만큼 출근 시간도 빨랐다. 그녀는 스메그의 여러 매장 중에 백화점보다 출퇴근 시간이 빠른 쇼룸을 선택했다. 집에는 그녀를 기다리는 노인이 있었다. 그녀가 차려준 아침을 먹은 노인은 노인정에서 점심을 먹었다. 저녁에는 식사를 차려줄 때까지 텔레비전 앞에 앉아 있었다. 식사 준비가 늦어지면 한숨과 함께 '애도 못 낳는 년'이라고 뇌까렸다. 그녀는 대꾸하지 않고 가스레인지 앞에서 말없이 입을 벌렸다. 벌려진 입가를 따라 고인 침이 끓고 있는 찌개에 흘러내렸다. 노인과 노인의 아들이 찌개에 수저를 넣으면 그녀는 옆으로 돌아앉아 소화제를 먹었다.

면접관을 기다리는 동안에도 위장약을 삼켰다. 쓰린 속은 가라앉지 않았지만 최대한 밝은 표정으로 광고 카피가 무척 마음에 든다고 했다. 최저 시급의 계약직에 지원하면서 출시되는 제품 종류와 모델명까지 꿰고 있어서인지 이력서에 적어놓은 이름으로 전화를 받았다.

"이시아 씨, 월요일부터 출근해주세요."

채용 담당자와 통화하다 처진 눈꺼풀 아래 반질거리는 눈과 마주치자 그만 퇴근 시간을 속였다. 노인이 화장실에 지린 똥을 락스로 닦다가 출근한 날, 자신도 모르게 퇴근길 지하철에서 내려 걸음을 돌렸다. 한밤의 쇼룸으로 되돌아간 그날 이후로 그녀의 퇴근 시간은 점점 늦어졌다. 밤공기를 묻혀 오는 그녀에게서 수상한 냄새를 찾으려는 노인에게 첫 월급으로 기력 회복에 좋다는 보약을 맞춰주었다. 오늘 아침 출근 전에도 따뜻하게 데운 보약을 노인의 아들이 지켜보는 가운데 노인에게 내밀었다. 잠자코 받아든 노인의 주름진 목울대가 보약을 삼킬 때마다 울렁거렸다.

노인과 노인의 아들은 첫 월급으로 보약까지 맞춰준 그녀의 퇴근 시간에 대해서 캐묻지 않았다. 노인정만 오가는 노인은 몰라도 노인의 아들은 쇼룸 매장 영업 시간을 알 수도 있었다. 스메그 공식 사이트에는 쇼룸 영업 시간이 정확하게 적혀있었다. 노인의 아들은 이미 알고도 입을 다물거나 빈번한 말다툼에서 마지막 카드로 쓰려고 꿍치고 있는지도 몰랐다. 그러나 보약에 몰래 넣은 한 스푼의 하얀 가루는 노인뿐만 아니라 노인의 아들도 몰랐다. 나란히 놓인 세 개의 슈가볼에 담긴 하얀 가루는 설탕이거나 수면제이거나 몸에 조금씩 축적되어 죽음으로 이끄는 비소일 수도 있었다. 요리할 때는 설탕이, 잠들지 못하는 밤에는 수면제가, 개미들이 들끓는 베란다에는 비소가 필요했다. 살다 보면 누구에게나 감추어야만 하는 일들이 있었다. 다른 사람들처럼 그녀는 그걸 비밀이라고 불렀다.

대리석 바닥에는 블라우스와 정장 바지가 허물처럼 널브러져 있었다. 속옷 차림이 된 그녀는 딱딱한 구두를 벗고 맨발로 섰다. 대리석

바닥의 차가운 기운이 맨발로 전해져와 온몸에 소름이 돋았다. 미술실 문이 느닷없이 열렸을 때처럼 양팔을 엇갈려 자신의 몸을 안았다. 자연스럽게 가슴이 모아져 가슴골이 더욱 깊어졌다. 십칠 년 전, 고등학교 미술실에서도 그녀는 속옷 차림이었다. 사소한 비밀을 나누기 적절한 밤이었다. 당황한 친구는 안경을 벗었다 꼈다 할지도 몰랐다. 마음을 가라앉히기 위해 팔뚝을 가만가만 쓰다듬으며 평화의 문에 조명이 들어오는 걸 지켜보았다. 야간 조명이 밝혀지자 5층 건물 높이의 평화의 문은 더욱 우뚝했다. 평화의 문을 중심으로 탁 트인 광장과 드넓은 잔디밭은 실제로도 평화로워 보였다. 친구의 식탁에 앉아서 내려다보던 호수공원과 비교해도 훌륭했다.

건물들이 빼곡한 시내 중심가에서는 쉽게 볼 수 없는 풍경이었다. 다소 기괴한 모양의 철근 콘크리트 구조물이 어떻게 세계의 평화를 상징하게 되었는지는 알 수 없지만 평화의 문이란 이름이 처음부터 마음에 들었다. 무작정 쇼룸으로 되돌아온 날, 우두커니 평화의 문을 내려다보다가 그녀는 그 이유를 어렴풋이 짐작하고 혼자 고개를 주억거렸다. 창문 없는 백화점에서 하루 종일 고객들을 상대하다 결혼한 그녀는 언젠가부터 자신의 삶에 그 어떤 문이라도 열리기를 바랐다.

그 바람이 깊어질수록 희곡 「한여름 밤의 꿈」에 등장하는 직공들처럼 그녀에게도 스웨그가 필요했다. 태양을 더듬거려 아메리카 대륙에서 멕시코 미초아칸 마을까지 찾아가는 모나크 버터플라이의 더듬이처럼 스웨그를 잃지 않으면 언제가 어떤 문이라도 열리고, 그

문 너머로 날아오르게 해줄 것만 같았다. 건들거리는 직공들에게 'swagg'ring'이라는 단어를 처음 사용했던 셰익스피어도 그녀와 같은 이유였는지 몰랐다. 낮고 천한 직공들이 요정과 귀족들 사이에서 주눅 들지 않고 살아가려면 약간의 사치와도 같은 허세라도 부려야 했을 거라고 누군가 그녀에게 말해줬다. 아마 이어폰을 귀에 꽂은 채 석고 데생을 하면서 힙합 가사를 웅얼거리던 혁이였을 것이다. 그녀와 함께 고등학교 미술반이었던 혁이는 처음 들을 때는 생뚱맞지만 혼자 있을 때면 문득문득 떠오르는 희한한 이야기를 무심하게 들려주고는 했다. 그녀는 자신의 몸을 좀 더 힘껏 껴안으면서 차가운 미소를 머금었다. 거뭇한 턱수염 아래 붉어지던 혁이의 볼이 떠올랐다. 그녀의 삶에 몇 번 안 되는 문이 고등학교 체육 시간에 열렸다는 걸 얼마 전에야 알게 되었다. 네 연인들의 사랑 사이에서 마법을 부리던 요정 퍽의 실수가 어쩌면 그녀의 사랑까지 엇갈리게 했는지도 몰랐다.

"순덕이가 뭐야. 도대체 스웨그가 없잖아."

이력서에 주민등록상 이름을 썼다가 지우고, 대신 스메그에 어울리는 이름을 적었다. 이시아. 세계적인 아티스트가 되면 사용하려고 고등학교 미술반 시절에 생각해두었던 이름이었다. 이춘수의 「꽃」이란 시를 배우기 전부터 그녀의 빛깔과 향기에 맞는 이름으로 불리어졌을 때 비로소 그 무엇이 될 수 있다는 걸 알고 있었다. 손녀가 순하고 덕스럽게 자라길 바라던 할아버지는 출생 신고서에 동네 아줌마들에게나 흔한 이름을 올렸다. 이순덕. 다행히도 할아버지는 그녀가 사춘기에 들어섰을 무렵 세상을 떠났다. 조금만 늦었다면 명찰을 떼어내고 뛰어내리려는 손녀를 말려야 했을지도 몰랐다. 할아버지가 죽고 나자 미워할 상대가 사라져 황당했던 그녀는 장례식에서 눈물을 흘렸다. 좀처럼 눈물이 나오질 않아 애를 먹던 엄마는 서글프게 우는 그녀를 끌어안고 비로소 크게 통곡했다. 엄마 품에 안겨 친척들이 며느리와 손녀를 칭찬하는 소리를 들으면서 비밀이라는 건 별거 아니라는 생각을 했다. 사춘기의 그녀가 이름 때문에 학교 옥상에서 뛰어내리려 했다는 사실을 할아버지도 가족들 중 그 누구도 몰랐다.

순면 원피스로 갈아입은 그녀는 체크무늬 슬리퍼를 신었다. 그리고 린넨 앞치마를 걸치고 스메그 모델처럼 허리끈을 앞으로 돌려 묶어주었다. 원피스 등판에 그녀가 직접 그려놓은 모나크 버터플라이를 빼고는 텔레비전 광고 모델 옷차림 그대로였다. 올림머리를 한 모델은 냉장고에서 오렌지를 꺼내 착즙기로 오렌지 즙을 짜내고, 토스터기에서 구운 식빵과 커피 머신에서 내린 커피로 브런치를 차렸다. 들꽃을 담은 유리병이 놓인 식탁이었다. 1분 30초의 짧은 광고에서 모델이 사용하였던 모든 가전제품 위에는 그녀를 흥분시키는 크롬 소재 로고, 'S', 'M', 'E', 'G'가 빛나고 있었다. 지난겨울 광고 속의 스메그가 눈처럼 보드라운 크림색이었다면 이번 봄 광고 속의 스메그는 풍선껌처럼 펑키한 핑크색이었다. 화면 가득한 핑크색은 주방에 화사한 스메그를 들여놓으라며 벚꽃을 따라 흩날리던 마음을 뒤흔들었다. 그녀는 주방에 할부로 스메그를 들여놓는 대신 구인 사이트에서 스메그 구인 광고를 찾았다.

유리 파사드를 거울 삼아 긴 머리를 모델처럼 묶은 그녀는 와인과 탄산수는 스메그 피아트 500의 홈바형 냉장고에 넣어두고, 오븐부터 예열시켰다. 디저트로 얼그레이 마카롱을 내놓을 예정이었다. 샐러드를 곁들인 스테이크를 메인으로, 상그리아를 음료로, 커피와 마카롱을 디저트로 메뉴를 짜놓았다. 이 정도면 친구도 쉽게 잊지 못할 세련된 테이블이 될 것 같았다. 특히 메뉴 중에 그녀가 제일 자부심을 갖고 있는 얼그레이 마카롱을 먼저 만들기 시작했다. 아몬드 가루와 슈가 파우더와 계란 흰자 그리고 설탕을 넣어 프랑스어로 껍질이라는 뜻의 코크 반죽을 했다. 콧잔등을 찡그리면서 짤주머니에 담긴 반죽을 팬 위에 동그랗게 짜내었다. 베이킹을 하면서 콧잔등을 찡그리는 건 어떤 기분인지 조금쯤 알 것도 같았다. 은근 중독성이 있어서 콧잔등을 연거푸 찡그리고, 이마까지 찌푸려보았다. 오늘 오전 쇼룸에서 얼그레이 마카롱 베이킹 클래스가 있었다. 베이킹 클래스가 끝나고, 마카롱 한 상자를 셰프에게 맛보기로 받았지만 친구에게 솜씨를 보여주고 싶었다. 난이도 높은 베이킹일지라도 스메그 오븐이라면 자신 있었다.

마카롱 코크가 건조되는 동안 아파트 상가에서 사 온 고기와 야채를 다듬기 시작했다. 조리 도구와 가전제품을 다루는 그녀의 손길은 마치 자신의 주방인 양 능숙했다. 그녀의 베이킹 실력이 점점 늘어나고, 모두가 퇴근한 쇼룸을 제대로 즐길 수 있게 되었던 건 스메그 클래스 덕분이었다. 드나드는 고객들은 백화점처럼 많지 않았지만 일주일에 서너 번 셰프의 보조 역할을 해야 했다. 르 코르동 블루 요리학교를 졸업한 셰프의 조리 도구와 재료를 챙겨주는 동안 그녀 또래의 고객들은 계량을 하거나 오븐 스위치나 돌리면서 엄살을 부렸다. 마카롱이 얼마나 예민하고 까다로운 베이킹인지 콧잔등을 찡그리며 투정을 했다. 곁에서 듣고 있으면 세상의 가장 큰 고민은 마카롱 코크가 구워지는 동안 갈라지거나 깨지는 것처럼 보였다. 그녀 역시 마카롱을 구울 때마다 긴장 반 설렘 반이었기에 한편으로는 이해할 수 있었다. 잘 구워진 마카롱은 색과 모양뿐만 아니라 입 안에서 바삭, 달콤, 쫀득하게 녹아내리는 식감까지 갖춰야 했다.

건조된 마카롱 코크를 오븐에 넣고, 아직 그녀의 손길이 닿지 않은 스메그가 어디 있나 둘러보았다. 커피 머신 옆에 색깔별로 놓인 동글동글한 착즙기가 귀여웠다. 그녀는 요리하는 동안 모든 가전제품을 골고루 사용하는 즐거움을 누릴 수 있도록 메뉴를 짜두었다. 반으로 가른 오렌지를 착즙기에 올리고 지그시 눌렀다. 핑크색 착즙기에서 흘러내리는 오렌지 즙은 모나크 버터플라이의 주홍빛 날개를 연상시켰다. 이슬을 머금고 부드럽게 펼쳐지는 주홍빛 날개. 내일 출근하자마자 착즙기부터 구매해야겠다는 생각이 충동적으로 들었다. 앞 동에 가로막혀 한낮에도 어둑한 주방이지만 핑크색 착즙기를 두면 한결 밝아질 것 같았다. 일반 판매가와 직원 할인가를 비교해보아도 계약직으로 근무하는 기회에 장만해두는 것이 아무래도 이익이었다. 식이섬유가 풍부한 과일즙을 마신다면 괄약근이 약해진 노인도 더 이상 똥을 지리지 않을 것 같았다. 노인의 아들도 노인을 위한 구매라면 심하게 반대할 수만은 없지 않을까 하는 계산도 섰다. 착즙기를 사야만 하는 이유가 하나씩 늘면서 레드 와인에 오렌지 즙과 탄산수를 섞는 그녀의 손길이 빨라졌다. 풍부한 식이섬유가 오히려 노인의 장을 자극한다고 해도 상관없었다. 스메그로 채워진 주방을 상상하는 것만으로도 혈관의 피가 빠르게 돌았다. 틀에 박힌 빈곤한 섹스보다 좀 더 이 세상을 살맛나게 해주었다.

친구를 다시 만난 곳도 스메그 매장이었다. 노인의 아들이 출근하자마자 수고한 자신을 위한 보상으로 백화점을 순례하던 중이었다.

스메그 매장에서 기웃거리던 그녀를 친구가 먼저 알아보았다.

“순덕아, 너 이순덕 맞지?”

노인에게서 모처럼 벗어난 그녀는 자신만의 시간을 방해받고 싶지 않았다. 순덕이라는 이름을 기억하는 사람이라면 더욱더 반갑지 않았다. 고개를 돌리려는데 눈치 없는 친구는 얼굴을 들이밀고 아는 척했다.

“미술반 순덕이 맞네. 여전히 멋지게 차려입고. 우리 몇 년 만이야?”

친구는 절친과의 재회처럼 친근하게 굴며 지난달 입주했다는 새 아파트로 그녀를 초대했다. 아마 깜짝 놀랄 거라던 친구의 말대로 아파트 긴 복도에는 친구의 그림들이 걸려 있었다. 그림들을 보는 순간 그녀는 소름이 돋아 소리를 지를 뻔했다. 층고가 높은 거실에서는 호수공원이 내려다보였다. 전망에도 가격이 있구나, 새삼 끄덕거리는 그녀의 등을 친구의 손바닥이 찰싹 내려쳤다. 순면 티셔츠 등판에는 그녀가 직접 그려놓은 주홍빛 날개를 둘러싼 검은 테두리와 흰 반점의 모나크 버터플라이가 화려했다.

"이 독특한 디자인은 도대체 어디 브랜드야?"

사실대로 대답하기조차 귀찮았던 그녀는 심드렁하게 대꾸했다.

"미초아칸."

처음 듣는 브랜드이겠지만 친구는 아는 척하고 싶었던 것 같았다.

"아, 나도 들었어. 아직 국내에 입점은 안 했다지?"

어이가 없어 입이 벌어지는 그녀를 친구가 재빠르게 끌어당겼다. 주방 한쪽 벽에는 결혼사진이 걸려 있었다. 휘둥그레진 그녀를 보며 친구는 큰 소리로 웃었다.

"거 봐. 내가 깜짝 놀랄 거라고 했지. 첫사랑은 안 이루어진다는데 나는 첫사랑과 결혼했잖아."

적절한 말을 찾지 못한 그녀는 처음 들을 때는 생뚱맞지만 혼자 있을 때면 문득문득 떠오르는 질문을 던졌다.

"0.5그램의 모나크 버터플라이가 어떻게 5,000킬로미터를 날아가는지 알아?"

당황한 친구는 안경을 벗었다 꼈다. 안경을 쓰지 않았던 걸로 기억되는 친구에게 새로운 버릇이 생겼다는 걸 알게 되었다.

오렌지 즙과 탄산수를 넣은 레드 와인은 짙은 주홍빛을 띠었다. 그녀는 상그리아를 차갑게 식히기 위해 냉장고에 넣고, 오븐에서 매끈하고 통통하게 구워진 마카롱을 꺼내 철망 위에 올려두었다. 밑간을 해둔 고기는 그릴 전용 오븐에서 굽고, 샐러드에 뿌릴 소스를 준비했다. 이제 마카롱 코크를 식힌 뒤 필링을 채우기만 하면 대충 준비가 끝났다. 고개를 들어 창 너머 검푸른 하늘을 바라보았다. 유리 파사드에는 앞치마를 두른 그녀의 실루엣이 비춰지고 있었다. 요리를 하는 동안 헝클어진 머리와 옷매무새가 눈에 거슬렸다. 스메그가 있는 저녁을 연출하는 내내 상큼했던 광고 모델처럼 그녀도 완벽하고 싶었다.

"아직 쓸 만해."

친구가 도착할 시간이 다가오자 긴장되었는지 면접 보기 전날 했던 말을 반복했다. 머리를 다시 매만져 묶고, 제일 화사한 립스틱을 꼼꼼히 발랐다. 강남오렌지라고 불리는 슈에무라 립스틱은 모나크 버터플라이의 날개처럼 주홍빛이었다. 눈을 가늘게 뜨고 마치 모나크 버터플라이의 더듬이 흔적을 찾는 것처럼 유리 파사드에 얼굴을 이리저리 비춰보았다. 그녀와 친구 그리고 또 한 사람, 혁이. 미술반 동아리였던 세 사람은 미술반 작업실로 이용하던 운동장 창고에서 데생을 하거나 교내 전시회를 준비했다. 배가 고파지면 학교 앞 분식집에서 라면이나 쫄면을 먹었는데 늘 용돈이 풍족했던 그녀가 사다리 타기에 곧잘 걸렸다. 얇아진 지갑은 신경 쓰지 않고 웃고 떠들었던 걸 보면 서로에게 가장 가까운 사이였던 것도 같았다. 적어도 그녀가 미대를 포기하기 전까지는 말이다.

백화점 스메그 매장에서 다시 만난 친구의 연락이 잦았다. 속마음은 알 수 없지만 겉으로는 아닌 척 반가워하는 친구의 모습은 변함이 없었다. 그러나 그녀에게는 고등학교 미술반 시절의 기억일 뿐이었다. 연락이 끊어진 뒤 제법 긴 시간이 흘렀고, 그동안의 일들을 굳이 떠벌리고 싶지 않았다. 더군다나 첫사랑을 이루었다는 친구에게 박수를 쳐주고 싶지도 않았다. 긴 복도에 걸려 있던 친구의 그림들은 그녀가 고등학교 미술반 시절에 즐겨 그리던 그림들과 아주 많이 닮아있었다. 모나코 버터플라이를 소재로 한 그림들에 소스라치게 놀랐지만 가만 돌이켜보면 새삼스럽지도 않았다. 고등학교 미술반 시절에도 친구는 그녀의 그림뿐만 아니라 그녀가 가진 것들의 주변을 맴돌았다. 친구와 친구의 아파트에서 그녀가 만족할 만한 취향은 오로지 탁 트인 전망과 주방에 놓여있던 유니언 잭 냉장고뿐이었다.

고급스럽지만 무겁고 어두워 보이는 블랙 톤 주방에 팝아트적인 젊고 발랄한 분위기를 불어넣던 유니언 잭 냉장고. 하마터면 혁이와의 결혼은 잘 모르겠지만 유니언 잭 냉장고만은 탁월한 선택이었다고 솔직하게 털어놓을 뻔했다. 그녀에게 스메그는 컬러였지만 유니언 잭 디자인을 입힌 스메그만은 특별했다. 고등학교를 졸업하기도 전에 친척의 도움으로 백화점 가전 매장에 취직한 그녀는 오로지 매니저가 알려준 매뉴얼을 따라 가전제품을 판매했다. 아직 냉장고 따위 가전제품에는 조금도 관심이 없던 그녀에게 같은 층 스메그 매장의 유니언 잭 냉장고는 정말 스웨그 그 자체였다. 냉장고에 디자인을 입히다니! 그녀는 스메그에 그만 반해버리고 말았다.

쇼핑으로 삶의 행복을 찾는 그녀가 스메그에 반하기만 한 건 아니었다. 그녀의 주방에도 스메그 가전제품이 있었다. 노인의 아들과 몹시 다투거나 난임 검사를 받고 돌아오던 길에 하나씩 사들인 전기 포트와 토스터였다. 그러나 아쉽게도 아직 냉장고나 오븐이 없었다. 그녀가 노인의 아들로부터 받는 생활비에 비해 다소 무리인 가격 때문만은 아니었다. 그녀에게는 돌려 막을 수 있는 카드가 여러 장 있었다. 가장 큰 이유는 냉장고와 오븐은 전기 포트와 토스터처럼 숨겨둘 수가 없었다. 울적할 때마다 꺼내 쓰던 토스터를 들켰을 때, 노인의 아들은 소리를 질렀다.

"젠장, 된장녀처럼 굴지 마!"

변명부터 늘어놓던 그녀는 너무 화가 나서 더 크게 소리를 질렀다.

"젠장이 아니라 스웨그야! 된장처럼 굴면서 평생 된장으로나 살든지! 쇼핑조차 마음대로 못 하면 도대체 무슨 즐거움으로 살라는 거야!"

집에 머무는 시간들이 점점 더 끔찍해졌다. 그녀가 얼마나 애쓰고 있는지 노인의 아들은 조금도 알지 못했다. 원하는 디자인의 옷은 터무니없이 비쌌고, 개성 없는 옷은 걸칠 수가 없었다. 결국 새로 산 옷들마다 직접 모나크 버터플라이를 그려 넣는 수고를 번번이 하고 있었다. 그런 그녀의 노력들을 이해하지 못하는 노인의 아들을 그녀 역시 이해할 수 없었다.

지난겨울 아무런 의논이나 연락도 없이 노인과 노인의 묵은 짐이 빌라 입구에 버려졌다. 노인의 딸에게 더 이상 노인의 손길이 필요 없어졌고, 노인이 가스레인지 잠그는 걸 깜박해 아파트를 통째로 태울 뻔하자 택배처럼 보내졌다. 그녀는 노인을 돌보기 위해서가 아니라 아이를 가지려 잠시 쉬는 중이라고 말했지만 아무도 귀담아 듣지 않았다. 노인은 몸과 마음이 불편할 때마다 거둬준 그녀에게 고맙다는 말 대신 '아이도 못 낳는 년'이라고 했다. 노인의 아들은 정신이 오락가락하는 노인을 불쌍하게 여기라고 했다. 장기요양인정을 신청했지만 방문한 조사원 앞에서 노인은 놀랍게도 아주 말짱하게 굴었다. 상대에 따라 달라지는 노인의 행동 때문인지 노인이 지린 똥을 닦아내고, 노인의 폭언을 견디어도 어느 누구도 감사의 말과 적절한 대가를 지불하지 않았다. 그녀가 퇴근 후 쇼룸에 다시 돌아올 수밖에 없는 이유였다. 쇼룸에서는 시간 단위 노동력의 대가와 함께 수고했다는 인사말 정도는 건네주었다.

코크 사이에 필링을 넣은 마카롱이 입안에서 바삭, 달콤, 쫀득하게 녹아내렸다. 껍질인 코크는 바삭하고, 주름진 피에는 부드럽고, 얼그레이를 우려 넣은 필링은 쫀득했다. 이때까지 그녀가 구운 마카롱 중에 색과 모양과 맛 모두 최고였다. 혼자 기뻐하고 있을 때, 쇼룸 부근에 도착했다는 친구의 전화가 왔다. 경비 직원에게는 셰프가 맛보기로 준 마카롱 상자를 건네며 베이킹 클래스 재료 준비를 도와줄 사람이 올 거라고 귀띔해두었다. 그녀는 식탁 매트를 깔고 테이블 세팅을 시작했다. 유니언 잭 냉장고와 결혼 사진이 있던 친구의 주방을 떠올리자 한동안 괜찮았던 속이 다시 쓰렸다. 친구가 테이블 세팅에 사용한 접시와 커트러리는 그녀가 평소 백화점을 순례하며 보아두었던 유명 브랜드 제품들이었다. 친구는 과연 혁이에게 그녀를 다시 만났다고 말했을까. 굳이 말해야 된다고 생각하지는 않았지만 만약에 그 이야기를 들었다면 혁이는 어떻게 반응했을지도 슬그머니 궁금해졌다. 미술반 문이 갑자기 열렸던 순간에 그녀는 속옷 차림이었다.

밤사이 빗물이 고인 웅덩이에 넘어졌던 그녀는 미술실에서 젖은 체육복을 갈아입던 중이었다. 방과 후 미술반 작업실로 쓰던 운동장 한구석 창고에는 여벌의 옷이 늘 있었다. 잠금 장치가 고장 났지만 수업 시간이라 약간 방심했다. 미술반 선생님의 심부름으로 전시물을 가지러 왔던 혁이 역시 아무도 없을 거라 생각하고 무심코 문을 벌컥 열었다. 놀란 나머지 자신의 몸을 꼭 껴안느라 더욱 깊어진 그녀의 가슴골에 혁이의 시선이 닿았다. 그날 이후로 그녀와 혁이는 친구 몰래 어색한 눈길을 주고받기 시작했다. 친구는 그녀와 혁이의 얼굴을 번갈아 바라보다 태연하게 그림을 그렸다. 그녀와 혁이의 첫 키스는 전시물 설치를 위해 늦게까지 남아 있던 미술실에서 이루어졌다. 이빨끼리 부딪히기도 했지만 처음치고 아주 잘해내었다. 혁이를 꽉 끌어안아야 할 만큼 몹시 어지럽고 몽롱했다.

그녀는 양팔을 엇갈려 팔뚝을 가만가만 어루만졌다. 10분 후면 친구가 도착한다고 했는데도 첫 키스가 떠올라 흥분이 가라앉지 않았다. 피아트 500 보닛 후드를 열고 탄산수를 꺼내 천천히 마셨다. 입맞춤만으로도 온몸이 떨리던 때가 있었다니 믿기지 않았다. 제대로 된 섹스를 언제 나누었는지 기억조차 나지 않았다. 의사가 잡아준 날짜와 체위대로 치르는 섹스는 이제 임신을 위한 행위에 불과한 것 같았다. 그녀는 피아트 500에 조심스럽게 걸터앉았다. 근무 시간에는 결코 할 수 없는 행동이었다. 그녀보다 젊은 정식 직원들은 화를 내지 않고도 계약직 직원을 다루는 적절한 노하우가 있었다. 스메그에 어울리는 그녀의 이름을 나직이 부르면 그녀는 공손하게 두 손을 모았다. 정식 직원들이 조곤조곤 충고를 하는 동안 겸손하게 숙인 머리로는 전혀 다른 생각을 했지만 말이다.

'아무 감흥 없는 섹스에 비하면 스메그 피아트 500은 얼마나 멋진가.'

이태리 자동차 친퀘첸토의 보닛을 음료수 전용 냉장고로 바꾸는 것은 스메그가 아니면 시도조차 할 수 없는 스웨그 넘치는 아이디어였다. 계기판 모양의 온도 조절 장치와 자동차 바퀴 그리고 헤드라이트도 그대로 옮겨놓은 피아트 500 보닛 후드를 열고 맥주 따위를 꺼내 마시는 광경은 영화의 한 장면 같았다. 그래서인지 피아트 500을 구매하러 오는 고객들조차 어딘가 특별해 보였다. 말과 표정에서 가진 자들의 여유가 느껴졌다.

테이블 세팅의 마무리로 유리병을 식탁 한가운데 놓았다. 쇼룸의 분위기를 좀 더 돋우기 위해 피아트 500의 헤드라이트를 켰다. 두 줄기의 불빛이 맞은편 유니언 잭 냉장고를 비추었다. 피아트 500의 가격은 소형차 가격과 맞먹었다. 피아트 500으로 주방을 스타일링하려면 소형차 한 대 값을 미리 내고도 몇 달을 기다려야 했다. 유니언 잭 냉장고뿐인 친구의 주방은 그녀의 쇼룸과 비교할 수 없다고 자신을 위로하자 기분이 한결 상쾌해졌다. 스메그 쇼룸은 유니언 잭을 비롯한 수십 개의 냉장고와 다양한 가전제품에 국내에 몇 개 없는 피아트 500까지 갖추었다. 그녀의 사고가 스메그처럼 유연하기에 가능한 일이었다. 생각을 조금만 바꾸었을 뿐인데 쇼룸은 그녀를 위한 주방이 되었다. 여러 번의 실패 끝에 매끈하고 통통한 마카롱을 구운 이후로 스스로가 나름 꽤 괜찮게 여겨졌다.

그녀의 유연한 사고는 고등학교 미술반 시절에도 남달랐다. 미술대회에서 다들 연못에 둘러싸인 경회루를 그리고 있을 때 그녀는 경회루보다 연못 위를 날아다니는 모나크 버터플라이를 더 크게 그렸다. 착상이 남다르다는 심사평과 함께 다소 아쉽지만 우수상을 수상하기도 했다. 우쭐해진 그녀는 홍콩 아트 페어에서 오픈 첫날에 솔드아웃될 거라고 농담처럼 말하고 다녔다. 그러나 아버지 사업이 부도가 나면서 가족들은 흩어졌고, 백화점에 취직한 그녀는 고등학교 졸업식장에 가지 않았다. 친구와 혁이가 같은 대학 미대에 합격하였다는 소문만 전해 들었다. 그해 겨울 그녀는 미대 진학을 포기하는 것보다 미대에 진학한 친구와 혁이를 마주하기가 더 힘들었다.

쇼룸의 문이 열렸다. 잊고 있던 감정들을 상기시켜주는 친구가 쇼룸으로 들어서고 있었다. 유리병을 채울 한 아름의 들꽃을 든 친구는 그녀의 초대에 들뜬 것 같았다. 그동안 친구는 그녀가 대충 얼버무리는 남편의 직업과 빌라 평수를 꽤 궁금해했다. 집으로 초대하지 않는 그녀에게 말끝마다 놀러 가고 싶다는 말을 덧붙였다. 친구의 잦은 연락에 처음에는 핑계를 대다가 나중에는 아예 일부러 받지 않았다. 노인에게 내준 작은방에서 배어나오는 지린내에 코를 감싸 쥐고 친구와의 만남은 여기까지라고 혼잣말을 했다. 그러나 그녀와 친구의 만남은 그녀의 뜻과 상관없이 이어졌다.

쇼룸에 취직한 뒤 유니언 잭 냉장고 컬러를 바꾸려고 온 친구와 다시 만났다. 친구를 먼저 알아본 그녀는 화장실로 서둘러 피하다가 걸음을 멈췄다. 친구의 주방에는 인테리어 스타일링이 필요했다. 혁이는 물론이지만 친구도 그녀의 뛰어난 감각을 인정하는 터였다. 블랙톤의 주방에는 유니언 잭 냉장고보다 크림색이나 골드색 냉장고가 더 잘 어울린다고. 유니언 잭 냉장고를 정말로 원했다면 주방 가구나 대리석 상판 중 하나라도 화이트로 꾸몄어야 했다고 전문가적 조언을 해주었다. 그리고 베이킹을 배우기 시작했다는 친구에게 스메그 오븐을 권해주고, 그녀만의 스메그 쇼룸에 초대했다. 친구의 구매로 인해 챙기게 될 판매 인센티브는 굳이 말하지 않았다. 보잘것없는 수고에 대해서라도 적절한 대가가 이루어지는 합리적인 쇼룸에서는 너무나도 자연스런 일이었다.

친구는 곧장 걸어오지 않고, 한밤의 쇼룸을 둘러보며 탄성을 질렸다.

“여전히 독특하구나, 내 친구.”

그녀는 너무도 자랑스러워 가슴이 뻐근해졌다. 마치 친구에게 제대로 엿 먹이기 위해 긴 날들을 버텨온 것만 같았다. 짜릿한 나머지 눈에서 눈물이 주르륵 흘러내렸다. 눈물을 닦기 위해 그녀 자신도 모르게 엄지와 검지로 안경을 들어올리려 했다. 표현하기 힘든 기쁨으로 들떠서 몇 년 전 라식 수술을 했다는 걸 깜박했다.

친구는 오늘도 안경을 끼고 있었다. 그녀의 질문에 대한 답변도 준비했는지 궁금해졌다.

“0.5그램의 모나크 버터플라이가 어떻게 5,000킬로미터를 날아가는지 알아?”

고등학교 미술반에서 혁이가 그녀를 처음 만났을 때 한 말이었다. 그녀는 생뚱맞은 질문에 말문이 막혔지만 혼자 있을 때 문득문득 모나크 버터플라이의 신비로운 비행을 떠올려보았다. 그리고 어느새 자신도 모르게 모나크 버터플라이를 그리고 있었다. 이런 매혹적인 질문조차 친구가 가볍게 잊어버렸다 해도 상관없었다. 그녀는 한때 가장 가까웠던 친구에게 두 가지의 비밀을 나누는 걸로 우정을 보여줄 예정이었다. 하나는 밤에만 피어나는 그녀의 주방 그리고 또 하나는 첫사랑을 고백받았던 고등학교 미술실.

서두르지 않고 식사가 끝날 때까지 기다릴 예정이었다. 디저트로 매끈하고 통통한 얼그레이 마카롱을 한입 베어 물 때에 고백하면 적절하지 않을까 싶었다. '너의 남편 그러니까 혁이와 미술실에서 나누었던 첫 키스를 잊을 수가 없다고. 몹시 어지럽고 몽롱해서 첫 키스가 첫 경험까지 이어졌지만 우리 둘 다 아주 잘해냈다고.' 새로운 버릇이 생긴 친구가 안경을 벗었다 꼈다 할지라도 어쩔 수 없을 것 같았다. 진짜 순진하거나 아니면 마냥 순진한 척하는 친구가 그녀가 그어놓은 선을 넘어온 결과일 뿐이었다. 입안에서 바삭, 달콤, 쫀득하게 녹아내려야 할 마카롱마저도 자칫 느끼해질 수도 있으니까 말이다.

애써 태연한 척하며 친구가 냅킨으로 입가를 닦는 동안 그녀는 조용히 일어나 조명이 더해진 평화의 문을 바라보며 깨달을지도 몰랐다. 한때의 사소한 비밀은 혼자 간직할 때뿐만 아니라 특별한 누군가와 나누어질 때 따뜻한 물이 온몸을 감싸 안는 것처럼 평화로울 수도 있다는 사실을 말이다. 쇼룸은 그녀에게 단순한 가전제품 전시 판매장 그 이상이었다. 호수공원이 내려다보이는 친구의 아파트에 초대받았던 초봄이나 빌라 입구에 노인과 노인의 묵은 짐이 버려졌던 지난겨울. 좀 더 시간을 거슬러 올라간다면 고등학교를 졸업하기도 전에 백화점 가전 매장에서 근무하던 시절일 수도 있었고, 아버지 사업이 부도를 맞고 미대 진학을 포기하던 그 순간일 수도 있었다. 아니면 백화점에서 퇴근하던 길에 마주친 친구가 그녀에게 다가오려는 혁이의 손을 붙잡고 놔주지 않던 그해 겨울일 수도 있었다. 그녀는 당황한 나머지 벌어진 입으로 혁이를 부르지도 못하고 입김이 서리는 안경을 벗었다 꼈다.

그녀에게 스웨그가 한 번도 가본 적 없는 멕시코 미초아칸 마을까지 찾아가는 모나크 버터플라이의 더듬이라면 쇼룸은 봄을 기다리며 겨울잠을 자는 모나크 버터플라이가 매달린 오야멜나무는 아닐까. 온몸의 물기가 희열에 찬 눈물로 길게 흘러내렸다.

"이시아."

그녀에게 어울리는 새 이름을 부르는 친구를 환한 미소로 맞이했다. 아무래도 핑크색 착즙기는 이틀 뒤에나 사야 할 것 같았다. 개명허가를 신청하기 위해 휴가를 내었다는 걸 깜박했다. 잊고 있던 휴가까지 상기시켜준 친구를 향해 양팔을 활짝 벌렸다.

손님맞이가 끝나면 집으로 돌아가 노인의 아들과도 비밀을 나누어 가져야겠다고 생각했다. 살다 보면 누구에게나 감추어야만 하는 일들이 있는데 예를 들면 보약에 몰래 넣은 한 스푼의 하얀 가루일 수도 있었다. 나란히 놓인 세 개의 슈가볼에 담긴 설탕이거나 수면제이거나 몸에 조금씩 축적되어 죽음으로 이끄는 비소일 수도 있는 하얀 가루에 대해서 노인의 아들이 무슨 말을 할지는 알 수 없었다. 다시 혁이를 만난다면 이제는 답변을 해줄 수 있을 것 같았다. 모나크 버터플라이는 더듬이가 아니라 어쩌면 영혼의 땅이 기다리고 있다는 그들만의 스웨그로 5000킬로미터를 날아갔다고.

엘리베이터에 오른 그녀 뒤에는 불 꺼진 스메그 쇼룸이 있었다. 봄을 기다리는 모나크 버터플라이처럼 들뜨던 온몸의 물기가 고요에 잠졌다. 더 이상 낯설지는 않지만 누구에게도 말할 수 없는 꿈이 여전히 기다리고 있었다. 한밤의 스메그 쇼룸은 그녀의 아름다운 주방이었다.

매달린 스푼과 포크 사이로 보이는

신호등이 주황색으로 바뀌었다. 차는 정지선을 통과하고 있었다. 그는 멈출 수가 없었다. 브레이크를 밟는 대신 가속 페달에 힘을 주었다. 속력을 받은 차는 신호등이 빨간색으로 바뀌기 전에 사거리를 통과했다. 룸미러를 보며 그는 속으로 외쳤다. 제발 눈치껏 따라붙어라! 그의 바람과 달리 윤하의 차는 일찌감치 정지선에 멈춰서 있었다. 그는 오른손으로 핸들을 내려쳤다. 천천히 차를 몰면서 잠깐 정차할 수 있는 장소를 찾았다. 윤하는 길을 몰랐고, 내비게이션을 몹시 싫어했다. 바로 눈앞에 버스 정류장이 있었다. 그는 기존 차선은 그대로 두고 보도 폭을 줄여 만든 버스 정류장에 차를 세우고 운전석 창문을 내렸다. 번잡한 사거리의 소음이 열린 창문으로 들어왔다.

핸드폰을 꺼내 들고 윤하의 전화번호를 눌렀다. 빠르게 움직이는 그의 손끝에서 신경질이 묻어났다. 신호등이 초록색에서 주황색으로 바뀌는 사이 그의 차가 정지선을 통과했다면 윤하는 신호 위반을 각오하고서라도 차 속력을 올려야 했다. 적어도 그의 생각은 그랬다. 그러나 윤하는 교통신호를 제대로 지킨 자신에게 만족하고 있을지 몰랐다. 윤하의 목소리를 듣는 순간 그의 추측이 틀리지 않았다는 걸 느낄 수 있었다.

버스 정류장에서 기다리고 있는 거 보여.

윤하의 목소리는 밝았다.

다음 사거리에서 바로 우회전이야.

제발 잘 좀 따라와, 마지막 말은 하지 않았다. 윤하의 마음을 가급적 불편하게 만들고 싶지 않았다. 그는 아침에도 제라늄 화분에 물을 주었다.

재킷을 뒤졌지만 주머니는 비어 있었다. 사거리의 신호가 바뀌려면 아직 여유가 있었다. 잠시 기다리는 동안 A가 핸드폰으로 보내준 동영상을 재생했다. 십 초의 짧은 동영상 속에는 매달린 두 쌍의 스푼과 포크가 부딪히며 맑고 서늘한 소리를 내고 있었다. A의 작업실에 매달린 두 쌍의 스푼과 포크, 그 사이로 A의 작품들이 전시된 갤러리 내부가 보였고, 또 갤러리 통유리 너머로 맞은편 모텔의 화려한 불빛이 희미하게 보였다. 어제와 오늘 사이의 시간, 갤러리 한쪽을 칸막이로 나누어 만든 A의 작업실에서 느꼈던 긴장과 흥분이 떠올랐다.

그와 나란히 스툴에 앉은 A는 마디 굵은 손가락으로 스푼과 포크가 매달린 줄을 잡아당기었다. 가냘픈 몸에 비해 유난히 투박한 A의 손. 굵은 핏줄이 도드라진 손등을 다독여주고 싶은 충동이 그의 안에서 일었다. 가까스로 자제하고 A를 따라 줄을 살며시 잡아당겨보았다. 스푼과 포크가 부딪히며 내는 소리에 그와 A는 잠자코 귀를 기울였다. 바로 곁에 앉은 A의 시큼한 땀 냄새 섞인 몸내에 그의 심장이 두근거렸다. 윤하와의 동거를 끝낸 뒤로 다른 이성에게서 느껴보는 오랜만의 떨림이었다. 그는 A가 보내준 동영상을 반복 재생하면서 머리를 등받이에 기대었다. 룸미러를 통해 윤하의 신형 SUV가 아닌 운전석에 앉아 있는 윤하를 보았다. 양손으로 핸들을 꽉 붙잡고 정면을 똑바로 쳐다보고 있는 윤하의 짧은 단발머리나 단정한 옷차림은 처음 만난 날과 별로 다르지 않았다.

건설회사 입사 후 신입 사원 첫 직무교육 시간이었다. 그의 옆자리에 앉았던 윤하는 목선까지 단추를 여민 단정한 정장을 입고 있었다. 도전적 기업 경영에 대해서 강의하던 외부 강사가 돌연 질문을 던졌다.

새벽 두 시, 지나가는 차가 없는 한적한 도로에서 횡단보도를 건너야 합니다. 빨간불에서도 건너시겠다는 분, 손 들어주십시오.

그는 주변을 둘러보며 천천히 손을 들었다. 그와 함께 손을 든 신입 사원은 몇몇에 불과했다. 손을 내릴까도 했지만 그대로 들고 있었다. 자칫 사고가 날 수도 있는 위험한 행동이지만 지나가는 차도 없는 거리에서 신호등이 바뀔 때까지 서 있는 건 지루하게 느껴졌다.

기다려서라도 초록불이 들어오면 길을 건너시겠다는 분, 손들어주십시오.

대다수의 신입 사원이 손을 들었다. 외부 강사는 알 수 없는 미소를 머금었다.

빨간불 쪽에 손 드신 분들이 제가 예상했던 대로 몇 분 안 계시네요. 빨간불에서도 길을 건너시겠다는 분은 최고경영자형! 초록불이 들어오면 횡단보도를 건너시겠다는 분은 샐러리맨형!

긴장감 가득했던 대강당에는 웃음소리가 퍼졌다. 외부 강사는 그 이유를 덧붙였다. 실제의 도로에서는 교통법규를 반드시 지켜야 안전하지만 시간을 다투는 기업 경쟁에서는 초록불이 들어올 때까지 기다려서 건넜다가는 기회를 놓치고 뒤처질 수도 있다고 했다. 외부 강사는 기회를 기다리기보다 스스로 기회를 만들어가는 도전적 기업 경영자의 예로 M. 허스트를 꼽았다. 창녀촌 사생아에서 세계적인 건축가가 된 M. 허스트의 신화는 건축학과 출신이라면 누구나 알고 있었다. 아무도 의뢰하지 않은 프로젝트를 설계하고, 독특한 아이디어로 건축주들을 찾아다니며 스스로 가능성을 개척해내었던 M. 허스트. 건축계 거장의 불도저 같은 도전 정신에 신입 사원들은 고개를 끄덕이면서도 반응은 담담했다. 최고경영자형이든 샐러리맨형이든 개의치 않고 대기업에 취직했다는 사실에 다들 안도하는 분위기였다.

대강당을 가득 메운 신입 사원들 대부분은 최고경영자는커녕 임원직에 오르기도 전에 퇴직할 테니 외부 강사의 예상은 맞을지도 몰랐다. 그러나 외부 강사의 예상은 적어도 그에게는 맞기도 했지만 틀리기도 했다. 그는 샐러리맨형도 아니었고, 최고경영자형도 아니었다. 그는 주어진 일이나 하는 샐러리맨에도 만족할 수 없었지만 조직을 이끌어가는 최고경영자에 대한 강한 욕망도 없었다. 성격적으로 지루한 걸 못 견뎌할 뿐 과감한 결단력으로 빨간불에서도 길을 건너려고 했던 건 아니었기 때문이었다. 그 사실을 외부 강사뿐만 아니라 그의 옆자리에 앉았던 윤하도 그때는 몰랐다. 초록불 쪽에 손을 든 대다수의 신입 사원들 중 한 명이 바로 윤하였다. 윤하는 초록불 쪽에 손을 들면서 그를 보며 수줍게 웃었다. 앞서 그가 빨간불 쪽에 손을 들었을 때도 그를 향해 살짝 웃었다. 윤하가 자신을 보며 웃는 이유를 알 수는 없었지만 도톰한 입술 사이로 드러난 커다란 앞니가 귀엽다는 생각에 그도 눈인사를 건넸다. 그리고 목에 건 사원 명찰을 보았다. 손윤하, 커다란 앞니처럼 귀엽고 예쁜 이름이라고 그는 생각했다.

차량들의 엔진 소리가 다시 커졌다. 직진 신호등이 초록불로 바뀐 모양이었다. 정지선에 멈춰 있던 차량들이 출발하고 있었다. 그도 가속 페달을 밟았다. 배기통에서 연기가 나는 게 보였다. 중고차 매장에서 산 SUV는 겉은 멀쩡해 보여도 장거리 출장을 다녀온 뒤부터 엔진 소리가 심상치 않았다. 대학 동기와 건축 설계 사무소를 차렸을 때, 이 정도는 타야 건축주 앞에서 기죽지 않는다며 새 차의 절반 가격에 산 중고차였다. 그는 뻑뻑한 눈을 힘껏 감았다 떴다. 그럭저럭 버텨주던 차까지 말썽을 일으키자 머리가 지근거려왔다. 수리를 하고 좀 더 타야 할지 폐차 직전까지 가기 전에 중고차 매장에 되팔아야 할지 수리비 견적을 받아봐야 했다. 더 이상 미루지 않고 반드시 정리해야 할 목록에 한 가지를 더 추가한 그는 서둘러 오른발에 무게를 실었다. 룸미러를 보니 윤하의 차도 사거리를 통과하며 따라오고 있었다. 안심한 그는 다음 사거리에서 우회전을 했다.

우회전을 하고 룸미러를 확인하는 사이 다시 횡단보도 신호등에 걸렸다. 차를 멈추고 윤하의 차를 기다리는데 핸드폰이 울렸다. 그는 당연히 윤하라고 생각하며 전화를 받았다.

어, 윤하야.

윤하는 전화를 걸어놓고 아무 말도 하지 않았다. 그는 다시 불러보았다.

윤하야.

안녕하세요. 저 A예요.

윤하가 아닌 갤러리 관장인 A였다.

통화 괜찮으세요?

A의 목소리는 약간 딱딱했다. 아직은 서로를 알아가는 조심스러운 단계였다. 그가 A의 갤러리를 두 번 방문한 것이 만남의 전부였다. 그가 대답을 하려는데 통화 중 대기음이 울렸다. 윤하였다. 룸미러에 윤하의 차가 보이지 않았다. 난감했다. A의 침묵 사이로 통화 중 대기음이 계속 울렸다. 운전이 서투른 윤하의 전화부터 받아야 했다.

제가 운전 중이라 다시 연락드리겠습니다.

A의 대답을 듣기도 전에 윤하의 전화를 받았다.

어디야? 다음 사거리에서 바로 우회전하라고 했잖아.

그의 목소리는 다소 거칠어졌다. 마음먹은 대로 감정 조절하기가 쉽지 않았다. 윤하의 목소리는 여전히 밝았다.

우회전하려는데 자기 차가 안 보여서 그다음 사거리인 줄 착각했어.

그는 도로 주변을 둘러보았다. 이번에는 정차할 만한 마땅한 장소가 눈에 띄지 않았다. 보도 폭을 줄여 만든 버스 정류장도 없었다.

되돌아와서 탄천의 다리를 건너. 다리를 건너면 사거리가 나오는데 지하차도 말고 직진 차선인 삼 차선을 타. 지하차도를 타면 외곽으로 빠지니까 조심하라고. 삼 차선을 타면 도로 반대 방향에 그러니까 운전석 왼쪽 맞은편에 모텔이 보일 거야. 그럼 그 모텔 쪽으로 유턴을 해. 유턴을 하고 내려오다 첫 번째 골목에서 바로 우회전을 하라고.

횡단보도 신호등이 바뀌기 전에 설명하려다 보니 목소리는 더 거칠어졌다. 짜증도 묻어났다. 그래도 그는 최대한 자제하려고 노력했다. 윤하와 동거할 때 키웠던 화분에서 제라늄이 다시 자라나고 있었다. 중환자실에서 걸려온 윤하의 전화를 받고 나서 아직 자신의 마음에도 제라늄 화분처럼 몇 가닥의 잔뿌리가 남아 있다는 걸 알게 되었다. 마음에 남아 있는 잔뿌리는 윤하뿐만 아니라 윤하의 아버지에게도 뒤얽혀 있었다. 윤하의 유일한 가족이었던 윤하의 아버지는 불과 한 달 보름 전에 돌아가셨다. 그 한 달 보름 사이, 그는 그 마음의 잔뿌리를 차마 떨쳐내지 못하고 있었다.

중학교 교장으로 정년퇴직한 윤하의 아버지는 그를 선우 군이라고 불렀다. 윤하의 아버지는 가끔 윤하를 통해 자리를 마련했고, 함께 장기를 두거나 술잔을 기울였다. 마른 가지 같은 윤하의 아버지는 말이 없었고, 뻣뻣한 줄기 같은 그는 붙임성이 없었다. 각자의 성격 때문에 친근하지는 않았지만 그렇다고 서로를 불편하게 여겼던 적은 없었다. 윤하가 중간에 자리를 비워도 두 사람은 장기나 술잔에 열중하고는 했다. 이 년 가까운 동거를 끝낼 무렵, 윤하의 아버지는 그에게 술을 따라주면서 무심하게 말했다.

외로운 아이야.

술병을 내려놓는 주름진 손이 떨리고 있었다. 돌이켜보면 윤하의 아버지야말로 외로운 남자였다.

오래전 아내를 잃은 윤하의 아버지는 사춘기 여고생 윤하를 위해 재혼을 미루다 결국 돌아가실 때까지 혼자 사셨다. 부모를 모두 잃고, 형제도 없는 윤하 곁에서 그는 장례식 절차를 챙겨주었다. 누구보다 아버지를 사랑했던 윤하가 울음을 터뜨리면 눈물을 멈출 때까지 참을성 있게 기다려주었다. 삼우제를 지내기 위해 납골당을 찾아갈 때도 운전대까지 잡아주었다. 갑자기 쏟아진 폭우를 뚫고 집까지 바래다준 이후로부터 윤하의 연락이 부쩍 잦아졌다. 윤하는 윤하의 아버지가 그에게 남겨준 장기판을 전해주고 싶다는 등 거절하기 힘든 이유를 대기도 했다.

그는 아직 마음에 남아 있는 잔뿌리로부터 시작되었다가 점점 비루한 유혹으로 다가오는 윤하와의 만남을 피하는 데 한계를 느꼈다. 그러면서도 언젠가 해야 하는 말 역시 계속 미루고 있었다. 그러다 윤하의 얼굴을 마주하게 되면 쓸쓸함이 묻어나는 눈빛에 슬그머니 고개를 숙였다. 임종하는 순간까지 암 투병으로 고통스러워하던 아버지를 지켜보아야만 했던 슬픔이 느껴져 마음이 숙연해졌다. 적어도 잔인한 인간은 되지는 말자, 속으로 되뇌며 입을 꾹 다물었다. 야윈 윤하의 얼굴이 다시 발그레해지기를 기다리던 한 달 보름 사이, 망설이기도 했고, 할 말을 잊기도 했고, 또 문득 떠오르면 아직은 이르다고 혼잣말을 중얼거리고는 했다. A의 전화 역시 타이밍이 안 좋았다. 그의 차를 따라오던 윤하를 잠시 기다리던 사이였다. 그는 당연히 윤하의 전화라 생각했고, A가 충분히 오해할 수 있는 상황이 되고 말았다. 꽤 무안했을 A가 그의 전화번호를 누른 일 자체를 후회하고 있을지도 몰랐다.

어제와 오늘 사이 그러니까 새로운 날이 밝기에는 어둠이 더 깊은 밤 열두 시, A의 핸드폰에서 알람이 울렸다. 갤러리 문을 닫고, A가 작업에 몰두할 시간이었다. 가벽처럼 세워진 칸막이로 열 평 남짓한 갤러리 내부는 전시 공간과 작업실로 나뉘어져 있었다. 시계를 보기 전까지 지치지 않고 자신의 작품이나 갤러리에 대해서 들려주던 A와 조금도 지루한 줄 모르고 흥미롭게 듣던 그는 그만 침묵에 빠져들었다. 그는 속으로, 너무 늦었군. 돌아가는 게 좋겠어, 하면서도 초침이 다섯 바퀴를 더 돌 때까지 A의 작품이 프린트된 머그잔을 만지작거렸다. 배웅 나온 A와 작별 인사를 나누었지만 그 자리에 서서 갤러리 유리문을 걸어 잠그는 A의 모습을 좀 더 지켜보았다. 네온사인이 화려한 모텔촌 거리는 눈부셨고, 할로겐 조명들이 비추는 갤러리 내부는 서늘했다.

작업실로 들어가기 위해 쪽문을 밀치는 A의 손길 그리고 그 좁은 칸막이 사이를 빠져나가기 위해 허리를 비트는 A의 몸놀림 하나하나가 통유리를 통해 고스란히 보였다. 그가 그만의 제목을 붙여주었던 A의 작품도 보였다. 〈매달린 스푼과 포크 사이로 보이는 모텔〉 그리고 〈가끔〉. 똑같은 한 작품에 그와 A는 각각 자신만의 제목을 붙여주었다. 칸막이 뒤 작업실로 A가 사라지자 갤러리의 할로겐 조명들이 순간 빛을 잃었다. 칸막이 사이로 흘러나오는 작업실 불빛이 어둑해진 갤러리에 칸막이의 그림자를 길게 늘어뜨렸다. 아마도 A가 작업실의 조명만 남기고 스위치를 내린 것 같았다. 밤 열두 시까지 열려 있던 갤러리도 이제 온전히 A만을 위한 공간이 되었다. 모텔촌에서 뜻밖의 갤러리를 발견하고 호기심에 찾아오는 사람들을 위해 A는 늦은 시간까지 문을 열어두었다. 술에 취했거나 갈 곳 없는 사람들조차 갤러리 유리문을 밀고 들어와 전시된 미술품을 말없이 바라보다 돌아가고는 했다. 그는 발걸음을 떼면서 고개를 주억거렸다. 갤러리가 낯선 공간이면서도 친숙한 느낌이 들었던 건 어쩌면 M. 허스트의 건축물 〈메디타티오의 미술관〉을 사진 촬영해서 컴퓨터로 작업한 A의 미디어아트 작품 때문이 아닐까 어림짐작했다.

원룸으로 돌아온 그는 제도판 위에 놓인 설계도면 사이에서 M. 허스트의 건축물 화보집을 찾아내었다. 아버지의 공장으로 들어가게 되면서 구석에 처박아두었던 화보집의 먼지를 털어내었다. 입구를 제외한 건축물 전체를 지하에 만든 〈메디타티오의 미술관〉이 겉표지를 장식하고 있었다. 라틴어로 명상이라는 뜻에 걸맞게 〈메디타티오의 미술관〉은 지하로 들어가는 계단 입구에서부터 미술관에 몰입할 수 있게 설계된 전 세계적으로 유명한 건축물이었다. 작가 소개란에는 자주 읽어서 외어버린 M. 허스트와 그의 정신적 스승 리처드에 관한 일화도 짧게 담겨 있었다.

리처드의 설계도를 따라 그리던 나는 리처드를 직접 만나기로 결심하고 런던에 도착했다. 그러나 리처드는 이미 일주일 전 자신의 작업실에서 심장마비로 숨을 거둔 뒤였다. 작업실 문은 굳게 닫혀 있었고, 그 사실을 모르던 나는 마냥 문 앞에 서 있었다. 누군가 나에게, 리처드는 이제 저세상 사람이 되었어요. 그에게 신의 가호가 있길, 이라고 말해주기 전까지 숙소에 대한 계획조차 없었다. 낯선 이방인에게 성호를 그어 보이던 이는 아마 작업실 부근 잡화점 주인이었던 것 같았다. 나는 배고픔도 잊고 아는 사람 한 명 없는 낯선 런던 거리를 배회했다. 피곤이 한꺼번에 몰려들었지만 여기까지 오게 한 열정은 나의 것이라는데 생각이 미치자 용기가 솟았다. 정신적 스승 리처드의 열정이 이끌었던 길이 있다면 앞으로의 나에게는 또 다른 길이 있을 거라 여겼다.

집으로 돌아갈 여비조차 없었지만 나는 스스로를 믿었다.

나는 스스로를 믿었다, 그가 가장 좋아하는 마지막 구절을 손가락으로 꾹꾹 눌러 짚었다. 그는 모처럼 가벼운 마음으로 한때 윤하와 함께 잠들던 침대에 몸을 눕혔다. 연이은 좌절에 자신감을 잃어가고 있었지만 그 역시 스스로를 믿고 싶었다.

새벽까지 뒤척이다 맞이한 주말 아침이었지만 그는 눈을 뜨자마자 일어났다. 윤하와 약속을 잡고, 봉골레 스파게티가 맛있는 이태리 식당을 예약했다. 샤워를 하기 전 제라늄 화분에 물부터 주었다. 윤하와 동거할 때 키웠던 제라늄 화분은 한동안 돌보지 않아 시들어버렸다. 죽은 줄로만 알고 창밖에 내다놓았는데 빗줄기를 맞고 나서 마른 흙 속에 남아 있던 몇 가닥 잔뿌리가 다시 자라나기 시작했다. 새로 돋아난 새싹들은 가늘게 웃자랐고, 이전처럼 풍성해질지 아니면 시들시들해질지 그도 알 수가 없었다. 단지 몸에 익은 습관처럼 물을 주고 있는데 A가 핸드폰으로 동영상을 보내왔다. 어제와 오늘 사이 그러니까 밤 열두 시 넘어 그가 돌아간 뒤 찍었다는 동영상에는 매달린 두 쌍의 스푼과 포크 사이로 갤러리A의 내부와 전시된 A의 작품들 일부가 보였다. 매달린 스푼과 포크가 부딪히는 맑고 서늘한 소리를 들으면서 그는 갤러리에서 발걸음을 뗄 때처럼 또다시 고개를 주억거렸다. 그러나 원룸을 나서려고 할 때, 아버지에게서 전화가 왔다. 거래은행으로부터 어음 상환 연기가 힘들어질지도 모른다는 연락을 받았다는 거였다. 그는 일정을 바꾸어 아버지의 공장부터 출근하면서 이태리 식당 예약을 몇 시간 늦췄다.

제법 유명한 이태리 식당에는 윤하가 먼저 와서 기다리고 있었다. 점심과 저녁 식사 사이의 어중간한 시간이라 손님이 적었다. 윤하는 크리스털로 만든 잔을 이리저리 돌려보았다.

이 잔 예쁘다. 몇 개 사서 손님 올 때 식탁 위에 놓으면 우아하겠다.

약속 시간에 그가 삼십 분이나 늦었는데도 윤하는 눈이 마주칠 때마다 웃었다.

그는 샐러드에 들어 있는 리코타 치즈를 포크로 찍으며 윤하에게 물었다.

신입 사원 첫 직무교육 시간 때 말이야. 외부 강사가 썰렁한 질문을 했는데 생각나?

윤하는 토마토 스프를 스푼으로 떠먹다가 고개를 갸웃거렸다.

그랬나? 글쎄, 외부 강사가 했던 썰렁한 질문까지 기억하고 있어?

아니, 그 질문 때문에 기억하는 게 아니라 그때 네가 내 옆자리에 앉아 있었잖아.

윤하는 살짝 웃었다.

그래, 내가 자기 옆에 앉았지. 어쩔 수 없었어. 여직원들은 입사 초기부터 몰려 다녔는데 화장실 갔다가 늦게 왔더니 그쪽에 빈자리가 없더라고.

그는 자신의 짐작이 틀렸다는 데 마음이 상했고, 그것을 감추지 않았다.

이거 실망인데. 일부러 내 옆에 앉았나 했지.

윤하는 또 살짝 웃었다. 도톰한 입술 사이로 드러난 커다란 앞니는 더 이상 귀엽게 느껴지지 않았다. 윤하의 커다란 앞니가 예전처럼 귀엽게 느껴지려면 볼살이 좀 더 붙어야 할 것 같다고 그는 생각했다.

왜 나를 보고 웃었어?

그가 물었다.

내가 그랬나?

빨간불 쪽에 손을 드니까 나를 보며 웃었어. 초록불 쪽에 손을 들면서도 나를 보며 웃었고.

윤하는 사내 연애를 할 때처럼 두 뺨이 발그레해졌다.

글쎄, 왜 그랬을까? 나도 모르겠는데.

윤하는 신입 사원 첫 직무교육 시간에 그의 옆자리에 앉았던 일을 의미 깊게 기억하지 않았다. 그는 기분이 썩 좋지는 않았지만 이해할 수 있었다. 그와 윤하가 서로에게 호감을 갖게 된 건 그로부터 칠 개월 뒤였다. 같은 프로젝트를 맡으면서 자연스럽게 사내 연애로 발전하게 되었다.

자기가 좀 바보스러워 보여서 웃었던 것 같다.

내 첫인상이 그랬다는 거야?

아니, 그냥 자기 생각을 곧이곧대로 표현하는 남자구나. 좀 안타까웠다고나 할까.

윤하는 봉골레 스파게티를 포크로 돌돌 말며 한 마디를 덧붙였다.

그러면 손해 보잖아.

초록불 쪽에 손을 든 넌?

초록불이 안전하니까. 대부분 초록불 쪽에 손을 들 테니까. 그래서 손을 들었는데……. 고지식하기만 하고 눈치가 없거나 눈치는 있어도 남의 눈치 안 볼 만큼 제멋대로이거나 둘 중에 하나일 이 남자는, 내가 초록불 쪽에 손을 들면 과연 어떤 반응을 보일까 궁금해서 다시 보았겠지. 그러다 눈이 마주쳐서 또 웃었을 테고.

그는 어깨를 으쓱해 보였다.

멋있어 보였던 건 아니었구나.

윤하는 커다란 앞니를 드러내며 웃었다. 발그레해진 두 뺨 때문인지 도톰한 입술 사이로 드러난 앞니가 조금 전보다 귀여워 보였다.

아버지와 단둘이 살던 집이 나 혼자 지내기에는 너무 커. 전세를 줄까 아니면 이 기회에 팔아버릴까, 잘 모르겠어. 아버지가 안 계시니까 결정한다는 게 쉽지가 않네. 밤에 무서워서 잠도 잘 안 오고. 결혼도 안 한 딸이 나가서 사는 동안 아버지도 무척 외로웠겠구나, 새삼 혼자 남겨진 사람의 마음도 헤아려보게 되고 말이야.

윤하는 고개를 푹 숙이고 입을 크게 벌려 포크에 돌돌 말린 스파게티를 삼켰다. 입을 오물거리는 윤하의 한쪽 뺨으로 눈물이 흘러내렸다.

그는 윤하가 식탁에 올려놓고 싶어 하는 잔을 들고 물을 마셨다. 무슨 말이든 해야 했다. 야윈 윤하의 얼굴이 다시 발그레해지기를 기다리는 한 달 보름 사이, 그는 충분히 할 말을 미루었다. 어제와 오늘 사이, A가 찍었다는 동영상을 보면서 그는 더 이상 미루지 않기로 결심했다. 그러나 아침에 갑작스런 연락을 받고 출근했을 때, 아버지의 공장 자금 사정이 예상했던 것보다 더 좋지 않다는 걸 알게 되었다. 그는 또다시 망설이게 되었다. 가슴이 따르려는 것과 머리가 가리키고 있는 곳 사이에서 자신이 머뭇거리고 있다는 걸 문득 깨달았다.

윤하는 혼자였고, 아버지의 공장마저 어려움을 겪고 있었다. 윤하의 아버지가 위독하다는 윤하의 말 한마디에 병원으로 달려갔을 때에도 그가 순수하지 않았던 건 아니었다. 헤어진 지 오래된, 이미 정리된 관계를 다시 시작하려는 마음으로 달려간 것도 아니었다. 그것은 한때나마 다른 사람들은 결코 다 헤아릴 수 없는 세계를 함께 나누었던 상대방에게 아직 남아 있는 마음의 잔뿌리였다. 그러나 윤하의 잦은 연락과 윤하의 아버지가 윤하에게 물려준 건물은 그를 흔들기 시작했다. 상가 건물이 시내 중심가에 있다는 사실은 장례식 절차를 거들면서 자연스럽게 알게 되었다. 그는 뜸을 들이다 입을 열었다.

모텔촌에 몇 번 갔었어.

윤하가 젖은 눈을 똑바로 떴다.

이상한 상상은 하지 마. 아버지가 임대한 상가를 정리하려고 갔었던 거니까.

스스로 해결하라고 하시더니 결국 자기 빚 갚아주시기로 한 거야?

윤하는 신입 사원 첫 직무교육 시간에 그랬던 것처럼 그를 보며 자꾸 웃었다. 마스카라가 번진 눈으로 웃는 윤하의 얼굴이 몹시 어색해

보였다. 얼룩진 윤하의 얼굴을 보지 않으려 시선을 내리다 불룩한 가슴에 눈길이 갔다. 목까지 단추를 잠근 블라우스 아래 그의 손길에 꼿꼿해지던 갈색의 유두가 떠올라 숨이 가빠졌다. 스파게티를 포크로 돌돌 말려고 했지만 면발이 포크 아래로 길게 늘어졌다.

잘 안 되네.

그는 면발을 접시 위에 내려놓고, 스푼과 포크를 양손에 하나씩 들어 보였다.

이제까지 몰랐는데, 이렇게 스푼과 포크를 나란히 놓고 보니까 잘 어울리는 한 쌍의 연인 같지 않아? 외모부터 성격까지 전혀 다른데 오히려 그래서 더 잘 어울리는 연인이나 부부 말이야. 스푼은 치마를 두른 여성 같기도 하고, 포크는 바지를 차려입은 남성 같기도 하잖아. 아니다, 어쩌면 그 반대일 수도 있겠다. 입으로는 아직 서로를 불러보지만 마음으로는 다른 길을 헤매는 위태로운 연인 같아 보일 수도 있겠네.

윤하는 스푼과 포크를 향해 손을 휘저었다.

그만해, 유치해. 가끔 선우 씨 농담은 지루한 거 알아?

그는 스푼과 포크를 다시 접시 위에 내려놓았다. 내뱉은 말과 달리 웃고 있는 윤하의 질문에 뒤늦게 대답했다.

그래, 아들인데 어쩌겠어. 그대로 내버려둘 수는 없잖아. 빚도 갚아주시고, 아들 몫으로…….

그는 말을 멈추고 이맛살을 찌푸렸다. 자신의 거짓말로 부드러워지는 분위기가 순간 역겨워졌다.

아니, 아니야. 아버지의 공장도 어려워져서 다급한 대로 현금이 될 만한 것들을 정리하고 있는 중이야.

윤하는 냅킨으로 입을 닦았다. 그는 멈추지 않았다. 매달린 스푼과 포크가 부딪히며 내는 맑고 서늘한 소리를 들으며 정리한 말은 아니었지만 그의 안에서 일렁거리던 것을 그대로 풀어내고 싶었다. 그러면 빨간불에도 횡단보도를 건너려던 남자가 머뭇거리게 된 이유와 해답이 그 어딘가에 있을 것 같았다.

몇 달 치 월세가 밀려 있는 상가가 있었는데 뜻밖에도 갤러리였어. 그런 곳에 갤러리가 있으리라 상상하기는 힘들잖아. 모텔촌과 갤러리를 함께 떠올릴 수 있는 사람들은 드물 테니까. 대충 둘러보고 있는데 흥미롭게도 원하는 작품이 있으면 제목을 정해보라는 거야. 갤러리를 운영한다고 믿기에는 아직 젊은 관장이 갤러리 운영도 하면서 미디어아트도 하는데 이번에는 본인의 작품들을 전시하려고 준비 중이라더군.

가만히 듣고 있던 윤하는 대뜸 물었다.

관장이 여자야?

아니, 아니야.

그는 말을 멈추고 또다시 이맛살을 찌푸렸다.

맞아, 여자야.

윤하는 더 이상 웃지 않았다.

뒤차가 신경질적으로 경적을 울렸다. 정신을 차리고 보니 횡단보도 신호등이 바뀌어 있었다. 그의 행동에 A가 느꼈을 무안한 감정 따위를 더 이상 생각할 겨를이 없었다. 그는 가속 페달을 밟아야 했다. 바짝 따라붙는 뒤차에 쫓겨 속력을 올리자마자 고층 건물들이 더 이상 보이지 않았다. 탁 트인 탄천의 전망 덕분에 어느 방향에서도 다리가 잘 보였다. 처음 오는 길이라 해도 윤하가 다리를 찾는 것은 별 문제가 없을 것 같아 마음이 놓였다. 그러나 다리를 건너자마자 다다른 사거리는 외곽으로 빠지기 위해 지하차도로 몰려드는 차량들로 혼잡했다. 유턴을 하기 위해 직진 차선인 삼 차선을 타려고 했지만 우회전해서 들어오는 차량들과 뒤엉키는 바람에 쉽지가 않았다. 그는 날카로운 한숨을 내쉬었다.

윤하를 설득해서 차 한 대로 움직이지 않은 걸 후회하기 시작했다. 운전 실력은 서투르고 초록불이 아니면 꼼짝도 안 하는 윤하였다. 복잡한 도로 상황에서 차량들에 밀려 그대로 지하차도를 타게 되지나 않을까 걱정이 되었다. 뒤따라오고 있는 윤하 차를 신경 쓰는 사이 그의 차는 지하차도로 빠지는 이 차선과 직진 차선인 삼 차선 사이에 설치된 빨간색 볼라드 부근까지 밀려갔다. 재빨리 삼 차선을 타지 않으면 빨간색 볼라드에 막혀 그대로 지하차도를 탈 수밖에 없었다. 그는 서둘러 핸들을 오른쪽으로 바짝 돌리고 차머리부터 들이밀었다. 외곽으로 빠지려는 우회전 차량들 또한 마구 밀고 들어왔다. 여기저기서 경적이 울리고 욕설이 오갔다. 그는 사고를 무릅쓰고 밀어붙였고,

지하차도로 빠지기 직전에서야 가까스로 끼어들기에 성공했다.

사거리를 통과하자 직진 차선인 삼 차선은 오가는 차량 없이 오히려 한산했다. 그는 도로 맞은편 그러니까 운전석 왼쪽 맞은편을 바라보았다. 아직 불을 밝히지는 않았지만 네온사인으로 장식한 모텔이 보였다. 누가 보아도 한눈에 모텔이라는 걸 알 수 있을 것 같았다. 모텔을 찾으려고 두리번거릴 일은 없겠구나, 다시 윤하 걱정을 하다가 방금 전 지나온 사거리의 아수라장이 떠올라 뒤늦게 흥분했다. 윤하의 차는 이태리 식당에 그대로 주차해두고 움직이자는 그의 제안을 윤하는 아무렇지도 않게 무시했다. 동거를 끝낼 무렵, 윤하가 아끼는 하얀색 가방에 립스틱으로 갈겨쓴, 지친다, 세 글자를 윤하가 새로 뽑은 차에 또다시 써주고 싶었다.

도로도 똑바로 못 만드는 개새끼들!

그는 아무도 듣지 않는 욕설을 내뱉으며 아직도 깜빡거리는 오른쪽 방향지시등을 제자리로 돌려놓았다.

유턴을 하자마자 그는 첫 번째 골목에서 우회전을 했다. 골목 입구는 몹시 좁았고, 입간판이나 이정표도 없었다. 아직 해가 남아 있어서인지 모텔촌은 한산했다. 할로겐 조명을 밝힌 갤러리A가 모텔들 사이로 보였다. 그는 골목 입구에 차를 정차하고, 윤하에게 전화를 걸었다. 신호음이 오래 울리고서야 윤하가 전화를 받았다.

어디야?

음……, 다리가 보여.

다리를 지나면 사거리가 나오는데 주말 오후라 혼잡해. 사거리를 지나면서 지하차도 말고 삼 차선을 타. 지하차도로 빠지는 이 차선과 직진 차선인 삼 차선 사이에 빨간색 볼라드를 여러 개 박아뒀으니까 미리미리 삼 차선을 타고. 지하차도를 타면 외곽으로 빠지니까 조심하라고. 삼 차선을 타면 도로 맞은편에 그러니까 운전석 왼쪽 맞은편 방향으로 모텔이 보일 거야. 그럼 그 모텔 쪽으로 유턴을 해. 유턴을 하고 내려오다 첫 번째 골목에서 바로 우회전을 하라고.

그는 조금 전 통화에서 했던 말을 그대로 되풀이했다. 모텔 이름도 알려주려다가 차 안에서는 보이지 않아 그만두었다. 네온사인으로 장식한 건물만 보아도 누구나 모텔이라는 걸 알 수 있을 것 같았다.

금방 찾을 수 있을 거야.

윤하는 대답 대신 바로 전화를 끊었다. 다리에서부터 모텔촌 입구까지 십오 분이면 충분했다. 신호를 제대로 받는다면 십 분에도 올 수 있는 거리였다. 모텔촌 입구로 윤하가 오고 있는 사이, 그는 A에게 전화를 걸었다. 이태리 식당에서 출발할 때만 해도 연락 없이 갤러리를 찾아갈 생각이었다. 미리 연락을 하면 A가 부담을 가질 것 같았다. 무심한 표정으로 유리문을 열면서 부동산 업자를 만나러 왔다 잠깐 들렀다고 얼버무리려 했다. 그러나 A에게 미리 전화가 온 이상 어쩔 수 없이 갤러리로 가고 있는 중이라고 밝혀두어야 할 것 같았다.

전화 속 A의 목소리는 아직도 약간 딱딱했다.

갤러리A입니다. 선우 허스트?

그는 순간 당황해 대답을 못하다가 손바닥으로 이마를 쳤다. 선우 허스트는 A가 그의 이름과 M. 허스트의 성을 엮어 만든 그의 별칭이었다. 그와 A는 M. 허스트의 건축물을 아주 좋아한다는 공통점을 발견하고 처음부터 허물없이 대화를 나누었다. 스스로를 믿으세요, 갤러리 앞까지 배웅 나온 A는 손을 크게 흔들며 앞으로 그를 선우 허스트라고 부르겠다고 했다. 전화 속 A가 잊지 않고 선우 허스트라고 불러주자 계면쩍으면서도 가슴이 설레었다. 그는 간신히, 예, 라고만 대답했다.

제가 이런 제안을 드린 분은 처음인데요. 그 작품 마음에 드신다면…….

A는 잠시 말을 멈추었다.

마음에 드신다면, 액자 값만 받고 드리고 싶어서요. 선물로 드릴까도 했는데 그러면 제가 세운 원칙을 깨는 것 같아서 액자 값을 말씀드리는 거예요. 굳이 원하지 않으시면 부담 갖지 않으셔도 되니까 생각해보시고 연락주세요.

A의 뜻밖의 제안에 그는 어떻게 반응해야 할지 몰라 한 번 더, 예, 라고만 대답했다. 갤러리로 가고 있는 중이라는 말은 꺼내지도 못하고 전화를 끊었다. A가 말한 그 작품은 그가 자신만의 제목을 붙여준 A의 작품, 〈매달린 스푼과 포크 사이로 보이는 모텔〉이었다. 작품의 가치에 걸맞은 대가를 받는 것이 작가로서의 자존심이라던 A는 가까운 친구 사이라 해도 자신의 작품을 선물하지 않는다고 했다. 작가로

서 살아남기 위해 세운 원칙을 몰랐다면 이상하게 여길 수도 있겠지만 그가 받은 제안은, A로서는 최대한의 호의이자 최소한의 자존심일 거라 생각했다. 그러나 마음의 표현일 듯한 A의 특별한 제안이 조금은 부담으로 다가왔다. A가 작품을 설명하면서 액자 중에서도 가장 비싼 압축 아크릴 디아섹을 사용했다고 덧붙였던 기억이 났다. 가장 큰 제도판 정도 사이즈라 액자 값만도 만만치 않을 미술품을 구매한다는 것 자체가 사치일 만큼 그는 어수선한 상황에 놓여 있었다

건축 설계 사무소를 접기 전까지 아버지의 공장은 그의 관심 밖이었다. 그러나 신용불량자로 전락한 그는 빚을 갚기 위해서라도 아버지의 공장에 들어가야만 했다. 결정하기 쉽지 않았던 만큼 그는 담배까지 끊었다. 규모는 작아도 안정적인 충전기 제조업체로 자리 잡고 있던 아버지의 공장에도 최근 어려움이 닥쳤다. 아버지의 공장에서 납품을 하고 있던 일차 하청업체인 중소기업은 원청업체인 대기업의 회장이 기업 비리로 검찰 구속이 되자 어음 결제를 미루고 있었다. 아버지는 일차 하청업체인 중소기업과 은행권 관계자들을 만나러 다녔고, 그는 그대로 현금 확보를 위해 아버지의 개인 자산을 정리하던 중이었다. 상가를 정리한 후에도 그는 아무런 이유도 없이 갤러리A를 다시 찾아갔다. 작업실 스툴에 앉아 매달린 스푼과 포크 사이로 모텔을 보았을 때, 단 두 번 만난 A로 인해 그의 가슴은 통증을 느꼈다. 연락을 받고 곧바로 갤러리를 방문한다면 그가 제안을 받아들인 거라고 A는 나름 해석할 수도 있었다. 그는 갑갑한 차 안에서 내렸다.

해가 서서히 기우는 사이 모텔촌 입구를 드나드는 차량들이 많아졌다. 그는 세워둔 차 곁에 서서 들어오는 차량들을 계속 살폈다. 실내 포장마차 주인아줌마가 가게 밖으로 나와 그를 쳐다보았다. 머쓱해져 재킷을 뒤졌지만 주머니는 비어 있었다. 삼십 분도 훨씬 지났지만 윤하는 아직 오지 않았다. 윤하에게 전화를 걸자 기다렸다는 듯이 바로 받았다.

안 그래도 전화를 하려고 했어. 사거리에서 삼 차선 타려다가 이 차선과 삼 차선 사이 빨간색 볼라드에 막혀서 지하차도를 탔어. 미리 삼 차선을 타려고 했지만 우회전 차량에 밀려서 어쩔 수가 없었다고. 그런데 계속 달려도 빠져나가는 길이 없는데 어쩌면 좋지?

그는 차 한 대로 움직이지 않은 걸 또다시 후회했다. 지하차도는 외곽으로 연결되어 있었다. 차까지 막히면 이십 분 이상은 더 가야 유턴을 할 수 있었다. 그는 윤하에게 지하차도를 빠져나가는 대로 외곽 순환 도로를 타고 집으로 돌아가라고 하려다가 그만두었다. 기다려서라도 윤하와 함께 그가 제목을 붙여준 작품을 보고 싶었다. 그러면 상대방에 대한 예의나 배려 정도의 감정에서 멈추고 정리해야 할지 아니면 다시 되돌려 사랑을 새롭게 시작해야 할지 그도 윤하도 결정할 수 있을 것 같았다. 그는 윤하의 깊은 가슴골이나 가늘고 긴 발목은 좋아했지만 거짓말 따위로 부드러워질 수 있는 대화는 견딜 수가 없었다. 스스로에게도 딱히 설명할 수는 없지만 그것이 헤어진 이유가 아닐까 혼자 결론을 내렸다.

원룸 근처 쇼핑몰에서 윤하가 산뜻한 원피스보다 앙증맞은 아기 신발에 눈길을 주고, 너무 귀엽다, 여러 번 속삭인 날, 그는 건설회사에 사표를 냈다. 가끔 야근을 한 날이면 회사 근처 그의 원룸에서 자고 출근하던 윤하는 그에게 유리컵을 던졌다. 직원들 몰래 사내 연애를 시작한 이후로 처음 화를 내는 윤하의 낯선 모습에 입을 다물었지만 그에게는 나름의 이유가 있었다. M. 허스트처럼 세계적인 건축가까지는 아니어도 건축주가 원하는 삶을 담은 개성 있는 주택 건축을 해보고 싶었다. 아무리 다양한 디자인을 시도해본다 해도 변화를 주는데 한계가 있는 아파트 내부 설계는 지루한 걸 참지 못하는 그의 성격과 맞지 않았다. 선배에게 주의를 받을 정도로 업무 태도가 나태해진 그와 달리 윤하는 같은 프로젝트를 진행하면서도 특별한 불평이 없었다. 야근 수당을 모아 명품 가방을 산 날이면 잦은 야근조차 견딜 만하다고 했다. 독학으로 공부한 건축학이 전부였지만 자신만의 세계를 만들어간 M. 허스트에 대해서 말하면 윤하는 대개 비슷하게 대꾸했다.

현실이 어떤지 자기가 더 잘 알잖아.

시큰둥한 반응에 떨떠름해진 그는 담배를 찾아 재킷을 뒤지고는 했다. 새로 문을 연 이태리 식당이나 주말 개봉 영화 따위가 두 사람 사이 대화의 전부가 된 건 그만의 잘못은 아니었다. 그러나 말 한마디 없이 사표를 낸 그는 윤하에게 용서를 구했다.

윤하의 반대가 있었지만 그는 결국 퇴사를 하였다. 더 이상 직원들 몰래 연애를 할 이유가 없어진 윤하는 그의 원룸으로 옷과 신발을 옮겼다. 그러나 대학 동기와 차린 건축 설계 사무소는 일 년 육 개월 만에 유일한 직원인 경리의 월급과 사무실 월세조차 낼 수 없을 만큼 어려워졌다. 쉽지 않은 결정들을 내려야 하는 사이 그는 잠 못 이루는 밤이면 M. 허스트의 화보집을 들여다보았다. 화보집을 덮고 눈을 감으면 곁에 누운 윤하는 잠든 척했지만 결코 잠들지 않았다는 걸 그는 알 수 있었다. 비염 때문에 잠들면 살짝 벌어지는 윤하의 입이 꾹 다물어져 있었다.

이 년 가까운 동거는 단순한 연애와는 달랐다. 가끔 만나 밥을 먹고, 영화를 보고, 섹스를 하는 사이였다면 결코 알 수 없었을 상대방 자신도 모르는 자잘한 습관과 버릇까지 알게 해주었다. 야근한 밤이면 어김없이 앓는 소리를 내는 잠버릇까지 그가 알고 있다는 걸 윤하는 몰랐다. 옆에서 밤새 앓는 소리에 잠까지 종종 설쳤던 그였지만 변하기 쉬운 사랑이란 감정은 선불리 믿지 않았다. 그러나 사소한 일상의 비밀과 자잘한 이야기들이 쌓여가면서 다른 사람들은 모두 헤아릴 수 없는 두 사람만의 세계가 만들어지고 깊어진다는 건 인정할 수 있게 되었다. 그 세계 속에서는 돌아누운 상대방의 어깨만 보아도 겉으로 표현되지 않은 마음까지도 읽을 수 있었다. 잠이 든 척 숨죽이고 있는 윤하는 두려워하고 있다는 생각이 들었다. 호기심과 함께 안타까움을 자아냈던 빨간불에도 도로를 건너려는 남자가 점점 낯설어지고 있는지도 몰랐다. 그는 낯설고도 두려운 남자가 되기 전에 헤어지는 것이 서로에게 상처를 덜 주는 거라, 그렇게 믿고 동거를 끝냈다.

두려움 때문에 결국 초록불 쪽에 손을 들면서도 빨간불 쪽에 자꾸 웃음을 흘리는 윤하의 독특한 취향은 여전했다. 이태리 식당을 나와 주차장으로 향하던 윤하가 발을 헛디뎠다. 크리스털로 만든 잔을 이리저리 돌리며 눈이 마주칠 때마다 웃던 윤하는 다소 지쳐 보였다. 그의 차 한 대로 움직였다가 다시 이태리 식당으로 돌아오자고 했지만 윤하는 핸드백에서 꺼낸 차 열쇠를 흔들어 보였다. 윤하의 차 열쇠가 가리킨 새 차를 보고 그는 할 말을 잃었다. 타고 내릴 때마다 불편하다고 투덜거리던 그의 SUV와 똑같은 차종이었다. 그는 윤하가 올라탄 신형 SUV의 보닛을 손으로 쓰다듬어 보았다. 날렵한 굴곡을 따라 미끄러지는 손을 움켜쥐고 자신의 중고차에 올라탔다.

이태리 식당에서 디저트가 나오기도 전에 일어서는 윤하를 그는 말리지 않았다. 〈매달린 스푼과 포크 사이로 보이는 모텔〉, 그가 제목을 붙여준 작품을 보고 싶다고 했다. 그 작품을 다시 보고 싶었던 그도 윤하를 따라 일어섰다. 미술계 종사자도 아닌 사람이 작가의 작품에 제목을 붙일 수 있는 기회는 흔하지 않았고, 그래서 그는 더욱 흥미를 느꼈다. 그가 꿈꾸었던 건축 방식과 같았기 때문이었다. 작가의 작품에 자신만의 제목을 붙이고 A와 함께 작품에 담긴 이야기를 나누면서 관람객과 작가 사이를 넘어 A의 고독한 작업의 세계로 들어가는 느낌을 받았다. 유흥과 쾌락의 장소, 모텔촌에서 땀 흘리며 작품 설치를 하던 A의 세계가 매력적이라 매료되어가는 건지 뜻대로 되지 않는 현실로부터 도피처를 찾고 싶은 건지, 그 자신도 잘 알 수가 없었다.

어제와 오늘 사이, 외근을 마친 그는 전 직원이 비상근무를 하고 있는 아버지의 공장으로 돌아가야 하는데도 갤러리를 찾았다. 윤하에게는 상가 정리 때문이라고 했지만 이미 부동산 업자를 통해 마무리가 된 뒤였다. 모텔촌 거리에서 머뭇거리는 그를 발견한 A는 사다리에서 내려와 유리문을 열어주었다. 첫 만남에서 간단한 용건만 나누었던 그를 A는 바로 알아보았다. 이마에서 흘러내리는 땀을 닦아내는 A의 다른 손에는 큼지막한 망치가 들려 있었다.

이렇게 작은 갤러리 관장은 사실 막일꾼이나 다름없어요.

마지막 못질을 끝내려고 다시 사다리에 올라가던 A는 그에게 원하는 작품이 있으면 제목을 정해보라고 했다. 마무리가 덜 되어서인지 작품들 옆에는 아직 작품명이 없었다. 그는 전시물을 둘러보다 아직 벽에 비스듬히 세워진 작품을 손가락으로 가리켰다. 촬영한 사진을 위아래 위치만 바꾸어 절반씩 배치한 미디어아트 작품이었다. A는 다시 사다리에서 내려와 그가 작업실로 들어갈 수 있게 칸막이를 밀어주었다. 허리를 비틀어 칸막이에 난 쪽문 사이로 들어가던 그는 호흡이 잠깐 멈추는 것 같았다. A의 작업실은 나란히 놓인 스툴 두 개로도 꽉 찼다.

칸막이를 가로지른 작업용 선반과 세 벽에는 빈 공간이 없었다. 작업실 쪽문 쪽 벽면에는 각종 화보와 서류가 정리된 책꽂이가 있었고, 그 반대쪽 벽면에는 간이 싱크대가 있었다. 갤러리 유리문과 마주보는 벽면에는 A의 작품이나 A가 수집했거나 평소 친분 있는 작가들에게 선물받은 작품들이 빼곡히 걸려 있었다. 작업용 선반에는 A가 미디어아트 작업할 컴퓨터가 놓여 있었고, 갤러리를 내다볼 수 있도록 칸막이 사이가 벌어져 있었다. 그는 작업용 선반 아래 놓인 스툴을 빼서 A와 나란히 앉았다. 그는 그곳에 앉아 당분간 잊을 수 없는 광경을 보았다. 칸막이 사이로 A의 작품들이 걸려 있는 갤러리와 갤러리 통유리 너머 네온사인 화려한 모텔촌 거리가 한눈에 보였다. 그의 눈앞에는 스푼과 포크 두 쌍이 가느다란 줄에 매달려 있었다. A는 손을 뻗어 줄을 당겼다. 맑고도 서늘한 소리가 울렸다.

이 스푼과 포크는 갤러리를 열 때 친한 분에게서 받은 선물이에요. 저의 미술 활동에 도움이 될 좋은 사람을 만나 식사할 때 쓰라고요. 그런데 저는 갤러리와 결혼했으니까 필요 없잖아요. 그래서 작업하다가 제 마음이 흐트러질 때마다 기억하려고 이 스푼과 포크 두 쌍을 매달아놓은 거예요. 그런데도 가끔, 아주 가끔은 작업을 하다 밖을 내다보면 갤러리 밖으로 나가고 싶을 때가 있어요. 선우 허스트는 어떤 제목을 붙였는지 모르겠지만 저 작품에 제가 붙여준 제목은, 〈가끔〉이에요.

A의 작품, 〈매달린 스푼과 포크 사이로 보이는 모텔〉의 실제 배경을 할로겐 조명이 비추고 있었다. 스푼과 포크가 눈부시게 빛나는 건 그의 눈에 고인 눈물 때문이었다. 상가를 시세보다 약간 싸게 내놓았더니 예상보다 일찍 팔렸다. 미디어아트 작업을 마치고 돌아가는 새

벽녘 모텔촌 거리에서 그녀는 더 이상 불필요한 오해를 받을 일도 없었다. 상가를 구매한 사람은 조리 과정도 간단하고 회전율도 빠른 국수집을 차릴 계획이라고 했다. 아직 임대 기간이 남았지만 업종이 다르고, 상업성도 낮은 갤러리는 권리금이나 인테리어 비용도 받기 힘들 터였다. 그는 피곤한 사람처럼 눈을 비볐다. A는 또다시 저렴한 아니 지금보다 더 저렴한 임대료의 상가를 찾아야 할 것이다. 그리고 매달린 스푼과 포크 사이로 낯선 그 무엇을 바라보며 〈가끔〉을 꿈꾸어야 할지도 몰랐다. 그는 A의 미디어아트 작품이 프린트된 머그잔을 만지작거렸다. 머그잔 속 A는 갤러리 밖을 향해 카메라 셔터를 누르고 있었다.

전조등을 밝힌 신형 SUV가 모텔촌 입구로 들어왔다. 실내 포장마차 가게 앞 의자에 앉아 있던 그는 뛰어나갔다. 몇십 분을 서성거리는 그를 보고 실내 포장마차 주인아줌마는 플라스틱 의자를 내주었다. 신형 SUV는 바로 그 앞에 멈추었다. 선팅 짙은 운전석 창문이 내려지고, 그 사이로 단발머리 중년 여자가 고개를 내밀었다. 윤하가 아니었다. 그는 다른 사람과 착각했다고 머리를 숙였다. 급한 마음에 윤하의 차는 선팅이 짙지 않았다는 걸 잊고 있었다. 단발머리 중년 여자는 그를 위아래로 훑어본 후 운전석 창문을 올리고 그대로 출발했다. 초조해진 그의 손이 재킷 주머니를 뒤지려는데 핸드폰이 울렸다.

나 지금 아까 그 다리를 다시 건너고 있어. 자기 말대로 외곽까지 가서 지하차도를 빠져나오자마자 유턴해서 내려왔는데 모텔이 안 보여. 운전석 오른쪽에 모텔이 보이면 첫 번째 골목에서 바로 우회전하라고 했잖아. 어디로 가야 돼?

그는 맥이 빠졌다. 재킷을 뒤졌지만 주머니는 비어 있었다. 담배를 끊고도 재킷을 뒤지는 버릇은 여전히, 몸에 배어 있었다. 윤하에게 다리를 건너는 대로 집으로 돌아가라고 하려다가 그만두었다. 지루한 걸 못 견뎌 빨간불에도 횡단보도를 건너려는 그였지만 윤하와 함께 그가 제목을 붙여준 작품을 보고야 말겠다는 오기가 생겼다.

다시 유턴을 해. 다리를 지나면 사거리가 나오는데 복잡한 거 알지. 사거리에서 지하차도 말고 삼 차선을 타. 지하차도로 빠지는 이 차선과 직진 차선인 삼 차선 사이에 빨간색 볼라드를 여러 개 박아뒀으니까 미리미리 삼 차선을 타고. 지하차도를 타면 아까처럼 외곽으로 빠지니까 조심하라고. 삼 차선을 타면 도로 맞은편에 그러니까 운전석 왼쪽 맞은편 방향으로 모텔이 보일 거야. 모텔인 줄 어떻게 아냐고? 네온사인으로 장식한 건물을 찾아봐. 누가 보아도 모텔이라는 걸 알 수 있을 테니까. 그럼 그 모텔 쪽으로 유턴을 해. 유턴을 하고 내려오다 첫 번째 골목에서 바로 우회전을 하라고. 만약에 지하차도를 타면 외곽까지 갔다가 다시 유턴해서 내려와. 내려오다 이번에는 운전석 오른쪽에 모텔이 보이면 마찬가지로 첫 번째 골목에서 바로 우회전하라고.

그는 목에 핏대가 서도록 목소리를 높였다. 모텔들 사이에는 A의 갤러리가 있었고, 모텔촌 입구 너머에는 윤하의 신형 SUV가 있었다.

〈매달린 스푼과 포크 사이로 보이는 모텔〉과 제라늄 화분 그리고 M. 허스트의 건축물 화보집과 아버지의 공장. 그 벌어진 틈 사이에서 그는 갈증을 느끼며 휘청거렸다. 자신감을 잃어버리고 머뭇거리는 그 사이는 시간이거나 거리 혹은 다른 누군가와의 관계일 수도 있었다. 자신도 모르게 벌어진 틈 사이에서 그는 스스로를 믿기 위해 외치고 있었다.

피곤이 한꺼번에 몰려들었다. 사위는 서서히 어두워지고, 네온사인으로 둘러싸인 모텔촌은 어둠과 함께 화려해지고 있었다. 할로겐 조명이 서늘한 갤러리A로 걸음을 옮기면서도 모텔촌 입구로 들어오는 차량을 놓치지 않으려, 그는 고개를 빼들었다.

* 작중 M. 허스트의 삶은 안도 다다오의 『나, 건축가 안도 다다오』를 참조하였습니다.

입속의 검은 새

새 울음소리였다. 듣는 사람의 폐부를 긁는 쪽창 너머 날카로운 새소리. 사나흘 이어진 장대비를 견디지 못한 어린 새가 틀림없었다.

딸이 구원교회 골목길로 들어서자 몰래 뒤를 밟던

'ㄷ', 'ㅓ', 'ㄴ', 자판을 두드리던 손가락을 오므렸다. '던' 위에서 멈춘 커서가 깜박였다. 그 어린 새를 향한 어미 새의 울부짖음도 들려왔다. 킷! 킷! 킷! 어둑한 지하방 컴퓨터 앞에 앉아 있던 나는 주방으로 달려갔다. 방 안 가득 벌려놓은 자료들이 허둥대는 발걸음에 버석거렸다. 싱크대 위에 붙은 쪽창으로 감나무를 올려다보았다. 길바닥과 나란한 높이의 쪽창을 통해서는 감나무 밑둥치밖에 보이지 않았다. 고개를 한껏 쳐들다 가슴을 움켜쥐며 주저앉았다. 명치가 죄였다. 체증이었다. 열흘 넘게 신물이 넘어오면서 목까지 부어올랐다. 킷! 킷! 킷! 어린 새의 울음소리가 또다시 들려왔다. 다시 고개를 쳐들자 쪽창 너머 비에 흠뻑 젖은 새가 보였다. 낮게 날며 길게 비명을 토해내고 있었다.

등받이 없는 플라스틱 의자에 오른발을 올려놓자 전화벨이 울렸다. 아랑곳하지 않고 왼발을 싱크대 위에 딛고 쪽창을 열어젖혔다. 길바닥을 따라 흐르던 빗물이 튕겨 올라 나무 창틀을 적셨다. 얼굴을 좀 더 쪽창으로 들이밀었다. 폭은 넉넉했으나 높이가 낮았다. 머리를 최대한 모로 뉘였다. 양쪽 귀가 나무 창틀에 눌렸다. 머리의 움직임을 따라 귓불이 우그러졌다. 전화벨이 끊임없이 울렸다. 그러나 어린 새의 울음소리 역시 나를 부르고 있었다. 킷! 킷! 킷! 가슴을 후벼파는 저 울음소리. 얼굴의 부피를 조금이라도 줄이기 위해 숨을 몰아쉬었다. 동시에 나무 창틀을 붙잡고 힘껏 머리를 빼내었다.

비 오는 날, 그래, 비 오는 날이었다. 그리고 딸은 비 오는 날이라고 말했다.

"영혼을 위해 울어주는 거야."

양팔로 무릎을 끌어안은 딸의 나직한 음성은 꿈꾸는 듯하였다. 딸이 내민 검지에 매달린 어린 새가 머리를 갸웃거렸다. 입술을 뚫어지게 쳐다보고 있는 어린 새는 딸의 말을 귀담아 듣고 있는 것처럼 보였다.

"차가운 비를 맞으며 하늘로 올라가는 영혼은 상상만으로도 쓸쓸하잖아. 죽음도 서글픈데 영혼마저 온통 비에 젖는다니 얼마나 가여워."

딸은 고개를 들어 쪽창을 바라보았다. 쪽창은 들이치는 빗물로 뿌옇게 흐렸다. 그리고 쪽창 너머에는 비에 젖은 새가 울고 있었다. 계속되는 장대비에 포장마차 돈벌이마저 신통찮던 나에게 새들의 울음소리는 귀에 거슬리는 소란일 뿐이었다.

비에 젖은 영혼 이야기에 골몰한 딸은 무릎에 옆얼굴을 묻었다.

"하늘과 대지 사이를 날아다니는 새가 아니라면, 그 누구도 쓸쓸한 영혼의 뒷모습을 볼 수 없을 거야."

헛헛한 상념들을 읊는 분홍 입술 위로 긴 생머리가 흘러내렸다. 그러나 손을 내밀어 귀 뒤로 넘기지 않고 입바람을 불었다. 나풀거리는 풍성한 머리카락 사이로 딸의 도도록한 뺨이 드러났다. 나의 눈길은 딸의 볼살을 가만가만 어루만졌다. 세찬 입바람에 깃털을 곤두세우는 어린 새도 딸의 검지에 그대로 매달려 있었다. 쏟아지는 장대비로 감나무 아래에 떨어졌던 어린 새였다. 길고양이가 노리던 걸 산책 나간 딸이 구해온 뒤로 어미 새처럼 따랐다.

"다시 태어나면 새로 태어났으면 좋겠어. 비에 젖은 영혼을 위해 울어줄 수 있는 새 한 마리."

다시 태어난다는 딸의 말에 어묵을 끼우던 나무 꼬챙이를 놓쳤다. 화들짝 놀란 어린 새가 퍼덕이며 날아오른 자리에는 묽은 새똥이 앉았다. 지독한 냄새에 욕지기가 올라왔다. 성가신 새 새끼. 다쳤던 날개에 제법 힘이 붙었건만 딸은 길고양이나 까마귀 따위의 날짐승에게 잡아먹힐까 불안하다며 한사코 데리고 있었다. 나는 거북한 속을 쓸어내렸다.

칼바람까지 불어와 헐거운 나무 창틀의 쪽창이 흔들거렸다. 싱크대 위에 자리 잡은 어린 새는 가냘프게 울었다. 다시 태어난다니, 아서라. 엄마는 겁이 난다. 부쩍 영혼이니 죽음이니 불길한 말들을 꺼내고. 젖가슴이 쪼그라들고 샘이 말라가는 엄마 앞에서 푸른 몸뚱이로 그런 말은 하는 게 아니란다. 한창 재밌을 나이인데 네 나이 또래가 할 수 있는 연애나 남자친구 따위의 즐거운 상상을 하렴. 그러나 입을 굳게 다문 나는 딸의 목과 쇄골 사이의 길쭉한 흉터만을 지그시 바라보았다. 깊게 파인 상처를 메운 거칠고 허연 새살이 눈에 띄었다. 계집애 몸에 흉터라니. 그것도 하필 목에. 습관처럼 가슴을 치다 문득 소쿠리를 끼고 앉느라 벌린 가랑이를 오므렸다. 딸은 나의 허벅지에 핀 꽃담배에 묘한 시선을 던지고 있었다. 안타깝고, 서글픈, 그리고 수치심과 혐오감이 반반 뒤섞인 시선이었다. 꽃담배는 뒤늦게 자리 잡은 단란한 삶에 수시로 배어나오는 어두운 기억의 한 조각이었다. 남편에게 담뱃불로 지짐질당한 허벅지의 흉터를 딸은 꽃담배라 딱 한 번 불렀다.

딸이 제 짝을 찾을 때까지 어떻게든 가정을 깨지 않고 살아보려고 했다. 무엇보다 혼담이 오갈 때 이혼녀의 자식이란 말을 듣게 하고 싶지 않았다. 게다가 남편은 원래부터 포악한 사람은 아니었다. 세상살이가 팍팍하다 보니 술기운을 빌려 폭력을 휘둘렀을 뿐이었다. 그러나 부엌칼을 들고 위협하는 남편을 말리던 딸이 목에 상처를 입자 이혼을 결심했다. 남편과 이혼 후 주머니 사정이 허락하는 싼 집을 찾다 보니 외곽으로 또 산동네로 밀려났다. 버스 정류장에서 집으로 찾아가는 길은 가파르고 외졌다. 산동네에서도 하늘이 가장 가까운 집이었지만 나와 딸의 걸음걸이는 가벼웠다. 구원교회 골목길 담장 아랫집 화단엔 계절 따라 갖가지 화려한 꽃이 피었고, 쪽창 너머 감나무에는 새들이 지저귀었다. 더 이상 남편의 밤늦은 귀가나 술 취한 흐트러진 발걸음에 마음을 졸이지 않아도 되었다. 마음이 편해지자 딸의 얼굴도 행동도 밝아졌다. 담장 아랫집 화단에 핀 다섯 갈래 자주 꽃잎의 꽃 이름을 알고 나서는 선부른 농담도 했다.

나의 다리를 베개 삼아 누운 딸은 허벅지의 흉터에 살포시 입을 맞추었다.

“울 엄마 허벅지에도 꽃담배가 피었네.”

꽃담배란 말이 고운 탓인가. 말린 치마를 끌어내려 허벅지를 가리던 나는 작게 소리 내어 웃었다. 허한 웃음소리에 자신의 경솔을 깨달은 딸은 나의 넉넉한 허리를 꼭 껴안았다. 쪽창으로 태양빛이 조금씩 들어왔다. 태양빛의 각도가 쪽창의 위치와 정확하게 맞아떨어지는 짧은 순간이었다. 깊숙이 파고든 태양빛이 나와 딸을 비추었다. 벽에 드리워진 두 사람의 그림자가 검게 흔들렸다. 꽃담배는 투명한 유리 조각에 비춰보듯 가볍게 들추어낸 기억이었다. 그러나 멋모르고 집어올린 유리 조각의 날카로움에 살짝 베이고 말았다. 아파하지 마라.

기억일 뿐인데, 이제는 기억일 뿐인데. 나는 딸의 동그란 어깨를 토닥이며 베인 자국을 쓸쓸히 어루만졌다.

쪽창에서 뒷머리가 빠져나오자 막혔던 시야가 탁 트였다. 허공에 들린 목을 좌우로 돌려 새 울음소리를 좇았다. 새가 날아간 방향으로 그리고 그 반대 방향으로. 먹장 하늘을 향해 그리고 흘러내리는 빗물을 향해. 새는 보이지 않았다. 잎이 무성한 감나무 가지들만이 비바람을 따라 흐느적거리고 있었다. 핸드폰이 울렸다. 핸드폰 울리는 소리가 깜박 잊고 있던 전화벨 소리를 환기시켰다. 쪽창에 머리를 들이밀 때부터 전화벨은 쭉 울리고 있었다. 제각각인 벨이 동시에 울리자 지하방이 요란해졌다. 누군가 나를 다급히 부르고 있었다. 그러나 움직일 수 없었다. 끊임없이 괴롭혀온 부질없는 질문에 홀연 빠져들었다. 나는 허공에 목을 들린 채로 굳어버렸다. 정수리에서부터 얼굴로 목으로 장대비가 흘러내렸다. 길바닥을 따라 흐르던 오물과 흙탕물이 뒤섞인 빗물이 튕겨 올라 얼굴에 더뎅이졌다. 나의 얼굴은 비좁은 쪽창에 갇힌 얼룩진 초상화가 되어버렸다.

딸도 나를 애절하게 불렀을까. 그랬겠지. 암, 그랬겠지. 그날 이후 나는 혼자 질문하고 혼자 대답하며 서성였다. 꽉 막힌 듯한 명치의 통증으로 앉을 수도 누울 수도 없었다. 입이 마르고 주전자 채 물을 들이마셔도 갈증이 가시지 않았다. 그러나 열흘 전부터는 물조차 제대로 마실 수 없었다. 목구멍으로 물이 시원하게 넘어가지 않았다. 더부룩한 뱃속에서는 시척지근한 신물이 올라왔다. 그렇게 앉지도 눕지도 못하는 동안 광대뼈가 불거지고 그 위에 기미가 검게 끼었다. 몰라보게 퀭해진 나의 모습에 사람들은 위로했다. 떨쳐내야 산다고. 애끓는 기억도 부질없는 질문도 다 떨쳐내야 산다고 쉽게들 말했다.

장대비에 사위가 어두웠다. 거친 바람에 펄럭이는 우산을 꽉 쥐고 구원교회 골목길로 들어섰다. 귓가에 맴도는 어린 새 울음소리에 이끌려 결국 빗길로 나서고 말았다. 숨이 턱턱 막히고, 명치가 죄여 제대로 서 있을 수도 없었다. 통증에 눌려 허리를 잔뜩 구부리고 걸었다. 숨죽인 구두 발자국 소리가 등 뒤를 따라붙고, 정체를 알 수 없는 검은 형체가 골목길 바닥에 어른거렸다. 구원교회 십자가의 붉은 점멸등을 따라 머릿속 스위치가 켜졌다 꺼졌다.

골목길 초입 언덕 위쪽에 있는 구원교회, **성폭행에 저항하다 죽은 제 딸의**, 구원교회로 올라가는 계단, **억울한 죽음을 하소연합**, 계단을 지나 비탈을 가로지르는 비좁은 골목길, **제 딸이 폭행과는 무관하게 사망했다고**, 언덕 위쪽으로 사람 키 높이가 넘는 축대, **단순폭행으로 처리하려는**, 언덕 아래쪽으로 추락을 막기 위한 어깨 높이의 담장, **법이라야 아는 게 없다 보니**, 하수구로 제때 빠지지 못해 발목까지 차오른 빗물, **가해자의 아버지가 알고 보니 전직 경찰 출신으로**, 선거철에 설치된 CCTV, **CCTV 자료를 확인해보려니까 이미 폐기되었다며**, 빗물이 넘쳐흐르는 담장 아랫집 화단.

한 장면 한 장면 뚝뚝 끊어진 거리의 모습들과 한 문장 한 문장 쪼

개진 글들이 빗물처럼 제멋대로 눈앞을 흘러내려 갔다. 어디까지가 현실이고, 어디까지가 악몽인지 분간조차 할 수 없었다. 나는 귀를 틀어막고 신음을 삼켰다. 골목길 바닥에 널브러진 검은 형체가 점점 더 선명해졌다. 담장 아랫집 화단이 내려다보이는 바로 그 장소였다. 빗물이 차오른 골목길 바닥에 얼굴을 알 수 없는 젊은 여자가 쓰러져 울부짖고 있었다. 악몽이었다. 시도 때도 없이 나를 사로잡는 악몽. 명치로부터 묵직한 덩어리가 밀려 올라왔다. 그러나 걸음을 멈출 수 없었다. 멈추면 그 고통에 녹아내려 빗물 속으로 사라질 것만 같았다. 불끈 쥔 주먹을 젖은 담벼락에 대고 빠르게 걸어갔다. 거친 담벼락에 긁힌 손등에서 살갗이 뜯겨나갔다. 붉은 피가 거친 담벼락을 적셨다. 떨쳐낸다고 떨쳐지냐고. 두 눈을 이렇게 똑바로 뜨고, 두 귀를 이렇게 활짝 열고 살아 있는데 어떻게 떨쳐지냐고, 어떻게! 음산한 골목길에는 길고양이마저 보이지 않았다.

그날도 무겁게 가라앉은 하늘이 밤늦게까지 비를 쏟아붓고 있었다. 감기에 몸살까지 겹쳤지만 호떡 반죽을 치대며 졸음을 쫓았다. 딸의 귀가가 늦었다. 축대와 담장으로 둘러싸인 구원교회 골목길이 마음에 걸렸다. 일단 들어서면 달리 빠져나갈 길도 없지만 골목길의 전경이 어느 주택이나 바로 인접한 구원교회에서조차 보이지 않았다. 포장마차 뒷마무리가 늦어져 피곤하고 귀찮아도 어두워지면 꼭 마중을 나가고는 했다. 기다리다 지친 나는 딸에게 전화를 걸었다. 어린 새를 몰래 날려보낸 뒤로 화가 난 딸은 내게 말조차 하지 않았다. 수십 번의 연결음이 울린 후에야 전화를 받은 딸은 늦는 이유에 대한 자초지종도 없이 어린 새만을 염려했다.

"이렇게 비가 오는데 새는 괜찮을까? 그 새만은 꼭 지켜주고 싶었는데."

지켜주고 싶었다는 딸의 말에 콧등이 시큰거렸다. 반복되는 폭력으로부터 엄마도 자신 스스로도 지켜낼 수 없다는 무기력함에 괴로워했던 딸이었다. 그러나 콧물을 닦아내며 짐짓 모른 척했다.

"그깟 새는! 밤길 험하니까 올 때 꼭 전화해!"

길어지는 잔소리가 듣기 싫었는지 뒷말을 다 듣기도 전에 딸은 전화를 끊었다. 그러나 깜박 잠들 때까지 전화는 오지 않았다. 그 전화가 딸과의 마지막 통화였다.

저 멀리 무성한 잎사귀들이 서로 부대끼며 회오리치고 있었다. 왜 전화를 안 했을까? 전화만 했어도 마중을 나갔을 텐데. 엄마가 미워서? 새 새끼 따위 몰래 날려보낸 죄가 뭐 그리 대수라고. 미안해서? 이 뱃속에서 나왔는데 무엇이 미안하냐. 자식인데 미안한 게 다 뭐냐. 엄마 힘들까 봐? 암, 그랬겠지. 엄마 생각은 얼마나 끔찍하게 했냐. 그래서 비 오는 밤 피곤한 엄마를 깨우는 게 미안해서 전화를 못 한 거냐? 혼자 질문하고 혼자 대답하다 보니 배수지로 올라가는 길목의 감나무 아래까지 다다랐다. 감나무 밑둥치에 기대어 가쁜 숨을 토했다. 무성한 잎사귀 사이사이 젖은 날개를 접고 떨고 있을 새들. 그러나 용케 잘도 숨었는지 깃털조차 보이지 않았다. 시선을 멀리 뻗어 사방을 둘러보았다. 좀 전에 고개를 빼내 들었던 길바닥과 나란한 높이의 쪽창이 보였다. 산동네의 고만고만한 다세대 주택들이 장대비를 견뎌내고 있었다. 배수지로 올라가는 길에서 산동네로 빗물이 거세게 쏟아져 내려갔다. 쪽창 너머 울던 새는 어디에도 보이지 않았다. 어디로 날아갔을까. 딸이 지켜주고 싶다던 어린 새는 어디로 사라졌을까. 그 어린 새를 염려하던 딸은 정작 어디로 갔을까. 소리를 질러도 부어오른 목에 걸려 공중으로 흩어질 뿐이었다. 소리가 되지 못한 말들은 가슴 저 아래서 맴돌았다.

완전히 뒤집어져 쓸모없어진 우산이나마 받쳐 들었다. 딸이 실습 삼아 말아줬던 그러나 이제 거의 풀린 파마머리에서 빗물이 떨어졌다. 무거운 발걸음을 집으로 옮기고 있는데 낯익은 목소리들이 뒤에서 들려왔다.

"하나밖에 없는 딸이 비명횡사한 후부터 비만 오면 저래 미쳐 돌아다닌다니까."

쯔쯔, 안타깝게 혀 차는 소리가 귀에 까실했다. 그러나 나는 돌아보지 않았다. 천천히 발걸음을 떼면서 입을 벙긋했다. 모르는 소리들 하지 말라고. 오늘처럼 딱 요렇게 장대비가 내리던 날이었다고. 무릎에 그 고운 얼굴을 비스듬히 파묻고 이렇게 말했다니까. 다시 태어나면 새로 태어났으면 좋겠다고. 비에 젖은 영혼을 위해 울어줄 한 마리의 새로 말이야. 아무리 생각해도 허튼소리는 아니다 싶더라니까. 야무지다 못해 빈 구석이라곤 요만큼도 없던 아이였잖아. 혼자 생각해도 망측스러워 이제껏 뱉지 못했던 속내를 한껏 주절거리고 나니까 속이 후련했다. 누구의 귀에도 들리지는 않겠지만 솔직한 속마음이었다. 내가 어린 새를 찾아 서성이는 건, 한 마리의 새로 다시 태어난 딸을 만나보고 싶어서였다.

서늘한 지하방에 들어서자 곰팡내가 확 끼쳤다. 습기 찬 네 벽을 따라 피어오른 곰팡이가 천장까지 얼룩져 있었다. 눅눅한 수건으로 젖은 몸을 대충 닦아내고 발 디딜 틈 없이 널린 자료들을 뒤적거렸다. 발길에 차여 흩어진 자료들 사이에서 피의자 조서 복사본을 집어 들었다. 정보공개 청구를 통해 힘겹게 구해낸 자료였다. 잠시 숨을 고르고 컴퓨터 앞에 앉아 그사이 자동 종료된 컴퓨터를 재부팅했다. 미리 밑줄을 그어둔 부분을 일별하는데 딱딱한 법률용어들 위로 빨건 핏물이 배어들었다. 가늘게 흘러내리는 핏물을 따라 눈길을 주니 담벼락에 찢겨나간 손등의 살갗이 너덜거렸다. 얼얼한 손등을 화장실 휴지로 대충 싸매고 검지를 들어 한글 자판을 눌렀다. 손끝으로 누른 자음과 모음이 모니터 위에 문장이 되어갔다.

심한 욕설을 내뱉어 화가 나 밀쳤을 뿐

가해자는 스물두 살의 건장한 대학생이었다. 딸의 미용학원 친구가 인터넷 카페에서 알게 된 남자였고, 딸과는 초면이었다. 술 취한 딸과하룻밤이라도 보내려고 뒤를 밟았다는 가해자의 증언을 나는 믿을 수 없었다. 제 아빠에게 질려 남자라면 눈을 치뜨고 다니는 딸이었다. 귀가할 때까지 정신이 말짱했다는 친구의 증언이 있었지만 신빙성이 없다는 이유로 무시되었다. 체내 알코올 농도는 부검 결과를 보면 알 수 있을 텐데 끝까지 증거로 채택되지 않았다.

의혹을 밝히기 위해 나는 담당 형사를 찾아갔다. 딸의 목에 졸린 흔적과 온몸에 멍이 있는데 어떻게 욕설을 듣고 화가 나 밀쳤을 뿐이라는 가해자의 진술만 인정하는가. 증인이 없는 이상 CCTV만이 중요한 증거였는데 왜 자료 확보도 안 하고 있다가 피해자 가족인 내가 문제 제기를 하고 나서야 자료 보관 기간이 지나 폐기되었다고 둘러대는가. 그러나 담당 형사는 내가 기대한 답변 대신 뜬금없는 말을 던졌다.

"이혼하셨네요."

나는 헛방질에 차인 사람처럼 말문이 막혔다. 대꾸할 가치도 정신도 없었다. 목이 탔다. 의혹을 낱낱이 밝혀주겠다는 담당 형사의 다짐을 기다리며 입술을 깨물었다. 그러나 담당 형사는 딸의 신상명세서가 담긴 서류 뭉치를 들고 나를 야릇한 눈길로 훑었다.

"아줌마, 없는 죄를 자꾸 만들려고 하면 무고죄로 고소될 수 있어요. 입에 담을 수도 없는 욕을 해서 가해자를 자극했다잖아요."

머릿속이 멍해졌다. 더러운 새끼, 인간 같지도 않은 놈! 여린 분홍 입술에서 쏟아져 나오던 욕설들. 남편이 폭력을 휘두를 때면 딸은 욕설로 맞섰다. 그러나 자식으로서 정말 해서는 안 될 욕설을 내뱉던 딸을 나는 꾸짖지도 타이르지도 않았다. 남편이 미워서만은 아니었다. 무지막지한 폭력으로부터 엄마를 또한 자신을 보호할 수 없었던 딸의 상처받은 마음을 지탱해주던 유일한 버팀목이 욕설이었다.

나는 앉아 있던 의자에서 벌떡 일어났다. 그리고 성급히 치맛단을 걷어 올렸다. 뜻밖의 돌출 행동에 그는 이맛살을 찡그렸다. 어금니를 꽉 깨물었다.

"이혼, 하긴 했어요. 그런데 왜 이혼할 수밖에 없었냐고 물어보세요."

치마를 말아 쥔 손이 떨렸다. 눈물로 나의 몸에 핀 꽃담배. 들판에나 피어야 할 화려한 꽃이 왜 몸에 피었냐고 그는 묻지 않았다. 입에 물었던 담배까지 빼내버리고 나의 허벅지로부터 시선을 돌렸다.

머리가 어질어질했다. 연거푸 오타가 났다. 맨정신에 떠올리기 힘든 일들을 글로 옮기는 과정 자체가 고통이었다. 딸이 겪었던 일들이 모니터 위에 구체적인 단어나 문장이 되어버리면 견딜 수 없었다. 애먼글먼 쓰던 글도 밀어 두고 열 평 남짓 지하방을, 길고양이 따위나 돌아다니는 인적 끊긴 구원교회 골목길을, 배수지로 올라가는 길목의 감나무 아래를 빠른 걸음으로 쳇바퀴질했다. 한참을 정신없이 걷다 마음이 가라앉으면 다시 컴퓨터 앞에 앉았다.

폭행치사가 아닌 단순폭행만 인정하여 벌금형만 선고받았습니다.

그러면 폭행으로 죽은 제 딸은

날벼락이었다. 죄는 있는데 벌이 없다니. 법은 잘 모르지만 사람이 맞아 죽었는데 가해자가 벌금형만 선고받았다는 사실을 인정할 수 없었다. 발을 동동 구르며 경찰서와 법원과 증거를 찾아다니다 가해자의 아버지가 전직 경찰 출신이라는 사실을 알아냈다. 의혹이 더 짙어졌다. 가해자 아버지의 직업이 담당 형사가 가해자의 죄를 덮어주려고만 했던 주된 배경으로 작용하지 않았을까. 경찰서로 찾아간 내게 이혼녀 운운한 발언 또한 피해자 가족의 사기를 꺾으려는 수작은 아니었을까. 경찰청에 담당 형사를 바꾸고 재수사를 요청하는 탄원서를 제출했다. 열흘 전 탄원서가 기각되었다. 가해자 아버지가 담당 형사에게 청탁한 명백한 증거가 없다는 게 이유였다. 가까스로 버텨온 희망과 의지가 사라졌다. 그만 명치에 묵직한 덩어리가 얹혔다.

체증으로 물조차 마실 수 없는 나에게 딸의 친구가 인터넷에 사연을 올리자고 제안했다. 내가 글을 쓰면 자신이 인터넷에 사연을 올리겠다고. 진심 어린 사연이 사람들의 공감을 불러일으키면 청원이 받아들여지는 경우도 종종 있다고 했다. 나는 의심했다. 그까짓 글 몇 줄이 무슨 힘이 있다고. 텔레비전만 틀어도 잔인한 폭력이 아무렇지도 않게 재밋거리가 되는 세상에 성폭행하려는 놈에게 대들다 맞아 죽은 여자 이야기가 얼마나 특별하다고. 그러나 나는 지푸라기라도 잡을 수 있다면 잡아야 했다. 딸의 억울한 죽음을 그대로 묻히게 내버려둘 수는 없었다. 뱃속으로 낳은 엄마도 용서를 안 했는데 누가 감히 딸의 죽음에 대해 죄 없다 할 수 있단 말인가. 딸의 친구가 알려준 대로 딸이 사용하던 컴퓨터에 글을 써나갔다. 사회복지관에서 무료로 배워둔 컴퓨터가 도움이 되었다. 그러나 글은 가계부 외에는 여고 시절 반 대표로 참가한 독후감상문 대회가 마지막이었다. 어디서부터 시작하고, 어떻게 써야 할지 몰랐다. 일단 컴퓨터 앞에 앉아 생각나는 대로 자판을 눌렀다.

손가락이 가늘게 떨렸다. 자꾸 엉뚱한 키를 누르는 손가락을 오므려 쥐는 명치를 눌렀다. 또다시 명치로부터 아니 좀 더 위쪽에서 날카로운 통증이 느껴졌다. 피하고 싶지만 피할 수 없는 기억이었다. 델리트 키를 누르고 다시 자판을 두드렸다.

온몸 여기저기에 멍이 들고 목 졸린 흔적이 있는데도

두려워하던 대로 모니터의 문장들을 서두로 악몽들이 또다시 딸려 나왔다. 신경을 갉아대는 등 뒤를 밟는 숨죽인 구두 발자국 소리와 반항하는 여자의 목을 조르는 커다란 손 그리고 몸부림치는 젊은 여자의 목과 쇄골 사이의 길쭉한 흉터. 나로 하여금 습관처럼 가슴을 치게 하던 눈에 익은 그 흉터. 악몽 속에서 늘 얼굴을 알 수 없던 젊은 여자는 바로, 딸이었다. 그러나 딸은 나를 애절히 부르지도, 비명을 지르지도 않았다. 거친 주먹질과 발길질에 골목길 바닥에 쓰러지면서도 끝까지 욕설을 퍼붓고 있었다. 더러운 새끼, 인간 같지도 않은 놈, 언젠가 너도 똑같이 짓밟아줄 거야! 고작 여린 분홍 입술이 내뱉는 욕설로 맞서던 딸은 끝내 빗물이 차오른 골목길 바닥에 널브러졌다. 둔탁한 비명이 내 입에서 터져 나왔다.

굵은 진땀이 흘러내렸다. 대야를 끌어당겼다. 명치에 얹혔던 덩어리가 식도를 꽉 채우고 올라오고 있었다. 목이 팽팽하게 부풀어 올라 목둘레는 거의 머리둘레만 해졌다. 목구멍 끝까지 집어넣은 검지가 목젖을 건드리자 구토가 났다. 대야 안으로 토사물이 쏟아졌다. 토사물 사이로 덩어리의 앞부분이 만져졌다. 뾰족하고 딱딱했다. 검지와 엄지를 목구멍 깊숙이 집어넣어 덩어리 앞부분을 잡고 끌어당겼다. 끈기 없는 점액에 미끄러져 덩어리 앞부분을 놓치고 말았다. 손톱이 너무 짧았다. 정신이라도 놓았으면. 그러나 점점 좁혀오는 통증의 간격 때문에 기절조차 할 수 없었다. 호흡이 가능하다는 게 믿기지 않았다. 이 질긴 목숨, 왜 이다지도 질기단 말인가. 목을 잡고 불룩 튀어나온 덩어리를 쥐어짜 올렸다. 목덜미부터 목구멍까지 갈기갈기 찢어져 터질 것만 같았다. 입술을 적시며 피가 섞인 점액이 흘러내렸다.

다시 검지를 목구멍에 집어넣었다. 덩어리의 앞부분이 좀 더 길쭉하게 만져졌다. 검지와 엄지를 모아 덩어리 앞부분을 잡고 힘을 모으기 위해 잠시 숨을 골랐다. 요동치는 심장의 박동이 가슴으로 머리로 온몸으로 느껴졌다. 전신이 바들바들 떨렸지만 목구멍에 정신을 집중했다. 모은 두 개의 손가락에 힘을 주고 다른 손으로는 목을 쥐어

짜자 목구멍으로부터 덩어리가 조금씩 빠져나왔다. 뾰족하고 딱딱한 덩어리 앞부분과 이어진 작고 둥근 부분이 잡혔다. 입 안으로 손을 집어넣고 작고 둥근 부분을 끌어당겼다. 조금씩 나오던 덩어리가 꼼짝도 안 했다. 목젖에 덩어리의 부피가 가장 큰 부분이 걸렸다. 목에서 느껴지는 고통이 더 크기 때문인지 입가가 찢겨져 나가는데도 아무런 감각도 없었다. 박복한 년, 하나밖에 없는 자식을 앞세우고 혼자 살아 뭐 해. 죽어라, 죽어! 나는 고통을 이길 수 없어서 대야에 머리를 짓찧었다.

출산, 혼미한 정신에도 행복했던 순간들이 떠올랐다. 난산이었다. 긴 진통 끝에 만난 아가의 꼭 쥔 주먹, 붉고 주름진 얼굴, 솜털이 보송한 등허리, 작고 통통한 엉덩이. 이십 년이란 세월 동안 내 삶에서 가장 큰 행복을 선물한 딸이었다. 옹알이를 하고, 첫발을 떼고, 제 덩치보다 더 큰 가방을 메고 학교로 가고, 젖가슴과 둔부가 풍만해지면서 성숙하고 아름다운 여인이 되어가던 모습들. 쉽게 포기할 수 없었다. 하늘로 올라가지 못한 딸의 영혼이 지하방을, 구원교회 골목길을, 배수지로 올라가는 길목의 감나무 주변을 헤매고 있을지 몰랐다. 다시 입 안 깊숙이 손을 집어넣고 작고 둥근 부분보다 좀 더 길고 두툼한 몸체를 잡았다. 손에 힘을 주자 틀어막힌 숨통 사이로 신음이 비어져 나왔다. 상처 입은 짐승 같던 신음소리가 울부짖음으로 바뀌자 대야 한가득 피가 쏟아졌다. 동시에 덩어리가 빠져나와 대야 안으로 떨어졌다. 덩어리의 정체를 확인하기도 전에 나는 그대로 바닥에 쓰러졌다.

전화벨이 울렸다. 전화벨을 따라 핸드폰도 울렸다. 쪽창 너머 장대비가 그쳐가고 있었다. 잠시 정신을 잃은 모양이었다. 무의식적으로 손을 뻗어 수화기를 들었다.

"어머니! 제 말 잘 들리시죠?"

딸의 친구의 음성이 몹시 들떠 있었다. 나는 전화기의 아무 단추나 눌렀다. 띠, 띠, 띠, 기계음이 세 번 울렸다. 열흘 전부터 목이 부어올라 말조차 할 수 없는 나를 위해 딸의 친구가 생각해낸 대화 방법이었다. 띠, 띠, 띠, 기계음이 세 번 울리면 '예'였고, 띠, 기계음이 한 번 울리면 '아니요'였다. 구체적인 대답이 필요한 경우에는 핸드폰으로 문자를 보냈다.

"여러 번 전화했어요. 또 비 맞고 감나무 아래에 다녀오신 거예요?"

망설이다 전화기 단추를 눌렀다. 띠, 기계음이 한 번 울리자 수화기 너머 딸의 친구의 가벼운 안도의 한숨이 흘러나왔다.

"인터넷에 올린 글을 보고 사람들이 서명운동을 벌이고 있어요. 억울한 죽음을 다시 수사해달라고 댓글도 달고, 추천도 눌러주고 있어요."

나는 핸드폰으로 문자를 날렸다.

[사람들이 내가 쓴 사연을 읽고 있다고?]

흑, 대답 대신 딸의 친구의 울음소리가 들려왔다. 소리 없이 눈에서 눈물이 주르륵 흘러내렸다. 딸은 그날 술에 취한 친구를 집까지 데려다주었다. 혼자만 무사히 살아 있다는 사실에 딸의 친구는 몹시 괴로워했다. 딸이 아니었다면 딸의 친구가 희생자가 될 수도 있었다. 너도 얼마나 맘고생이 심했겠냐. 곁에 딸의 친구가 있었다면 끌어안고 울고 싶었다. 전화기 단추를 계속 눌렀다. 띠, 띠, 띠……, 기계음이 내 울음소리를 대신했다. 딸의 친구와 울고 있는 동안 새도 구슬픈 소리로 울었다. 쪽창 너머 그리고 바로 곁에서. 화들짝 놀라 수화기를 놓쳤다. 주변을 둘러보았다. 주방 바닥은 나동그라진 대야와 목구멍에서 흘러나온 핏물과 분비물로 뒤범벅이었다. 핏물 고인 대야 안으로 떨어지던 덩어리. 그러나 그 이후를 기억해낼 수 없었다. 덩어리가 빠져나간 목을 두 손으로 감쌌다. 목의 통증은 가라앉았지만 아직도 말은 할 수 없었다. 다시 가늘게 이어지는 새 울음소리를 찾아 침침한 지하방을 둘러보았다.

깨끗한 수건에 싸여 있는 덩어리를 발치에서 찾아내었다. 정신 줄을 놓으면서도 대야에서 덩어리를 건져 깨끗한 수건에 싸둔 모양이었다. 수건에 싸인 덩어리는 부피에 비해 묵직했다. 설마 그럴 리가. 수건을 펼치려던 손을 멈추고 고개를 저었다. 아냐, 그럴 리가 없어. 내가 미친 게야. 뒤에서 수군거리는 사람들 말처럼 내가 미친 게야. 미쳐서 악몽을 꾸고 있는 게야. 눈물이 복받쳤다. 그러나 조금씩 더 활력을 찾아가는 새 울음소리는 미쳤다고 할 수밖에 없는 이 상황에 현실감을 불어넣었다.

소매로 눈가를 훔치고 조심스럽게 수건을 펼쳐보았다. 핏물에 젖은 짙은 검은색의 덩어리. 수건에 쌓인 덩어리가 뾰족한 부리를 벌려 울고 있었다. 한 마리의 검은 새였다. 나는 입을 다물지 못했다. 와락 달려들어 젖은 깃털에 뺨을 연신 비볐다. 젖은 깃털은 딸의 살결처럼 보드라웠다. 따뜻했다. 검은 새는 더 크게 울었다. 비에 젖은 영혼을 위해 울어줄 한 마리의 새로 다시 태어나고 싶다던 딸. 딸이 울고 있었다. 그렇게 믿고 싶었다. 미친 거라도 괜찮고, 악몽이라도 좋았다. 지금 눈앞에 보이는 대로만 믿고 싶었다.

등받이 없는 플라스틱 의자에 오른발을 올려놓자 검은 새가 울었다. 잠시 멈춰 서서 목덜미에 파고드는 검은 새를 가만히 보듬었다. 젖었던 날개도 마르고, 뾰족한 부리도 단단해졌다. 왼발을 마저 싱크대 위에 딛고 쪽창을 열어젖혔다. 길바닥과 나란한 높이의 쪽창을 통해 감나무 밑둥치가 보였다. 검은 새를 안은 두 손바닥을 쪽창 나무 창틀에 올려놓았다. 검은 새는 종종거리며 울기만 했다. 손바닥을 쪽창밖으로 내밀었다. 가라, 어서 가. 가서 외로운 영혼을 위해 울어주렴. 비에 젖은 영혼이든 한 맺힌 영혼이든 애처로운 영혼을 위해 울어주렴. 두 손을 높이 쳐들자 망설이던 검은 새는 날갯짓하며 손바닥을 박차고 올랐다. 쉽게 떠나지 못하고 감나무 주변을 한동안 맴돌다 눈걸음으로 따라잡을 수 없는 하늘로 날아올랐다.

싱크대에서 내려와 컴퓨터 앞에 앉았다. 사람들이 나의 서툰 글을 읽어주고 있었다. 딸의 친구는 내가 간단하게나마 인터넷을 사용할 수 있다는 사실을 모르고 있었다. 청원 게시판에 들어가 내가 쓴 사연을 찾아보았다. 딸의 친구의 말과 달리 조회는 고작 스물다섯 개 그리고 추천은 일곱 개에 불과했다. 반복되는 낙심과 절망에 익숙해진 탓인가. 놀랍지도 않고, 눈물도 나오지 않았다. 다만 마우스를 끌어당겨 '추천'을 클릭했다.

[이미 추천하셨습니다.]

거듭 마우스를 클릭해도 모니터에는 역시 같은 문구가 떴다. 추천은 한 번으로 끝났다. 더 이상 나의 추천은 받아들여지지 않았다. 맥없이 무너지는 몸을 자판 위에 엎었다.

찌르, 찌르, 쪽창 밖으로부터 어린 새 울음소리가 들려왔다. 비 갠 뒤 움츠린 날개를 펴는 새들의 울음소리가 요란했다. 찌릇, 찌르릇, 그 어린 새를 향한 어미 새의 울음소리도 들려왔다. 입에서 가벼운 탄성이 흘러나왔다. 언제부터인가 나는 울음소리만으로도 어린 새인지 어미 새인지 알 수 있었다. 위험에 처한 어린 새를 위해 더 소리 높여 울부짖는 새가 바로 어미 새였다. 몸을 일으켜 다시 자판 위에 열 손가락을 가지런히 올려놓았다. 외로운 딸의 영혼을 위해 새처럼 날며 울 수 있는 날개는 없지만 서러운 딸의 영혼을 위해 세상을 향해 울부짖을 수 있었다. 힘을 다해 자판을 두들겼다. 손끝에서 터져 나온 탄식이 적막한 지하방에 울렸다.

결정적 증거로 목 졸린 흔적에 대한 의사의 부검 소견과 경찰의 발표 내용이 다르

쪽창으로 태양빛이 조금씩 파고들었다. 태양빛의 각도가 쪽창의 위치와 정확하게 맞아 떨어지는 아주 짧은 순간이었다. 시시각각 촉수를 뻗던 빛줄기가 모니터 앞에 웅크린 어깨까지 다다랐다. 태양빛이 빚어낸 찰나의 그림자, 벽에 드리워진 검은 형체에 소스라치며 몸을 떨었다. 쪽창 너머로 날려보낸 검은 새가 감나무를 선회하며 울부짖었고, 허벅지의 꽃담배가 담장 아랫집 화단에 흐드러지게 피어나고 있었다.

나는 벽에 드리워진 그림자를 향해 손을 뻗었다. 억울한 죽음을 입증해줄 자료들이 지하방을 가득 메우고, 아무도 눈여겨보지 않는 사연을 손가락에 피멍이 들도록 청원 게시판에 올린다 해도 견고한 현실은 꿈적도 하지 않는다는 걸 그간의 경험을 통해 잘 알고 있었다. 흔들리는 그림자 속 검은 형체를 움켜잡고, 입을 크게 벌렸다. 명치에 얹혀 가슴에 풀리지 않는 응어리만이 가망 없는 이 싸움을 견디게 해줄 터였다. 검은 형체를 입속에 천천히 삼키었다.

여린 분홍 입술로밖에 맞설 수 없었던 그림자 속의 딸은, 입속의 검은 새였다.

숲꽃마리

그녀는 울리지 않는 핸드폰을 내려놓았다. 화단의 아침은 봄볕을 머금은 들꽃으로 들썽거렸다.

포근한 명주바람이 불어 꽃대가 흔들렸다. 갓 피어난 꽃잎이 마당에 점점이 흩날렸다. 검지를 들어 색상 번호로 분류된 자수 실들을 훑다 한 면사 위에서 멈추었다. 베이비 블루, DMC 25번 면사 3841. 그가 카메라 렌즈에 담으려는 숲꽃마리 꽃잎처럼 맑은 푸른색이었다. 그녀는 보빈에 감겨진 DMC 3841 한 올을 늘어뜨려 여섯 가닥 중 한 가닥을 빼내었다. 알맞은 길이로 잘라낸 DMC 3841을 바늘귀에 밀어 넣었다. 가는 실 끝과 좁은 바늘귀는 어긋나며 서로 다른 허공으로 미끄러졌다. 신경을 모으고 다시 실 끝을 좇던 그녀의 눈에 눈물이 핑 돌았다. 부푼 가슴이 몹시 아렸다. 생리 전뿐만 아니라 임신 초기에도 유방통이 있을 수 있다는 이모의 말에 그녀는 겁을 먹었다.

“너도 나이 들었구나. 어렸을 때는 어지간해선 울지도 않더니.”

이모는 콧등의 안경 너머로 그녀를 바라보았다. 그녀는 이모의 말에 굳이 대꾸하지 않았다. 이모가 아니어도 요즘 부쩍 자주 듣는 말이었다.

그녀에게도 시력이 나쁜 엄마를 대신해 바늘귀에 실을 꿰던 시절이 있었다. 아이였던 그녀는 엄마 곁에서 계속 단추나 옷가지들을 만지작거리다 바느질거리를 흐트러뜨려 결국 따끔하게 혼나고는 했다. 시간이 흘러 그녀도 젊고 고왔던 엄마의 나이가 되었다. 바늘귀에 실 꿰기를 부탁하던 엄마는 이제 세상에 없었고, 떨어진 양복 단추를 맡기는 남편도 곁에서 숙제를 하는 아이도 그녀에게는 없었다. 더군다나 뚜렷한 직장도 내세울 경력도 없었다. 마흔을 앞둔 서른아홉 살, 그녀는 피식했다. 마당이 내다보이는 자수공방에는 그녀와 이모뿐이었다.

‘유브 갓 메일’, 눈물로 흐려진 눈을 깜박거리는데 문자 알림음이 울렸다. 바늘을 쥔 왼손과 실 끝을 잡은 오른손이 파르르 떨렸다. ‘유브 갓 메일’은 그의 카드 사용 내역을 알리는 문자에만 울리도록 설정해둔 알림음이었다. 실과 바늘을 내려놓고 핸드폰을 확인했다.

10 : 32 5,000원 숲꽃마리

오늘의 첫 번째 그의 카드사용내역 알림문자였다.

그녀는 한숨을 삼키며 티슈를 뽑았다. 알림문자 대로라면 그는 오전 10시 32분 '숲꽃마리' 카페에서 더블 샷 아메리카노를 주문했다. '숲꽃마리'는 그녀의 원룸 부근에 있는 단골 카페였다. 원 샷의 아메리카노는 4,500원, 더블 샷의 아메리카노는 5,000원이었다. 술을 많이 마신 다음 날이면 그는 설탕 두 스푼을 넣은 더블 샷 아메리카노를 마셨다. 알림문자에는 없었지만 그녀는 짐작할 수 있었다. 그의 지난 밤의 과음과 더블 샷 아메리카노에 넣어진 두 스푼의 설탕. 그리고 맡겨둔 열쇠를 건네받는 그의 크고 투박한 손. 들꽃 사진을 주고받던 바리스타의 참 오랜만이라는 인사.

그녀의 핸드폰 번호로 그의 카드사용내역 알림문자를 신청한 건 그의 무분별한 지출을 막기 위해서였다. 그가 월세에서 자신의 몫을 내지 않자 혹시 다른 여자라도 만나는 건 아닐까 초조해졌다. 나중에 들꽃 사진 때문이라는 걸 알고 마음을 놓다가 또 한편으로는 약이 바짝 올랐다. 그녀가 호프집 알바로 월세를 감당하는 동안 그는 겨우 생활비 일부를 내놓았다. 그녀의 눈치를 보면서도 그는 카메라 렌즈와 조명 같은 새로운 장비들을 구입했다. 알림음이 울리는 횟수가 잦아지면서 그녀의 불안과 분노가 커져갔다. 그러나 어느 순간부터 알림문자가 의외로 친절하다는 걸 알게 되었다. 그가 어디에 있는지 무엇을 먹는지 어떤 물건을 사는지 하나하나 알려주었다. 알림문자만으로 추측해본다면 설탕 두 스푼을 넣은 더블 샷 아메리카노를 마신 뒤 그는 어쩌면 그녀의 원룸에 들를지도 몰랐다.

티슈로 눈물을 닦는 그녀에게 이모는 접힌 실 사이에 바늘을 끼워 보였다.

"이런 실 꿰기에도 다 요령이 있단다. 하긴 바느질뿐만 아니라 사는 데도 요령이 필요하지. 나는 이때껏 사는 요령을 몰라서 안 해도 될 고생까지 했잖니."

이모는 농담처럼 크게 웃어젖혔다. 마음 편하게 웃을 기분이 아닌 그녀는 이모를 따라 실 끝을 접어 그 사이에 바늘을 끼웠다. 엄지와 검지로 접힌 실 부분을 잡고 끼웠던 바늘을 도로 빼냈다. 바늘 사이에 끼워 단단해진 실의 접힌 부문을 바늘귀로 살살 밀어 넣었다. 바늘귀를 살짝 빠져나온 실의 접힌 부문을 손톱으로 잡고 쭉 뽑았다.

그녀는 '들꽃자수'에 오기 전에 원룸 청소를 하고, 침구를 갈고, 그가 좋아하는 짙은 향의 에일 맥주를 냉장고에 넣어두었다. 그로부터 답장은 없었지만 이모에게 다녀올 동안 카메라와 장비를 챙겨 가라는 그녀의 메시지를 읽었음에 틀림없었다. 혹시 그가 다녀갈지 몰라서 '숲꽃마리' 카페에 원룸 열쇠를 맡겨두었다. 이제 세상에 없는 엄마의 빈자리로 외로워하는 그녀를 이모는 안쓰러워했다. 작년 겨울에 사촌동생이 둘째를 임신하자 이모의 연락이 부쩍 잦아졌다. 돌배기 첫째 손자와 입덧이 심한 외동딸을 돌보느라 몸이 버겁다며 그녀가 다녀가기를 바랐다. 그녀가 원한다면 자수공방에 달린 방을 내주고, 이모는 출산 예정일이 다가오는 사촌동생의 아파트로 들어가겠다고 했다.

"많지도 않은 일을 남에게 맡기느니 조카가 낫지. 너도 남 밑에서 일하느니 천천히 배웠다가 나중에 물려받아도 되고. 너는 잘 모르겠지만 이 집은 이모가 막막할 때 너희 엄마가 빌려준 돈을 보태서 샀거든. 혜정이는 아이들 낳고 키우느라 자수는커녕 편안히 앉아서 밥 먹을 시간도 없다고 우는 소리다."

이모의 말끝마다 따라붙는 혜정이는 그녀보다 한 살 어린 사촌동생이었다. 개월 수로는 겨우 다섯 달밖에 차이 안 나는 그녀와 사촌동생은 자라는 내내 비교되고는 했다. 마음이 쏠리면 좀처럼 멈추지 못하는 그녀는 과자나 장난감을 먼저 차지하려다 혼나기도 했지만 사촌동생은 누군가 챙겨줄 때까지 이모의 치마에 매달려 눈물을 글썽거렸다. 친척들이 사촌동생을 달래면 엄마는 그녀에게 이렇게 말하고는 했다.

"혜정이 좀 봐라. 참 착하잖니."

어린 마음에도 그녀는 적잖이 억울했다. 울거나 보채지 않는 그녀를 엄마는 조금도 기특해하지 않았다. 도리어 눈물만 질금거리던 사촌동생의 손에는 그녀가 원하던 과자나 장난감이 쥐어져 있었다.

어려서부터 어른들의 귀여움을 받고 자라난 사촌동생은 화려한 연애 끝에 결혼을 했다. 사촌동생이 결혼한 후로 그녀는 한동안 이모를 찾아가지 않았다. 안 그래도 사촌동생 자랑하는 즐거움으로 사는 이모는 그녀가 묻지도 않는 사촌동생의 신혼생활을 세세히 전해주었다. 듣다 보면 예쁘게 사는 사촌동생이 부러워졌고, 나이만 먹어가는 자신의 처지 때문에 그가 점점 더 미워졌다. 이모가 불러도 바쁘다는 핑계를 대며 가지 않았던 그녀는 오늘 아침 '들꽃자수'라는 나무 푯말을 따라 골목길로 들어섰다. 한두 명이 지나다닐 만한 막다른 골목길 끝에 녹슨 철 대문이 열려 있었다. 골목길 양쪽 가장자리를 따라 심어진 들꽃은 초록색 대문 사이로 보이는 화단에도 피어 있었다.

소도시에 자리한 아담한 한옥이었다. 마당을 중심으로 한쪽에는 게스트하우스가 다른 한쪽에는 자수공방이 있었다. 자수공방 유리창에는 요일별 들꽃자수교실 일정표가 붙어 있었고, 그 너머에는 이모가 자수를 놓고 있었다. 우두커니 서 있는 그녀를 발견한 이모는 신발을 미처 신지도 못하고 마당으로 뛰어나왔다. 보라색 엉겅퀴가 수놓아진 광목 앞치마가 잘 어울리는 다부진 체구였다. 먼 길을 왔다며 그녀의 손을 반갑게 끌어당겼다. 덧문을 열고 게스트하우스 마루로 올라서자 창살문이 고풍스러운 세 개의 객실이 있었다. 욕실이 달린 객실은 광목 이불 한 채가 전부인 아주 단출한 방이었다. 이모는 남편과 사별하고 자수로 키운 외동딸마저 결혼하자 남는 방들로 게스트하우스를 열었다. 주로 멀리서 들꽃 자수를 배우거나 주문하러 온 손님이 묵는다고 했다. 그녀는 우선 객실에 가방을 풀었다. 광목 이불 위에는 한 쌍의 베개가 놓였지만 이모는 왜 혼자 왔냐고 묻지 않았다. 듬직한 그가 왜소한 그녀와 잘 어울린다며 내심 결혼 소식을 기다리던 이모였다.

바늘귀에 꿴 실 끝을 다시 바늘 위에 올려 나선형으로 감아주었다.

감긴 실 부분을 엄지와 검지로 꽉 잡고 다른 손으로 바늘을 끝까지 빼냈다. 다행히 중간에 실이 엉키지 않고 작고 단단한 매듭이 지어졌다. 이모는 주름진 눈웃음을 그녀의 매듭에서 손에 쥔 수틀로 옮겼다. 이모의 수틀에는 세 장의 둥근 잎이 자수 옷을 입고 있었다. 잔털을 덮어쓴 둥근 잎이 노루의 귀를 닮아 노루귀라고 했다. 그녀는 노루도 노루귀도 본 적이 없었지만 너무도 그럴싸하게 들려서 가만히 귀를 기울였다. 들꽃자수교실을 운영하는 이모의 들꽃 자수 이야기는 맛깔났다. 이모는 들꽃 이름뿐만 아니라 기본적인 자수 용어도 알려주었다. DMC는 실 브랜드, 25번은 실의 굵기, 면사는 실의 소재로 DMC 25번 면사는 생활 자수 때 흔히 쓰는 실이라고 했다. 그녀가 들꽃 자수 도안을 고른 뒤에는 점수와 평수, 선수, 매듭수 등을 가르쳐주었다. 모처럼 한가한 날에 와서 여러 번에 걸쳐 배워야 할 수법을 하루에 배운다고 했다.

이른 아침에 도착한 그녀에게 이모는 게스트하우스 손님에게 제공하는 조식과 들꽃 자수 체험을 권했다. 들꽃자수교실이 없는 요일인데다 들꽃 자수를 주문한 사람이 오는 날이라 하루 종일 바느질로 보낼 거라고 했다. 그러나 그녀는 아침 식사를 하기 전까지 마음을 정하지 못했다. 원룸으로 일찍 돌아갈 수 없는데도 들꽃 자수는 왠지 하고 싶지 않았다. 굳이 그의 카드 사용 내역 알림문자에 신경이 곤두서 있지 않더라도 곧잘 흐트러뜨리고 망가뜨려버리는 스스로도 어쩔 수 없는 그 무엇이 그녀를 머뭇거리게 했다.

그녀의 손재주도 바느질을 즐겨하던 엄마처럼 그리 무디지 않아서 바늘에 실 꿰기뿐만 아니라 한때 유행했던 십자수도 곧잘 했다. 그러나 그 무엇은 그녀가 잘해보려 하면 할수록 원하지 않는 쪽으로 흘러가게 했다. 식사 때까지 붙들고 있던 십자수 원단에 김치 국물을 흘리거나 화초에 물을 너무 많이 줘 뿌리째 썩게 했고, 어렵게 잡은 면접 기회에 잔뜩 긴장해 눈썹을 잘못 밀어버렸다. 결국 면접관들이 짝짝이 눈썹만 보는 것 같아 답변도 제대로 못 하고 떨어졌다. 더군다나 몇 달 전, 청소를 하려고 열어둔 창문으로 날아든 작은 새는 더욱 잊을 수가 없었다. 열어둔 창문으로 빠져나갈 수 있도록 몰았는데 오히려 놀란 작은 새는 닫힌 창문에 부딪히고 말았다. 그녀는 이해할 수 없었다. 마음을 쓰면 쓸수록 어그러지는 어처구니없는 결과를 받아들이기 힘들었다. 누구보다 꽃망울이 맺힌 화초가 잘 자라고, 길 잃은 작은 새가 둥지로 돌아가길 바랐을 뿐이었다. 그때마다 주먹을 꽉 쥐고 울지는 않았지만 마음 깊이 풀이 죽었다.

아무것도 손에 잡히지 않아 망설이던 그녀는 아침 식사를 하면서 들꽃 자수 체험에 마음이 기울게 되었다. 이모가 자수공방 테이블에 차려준 아침 식사는 깔끔한 자수공방 '들꽃자수'처럼 정갈했다. 들꽃을 곁들인 샐러드와 고소한 천연 발효 빵은 그녀의 눈과 입을 사로잡았다. 들꽃을 곁들인 샐러드를 포크로 욱여넣자 담백한 들꽃 향이 입안 가득 퍼졌다. 천천히 씹던 그녀의 얼굴에 모처럼 미소가 번졌다. 다시 혼자가 될까 두려워하던 그녀는 그가 그녀의 원룸을 떠난 뒤로 끼니를 거르고는 했다. 입맛을 잃고 부석거리던 마음들이 봄기운을 담은 들꽃과 함께 조금씩 가라앉는 것만 같았다. 들꽃 사진을 찍는 그의 마음이 이런 것일까. 그녀는 이모가 내민 두꺼운 들꽃 자수 도안을 넘겼다.

이모에게는 다양한 종류의 들꽃 자수 도안이 있었다. 톱니 모양의 노란색 씀바귀, 패랭이 갓을 닮은 패랭이꽃, 가시처럼 뾰족뾰족한 보라색 엉겅퀴, 별 모양의 꽃송이들이 둥그렇게 모여 핀 연분홍색 꿩의 비름, 꽃대에 오직 한 송이의 꽃만 피어나는 하얀색 홀아비바람꽃 등등. 그녀에게 이미 친숙한 들꽃도 있었고, 산책길이나 주택가 화단에서 해마다 마주치지만 꽃의 이름과 비로소 연결된 들꽃도 있었다. 이런 꽃도 있었구나, 고개를 끄덕이게 만드는 아주 생소한 들꽃도 있었다. 그녀는 들꽃 자수 도안과 자수공방을 채운 들꽃 자수 작품들을 돌아보면서 이모의 제안을 머릿속에 그려보았다. 자수공방에 딸린 방으로 옮겨진 그녀의 살림살이들과 아침마다 마당의 화단과 골목길 양쪽 가장자리를 따라 심어진 들꽃에 물을 주는 자신의 모습이 그럭저럭 괜찮아 보일 수도 있겠다는 생각이 들었다.

그녀 앞에 목화에서 뽑아낸 무명실로 짠 식탁매트가 놓였다. 초보자들을 위한 들꽃자수교실 때 제일 많이 쓴다는 컵받침과 식탁매트 중에 그녀가 고른 자수용 소품이었다. 이모는 자수가 적게 들어가 부담 없는 컵받침을 권했지만 그녀는 식탁매트에 수를 놓고 싶었다. 식탁매트 정도의 크기라면 원룸 책상 위 카메라 덮개로 충분할 것 같았다. 누런 광목의 식탁매트 왼쪽에는 그녀가 고른 들꽃 자수 도안이 그려져 있었다. 바깥쪽 긴 꽃대와 안쪽 짧은 꽃대 끝에 각각 세 송이와 네 송이의 꽃잎이 피었고, 두 개의 뿌리잎이 꽃대 아래쪽에 달렸다.

광목과 트레이싱지 사이에 먹지를 대고 그린 두 줄기의 들꽃, 숲꽃마리였다. 다섯 갈래로 갈라진 푸른 꽃잎과 노란 수술 그리고 그 꽃잎이 갈라진 부위에 하얀 줄무늬가 있는 소박한 들꽃. 작다는 뜻의 접두사 '왜'가 붙은 왜지치였다. 또 다른 이름도 있었다. 정원에서 키우는 물망초와 닮아서 붙여진 숲물망초. 들이나 길가에서 흔히 볼 수 있는 꽃마리와도 비슷하여 숲꽃마리. 그가 보여준 사진 속 숲꽃마리 꽃잎의 색깔은 또렷하고 아름다웠다. 백두산 자락에서 피어나는 희귀 야생화라고 했다. 한라에서 백두까지 들꽃 사진집을 준비하던 그는 마지막 남은 백두산 촬영 여행을 위해 따로 경비 마련을 했다. 한동안 접고 있던 쇼핑몰 촬영을 겨울 동안 할 만큼 깊은 숲속에서만 자란다는 숲꽃마리를 흔한 꽃마리보다 귀하게 여기는 것 같았다. 그는 아담한 그녀를 꽃마리에 빗대고는 했다.

매듭을 지은 실로 제일 먼저 가장 큰 꽃잎에 짧은 땀을 두 번 놓았다. 실의 올이 풀리지 않게 자수의 시작과 마무리에 두는 점수였다. 이모는 부위별 자수 기법과 더불어 자수를 놓는 순서도 알려주었다. 들꽃의 주인공은 꽃이기에 꽃잎이 모두 드러난 가장 도드라진 꽃부터 꽃대 그리고 잎의 순서로 자수를 놓아야 한다고 했다. 기법과 순서를 정해준 것만으로도 어렵게만 여겨졌던 들꽃 자수가 한결 수월하게 다가왔다. 누군가 그녀의 삶에도 살아갈 방법과 순서를 친절하게 정해준다면 잠 못 이루는 밤이 줄어들지 않을까 싶었다. 이모가 일러준 대로 직선으로 한 땀씩 면을 메우는 평수를 꽃잎에 두었다. 노란 수술 자리인 가운데를 조금 비워두고 한 갈래 한 갈래씩 중심선을 따라 놓았다. 짧은 땀 점수가 평수로 덮어지면서 원룸 앞 공터에 피고 있는 꽃마리가 떠올랐다. 사진으로만 본 숲꽃마리보다 공터에서 가끔 보았던 꽃마리가 친근하게 여겨졌다. 막연한 숲꽃마리보다 익숙한 꽃마리의 이미지를 따라서 자수를 놓자 바늘을 잡은 손끝이 좀 더 부드럽게 움직였다.

DMC 3841로 꽃잎을 모두 채우고 나서 꽃잎과 꽃잎 사이에 흰색 두 올로 한 땀씩 선수를 놓았다. 선을 긋는 것처럼 길게 선수를 놓자 꽃잎이 갈라진 부위의 하얀 줄무늬가 살아났다. 평수를 놓을 때 비워두었던 꽃잎 가운데 노란 수술은 매듭수로 표현했다. 매듭수는 바늘에 실을 감아 바늘이 올라왔던 바로 옆에 다시 꽂으면서 천 위에 매듭을 짓는 수법이었다. 밤색 두 올로 매듭수를 가운데 하나씩 두고, 그 밤색 매듭수를 중심으로 노란색 두 올로 매듭수를 다섯 개씩 두었다. 매듭수까지 마치자 광목 위에 숲꽃마리라 할 수도 있고, 꽃마리라 할 수도 있는 꽃잎이 피어났다. 어설픈 솜씨였지만 서툴러도 사람의 손길이 느껴져 한 땀 한 땀에 눈길이 갔다. 이제 더위가 몰려와 꽃마리의 꽃이 지고 넝쿨이 우거지면 깊은 숲속에서 숲꽃마리가 피어날 것이었다.

작년 이맘쯤 원룸 앞 공터에서 그가 그녀에게 보여준 꽃마리는 생각보다 아주 작았다. 철거된 건물의 시멘트 블록 사이에서 곱게 말려 있던 꽃대가 펴지면서 차례차례 꽃이 피고 있었다. 꽃 피는 모양을 따라 꽃말이라 지어진 이름이 꽃마리가 되었다고 그가 들려준 그대로였다. 시멘트 블록 사이에서 피어난 꽃마리는 사진에서 본 숲꽃마리처럼 소박하고 맑았다. 꽃마리와 눈높이를 맞추기 위해 그녀는 허리를 굽혔지만 카메라를 든 그는 주저 없이 시멘트 바닥에 엎드렸다. 주변에 뒹구는 쓰레기와 나뭇가지도 치우지 않았다. 들꽃의 아름다움을 그대로 담아내기 위해서라면 나뭇가지에 긁히는 것쯤이야 아무렇지도 않다고 했다. 팔꿈치에 묻은 피를 닦아내고 계속 촬영을 이어나갔다. 곁에서 지루해진 그녀가 촬영 중간에 끼어들어 꽃마리를 배경 삼아 포즈를 취했다. 카메라의 초점을 맞추던 그의 눈살이 찌푸려졌다.

바깥쪽 긴 꽃대와 안쪽 짧은 꽃대에 피어난 일곱 송이의 꽃잎을 모두 마친 그녀는 어깨를 두들겼다. 화단의 들꽃을 비추던 봄볕이 어느 틈에 마당 한구석 장독대를 뒤덮고 있었다. 시간 가는 줄도 모르고 꼼짝 않고 바느질만 하다 보니 어깨도 뻐근했고, 눈도 뻑뻑했다. 그러나 이모의 바느질은 두세 시간이 지나도 여전히 가볍고 경쾌했다.

"겨우 꽃잎 마쳤는데 벌써부터 힘드네요."

이모는 바느질을 멈추고 안경을 벗었다. 그녀가 수놓은 숲꽃마리 꽃잎을 들여다보았다. 처음이라 긴장한 탓에 힘이 들어갔는지 꽃잎 테두리를 따라 광목이 살짝 울었다.

"이모도 예전에는 손으로 일일이 수를 놓는다고 생각했는데 이제는 손끝에서 들꽃이 한 땀 한 땀 피어나는 걸 들여다보게 되더라. 안 그랬으면 벌써 손목이 망가져서 그만두었을 거다."

이모는 다시 안경을 쓰고 수틀을 바라보았다.

"들꽃은 들여다보면 볼수록 은근하지 않니? 요 쪼매난 노루귀도 한겨울 추위를 이기려고 하얀 솜털을 입고 피어나는 지혜 좀 봐라. 참 예쁘기도 하고, 뭉클하기도 하고."

둥근 꽃에 수술이 탐스러운 노루귀를 가만가만 바라보는 이모의 눈길이 다감했다. 이모가 애정을 담아 지켜온 자수공방 곳곳에 주문받았다는 광목 이불과 커튼과 앞치마가 쌓여 있었다.

그녀는 잠시 바늘을 내려놓고, 이모와 수강생들이 만든 자수 작품들을 살펴보았다. 들꽃이 수놓아진 손가방이나 파우치 같은 생활소품들 사이에 새로 태어날 조카를 위해 만들었다는 겉싸개가 보였다. 바닥에 펼치자 겉싸개의 색깔이 DMC 3841로 채운 꽃잎의 푸른색과 비슷해 보였다. 베이비 블루라는 영어 뜻이 아기의 배내옷에 사용하는 맑은 푸른색이라니 비슷해 보일 수밖에 없겠다는 생각이 들었다. 그녀는 임신일까 걱정하면서도 만약 임신이라면 아기를 위해서 들꽃을 수놓은 겉싸개를 만들어주고 싶었다. 스스로도 이해할 수 없는 마음이었다.

한때 그녀를 한 손으로도 들어 올릴 수 있을 것 같다던 그였다.

"손바닥 위에 올라서봐."

그는 크고 투박한 손으로 그녀의 작은 발을 감싸고 올려다보았다. 노년의 시인의 시를 빌려 꽃마리처럼 자세히 보아야 예쁘다고 했다. 그러나 그녀는 사랑받는 것이 낯설고 어색해서 그의 손을 밀쳐내고 퉁명스럽게 굴었다. 사촌동생처럼 모두에게 귀여움 받고 자란 사람들에게나 어울리는 옷을 걸쳐 입은 느낌이었다. 사랑에 대한 자신감이 없어서인지 그의 눈길이 조금이라도 서늘해지면 조바심이 났다. 지갑과 핸드폰을 몰래 뒤졌고, 카드 사용 내역 알림문자까지 핸드폰으로 받아보았다. 그녀가 그를 원하면 원할수록 그는 더 이상 손바닥을 펼치고 그녀를 부르지 않았다. 그녀를 부드럽게 바라보던 그의 눈 속에는 오직 카메라 렌즈에 비친 들꽃뿐이었다. 공터 앞 꽃마리를 배경 삼아 찍은 그녀의 사진에서 카메라의 초점은 꽃마리에 맞추어져 있었다. 오히려 흐릿하게 처리된 그녀가 배경인 것 같았다. 뷰 파인더를 보여주는 그에게 사진을 이렇게밖에 못 찍느냐며 화를 냈다. 꽃마리처럼 자세히 보아야 예쁘다는 말이 사랑의 표현이 아니라 놀림에 불과한 것 같았다.

자수 공방 유리창에 빗물이 번졌다. 초록색 한 올로 꽃대를 수놓던 그녀는 고개를 들어 밖을 내다보았다. 봄볕 사이로 뿌려지는 여우비가 마당을 적시고 있었다. 바쁜 이모 대신 우산도 없이 뛰어나가 장독대 뚜껑을 덮었다. 화단의 들꽃들은 봄비가 아직은 차가운지 아주 살짝 꽃봉오리를 오므렸다. 장독대 옆 처마 아래로 피한 그녀의 젖은 머리와 어깨가 마르기도 전에 여우비가 그쳤다. 점심시간도 훌쩍 지나고 장독대를 비추던 봄볕은 게스트하우스 마루로 길게 스며들었다. '숲꽃마리' 카페에서 커피를 마신 그가 그녀의 원룸에 다녀갈지, 원룸에 들린다면 얼마나 머무를지, 그녀가 올 때까지 기다릴지 아무것도 몰랐지만 그에게 카메라와 촬영 장비를 챙길 수 있는 시간을 줘야 했다.

원룸에는 그가 닦고 조이던 여러 종류의 카메라와 촬영 장비들이 있었다. 가방에 넣어두지 않고 수시로 사용하던 책상 위 카메라에는 하얗게 먼지가 쌓였다. 그녀와 함께 시멘트 블록 사이의 꽃마리를 촬영했던 카메라였다. 복수초 촬영을 마치고 원룸으로 돌아왔던 그는 그날 이후로 그녀의 전화를 받지 않았다. 문자의 답장도 보내지 않았다. 그녀의 원룸으로도 더 이상 돌아오지 않았다. 규칙적이던 생리가 두 달째 비치지 않았다. 약국에서 산 임신 테스트기 결과는 음성이었지만 임신 초기에는 결과가 정확하지 않을 수도 있다는 설명서에 쉽게 잠들지 못했다. 마음이 쏠리면 좀처럼 멈추지 못하는 그녀에게 그를 기다리는 시간들은 견디기 힘들었다.

그녀와 함께 호프집 알바를 했던 그는 사장의 권유로 쇼핑몰 촬영을 배웠다. 활기찬 촬영장 분위기도, 연예인처럼 예쁜 피팅 모델도, 일한 만큼 들어오는 수입도 만족스러워했다. 그러나 쇼핑몰 촬영을 시작할 때 의욕적이던 그도 드디어 호프집 알바에서 벗어났다고 축하해주던 그녀도 점차 성말라갔다. 건별로 작업이 이루어지는 쇼핑몰 촬영은 가격 경쟁이 심했고, 유학까지 다녀온 사진 전공자처럼 차별

화도 쉽지 않았다. 그녀는 그의 불규칙한 귀가 시간과 핸드폰에 늘어 가는 피팅 모델 연락처에 신경이 곤두섰다. 카드 사용 내역을 체크하고, 수시로 전화를 걸어 함께 있는 사람을 확인했다. 피팅 모델과 함께 찍은 사진이라도 SNS에서 찾아낸 날에는 밤늦게까지 싸웠다. 생채기 난 가슴뿐만 아니라 서로의 마음까지 너덜너덜해졌다.

점점 지쳐가던 그는 숲꽃마리 카페 바리스타와 가깝게 지내다 들꽃에 관심을 갖게 되었다. 쇼핑몰 촬영을 시작할 때만 해도 호기심과 돈벌이 정도였던 사진이었지만 자신만의 작업을 찾아내자 진지해졌다. 한라에서 백두까지 들꽃을 담은 사진집을 내겠다며 들로 산으로 다녔다. 그의 변화를 이해하기 쉽지 않았지만 그녀는 피팅 모델보다 차라리 들꽃에 빠져든 걸 다행으로 여겼다. 상업적인 쇼핑몰 촬영보다 소박한 들꽃 사진이 남녀의 사랑과 동거에 더 유익하다며 아무렇지도 않은 척 굴었다. 설악산에서 변산바람꽃을 찍다 때늦은 폭설에 길을 잃고 일주일 넘게 연락이 단절되기 전까지는 적어도 그랬다. 들꽃 사진은 아름다웠지만 카메라에 담는 과정은 험할 뿐만 아니라 위험하기까지 했다.

발가락에 물집이 잡히고 나뭇가지에 긁히는 일들은 흔했다. 벌에 쏘여 퉁퉁 부은 얼굴로 원룸으로 돌아오면 몹시 속상했지만 좋아하는 일을 하다 보면 그럴 수도 있겠거니 넘기려 애썼다. 그러다 제주도에서 한라돌쩌귀를 찍다 고사목에 눈동자를 찍혀 시력을 잃을 뻔하면서 또다시 다투기 시작했다. 반반씩 나누어 내던 월세와 생활비를 언제

부턴가 그녀가 모두 떠안고 있었다. 두 달 전, 흰 눈 사이로 노란 얼굴을 내미는 복수초를 찍으러 가기 전날 밤에는 크게 싸웠다. 그녀 몰래 대출까지 받았는지 은행으로부터 경고장이 날아왔다. 그날 저녁 호프집에서 술 취한 손님에게 시달렸던 그녀는 대출 상환 경고장을 칼이라도 되는 것처럼 휘둘렀다.

"들꽃은 어떻게 피는지 알면서 나는 어떻게 살고 있는지 알기는 해? 함께 살면서 자신의 몫만큼 내지 않으려면 저 쓸모없는 카메라들과 그만 내 집에서 나가줘!"

말없이 듣던 그는 다음 날 새벽에 카메라 가방을 메고 원룸을 나갔다. 복수초 촬영을 마친 며칠 뒤에도 그는 아무 일 없던 것처럼 원룸에 다시 돌아왔다. 그녀는 그가 다시 돌아올 걸 알고 있었다. 아무리 심하게 싸워도 그는 매번 돌아왔다. 다시 돌아오리라는 그에 대한 믿음이 해마다 시멘트 블록 사이로 피어나는 꽃마리처럼 소중하다는 걸 그때는 몰랐다. 들꽃 사진에 지나치게 빠져든 그를 그녀는 견딜 수가 없었다. 그가 뒤늦게 자신만의 작업을 찾은 것처럼 그녀가 정말 뒤늦게 깨달은 건, 그에 대한 그녀의 마음이었다. 월세와 생활비 때문이 아니라 들꽃 사진을 찍다 혹시 그를 잃게 될까 봐 두려워하고 있었다. 그렇지 않았다면 사장을 원룸으로 부르지 않았을 터였다.

울리는 핸드폰에 그녀는 낮게 소리를 질렀다. 서둘러 받으려다 바늘에 손가락이 찔렸다. 정신을 차리고 보니 그녀의 핸드폰이 아니었다. 전화를 받은 이모는 우선 해열제를 먹여보라고 시촌동생을 달랬다. 감기에 걸린 조카가 열이 많이 나는 것 같았다. 통화를 마친 이모는 그녀에게 손가락은 괜찮냐고 물어보았다. 다행히 깊게 찔리지 않아 피는 나지 않았다. 이모는 파래진 그녀의 얼굴을 잠시 살피다가 분홍색 패랭이꽃이 수놓아진 광목으로 만든 액자를 내밀었다. 액자 안 사진 속에는 한복을 입은 돌배기 조카가 환하게 웃고 있었다.

"남편 갑자기 보내고 긴 밤을 자수로 보냈지. 깜박 졸다가 바늘에 손가락도 무수히 찔리고. 하지만 자수만큼 시간을 살살 달래기 좋은 것도 없더라. 어느새 혜정이도 결혼하고, 이렇게 손자도 생겼고, 곧 둘째 손자도 보게 되었잖니."

바느질로 고된 이모의 입에서 단내가 났다. 얼굴에 잔주름은 없어도 귀밑머리는 희끗희끗했다. 이모가 한옥을 처음 장만했을 때 꼭 쓰고 다니던 꽃무늬 두건이 떠올랐다.

"이모가 곧잘 쓰던 그 꽃무늬 두건 잘 어울렸는데."

이모의 얼굴이 붉어졌다.

"너는 별걸 다 기억하는구나."

이모가 입을 꾹 다물자 그녀는 조용히 기화펜을 들었다. 이모의 차가운 반응에 다소 어리둥절했지만 그녀처럼 말하고 싶지 않은 사연들이 있으려니 했다. 이모는 주문받은 자수와 아픈 손자 사이에서 마음이 급한지 바느질이 더욱 빨라졌다. 초록색 꽃대를 마친 그녀는 뿌리잎에 저절로 지워지는 기화펜으로 잎맥을 표시했다. 표시해둔 잎맥의 방향을 따라 꽃대와 같은 초록색으로 평수를 두기 시작했다. 그녀는 이모처럼 애바쁠 이유가 없는데도 손끝이 허둥거리고 목이 타는 듯 말랐다. 호프집 알바를 마치고 그와 함께 마시던 맥주 생각이 간절해졌다.

영업이 끝나고 둘이서 맥주를 마실 때면 가끔 사장도 함께 자리했다. 한때 영화 조감독이었다는 사장은 일반인들에게 알려지지 않은 영화배우들의 연애담을 들려주었다. 솔깃해진 그녀가 관심을 보이면 사장은 술 취한 척 그녀의 손이나 어깨에 손을 얹었다. 그때마다 그녀는 언짢았지만 예민하게 반응하는 것 같기도 했고, 무엇보다 사장과 불편한 관계가 되고 싶지 않아 그냥 넘기고는 했다. 그가 복수초 촬영 여행을 떠난 뒤 혼자 걱정하며 괴로워하던 그녀는 사장에게 원룸 주소를 알려주었다. 변명조차 하지 않고 떠난 그에게 화가 나서 초대를 했지만 막상 사장이 찾아오자 당황했다. 와인을 사 들고 온 사장과 그녀는 서먹하게 마주앉았다.

불쾌한 기억을 깨뜨리며 '유브 갓 메일', 문자 알림음이 울렸다.

17 : 45 4,500원 숲꽃마리

오늘의 두 번째 그의 카드 사용 내역 알림문자였다.

알림문자 대로라면 그는 현재 오후 5시 45분, '숲꽃마리' 카페에서 원 샷 아메리카노를 주문했다. 오전 10시 32분 더블 샷 아메리카노와 오후 5시 45분 원 샷 아메리카노 사이에는 다른 카드 사용 내역 알림문자가 없었다. 그는 그녀의 원룸에 들렀을지도 모른다. 그러나 알림 문자만으로는 커피를 한잔 더 마시러 잠깐 내려온 것인지, 떠나는 길에 열쇠를 맡기러 다시 '숲꽃마리' 카페에 들렀는지 알 수 없었다. 신경이 날카로워진 그녀가 끝이 뾰족한 자수용 가위를 들었다. 뿌리잎에 놓은 자수가 영 마음에 들지 않았다. 잎 테두리를 따라 매끄럽게 평수를 두어야 하는데 자수 끝선이 들쭉날쭉했다. 자수용 가위를 뿌리잎에 들이밀고 뜯어내려는데 이모가 말렸다.

"바로 다시 놓아도 똑같은 실수를 할 수밖에 없어. 시간이 흐르면서 솜씨가 늘어나야 차츰차츰 내가 원하는 대로 자수를 놓을 수 있는 거야."

그녀는 자수용 가위를 내려놓고 딱딱하게 뭉친 가슴을 어루만졌다. 그날로 돌아가도 똑같은 실수를 할 수밖에 없을까. 시간이 좀 더 흘러 부족한 부분들이 자연스럽게 해결이 된다면 그녀는 계속 자수를 놓으며 그를 기다리고 싶었다. 뿌리잎에 평수를 마저 두기 위해 초록색 자수실이 꿰인 바늘을 다시 들었다. 그날 밤, 그가 원룸 현관문을 열고 들어왔을 때 그녀는 사장과 와인을 마시고 있었다. 그녀는 시선을 돌리지 않고 그를 똑바로 바라보았다. 그는 그대로 돌아서서 현관문을 닫고 나갔다. 전화도 문자도 받지 않고, 더 이상 돌아오지도 않았다.

초록색 뿌리잎을 따라 붉은 피가 번졌다. 마음이 어수선해진 사이 또다시 바늘에 손가락이 찔렸다. 이번에는 제대로 찔렸는지 손톱 밑에서 방울방울 피가 솟아났다. 바늘에 찔린 아픔보다 피로 얼룩진 광목 때문에 그녀는 어찌할 바를 몰랐다. 오전부터 줄곧 두었던 자수였다. 숲꽃마리가 수놓아진 식탁매트 크기의 광목은 원룸 책상 위 카메라 덮개로 선물하고 싶었다. 만약에 그가 카메라를 챙겨 그녀의 원룸을 떠나가지 않았다면 말이다.

"기다려! 알아서 날아가게 내버려두라고!"

그녀가 열린 창문 쪽으로 작은 새를 몰아갈 때 그는 낮게 외쳤다. 겁을 먹고 닫힌 창문에 부딪힌 작은 새는 충격으로 원룸 바닥으로 떨어졌다. 다시 날려 보내려 들어 올렸지만 작은 새는 그녀의 손바닥 안에서 경련을 일으키다 꺾인 목을 힘없이 늘어뜨렸다. 작은 새를 안은 그녀의 손이 덜덜 떨렸다.

그녀는 피 묻은 광목을 잡은 채로 주먹을 꽉 쥐었다. 흐트러뜨리고 망가뜨려버리는 그녀 스스로도 어쩔 수 없는 그 무엇에 주먹을 꽉 쥐어보았지만 더 이상 버티기 힘들었다.

"이모 어쩌죠? 또 망쳐버렸어요. 저는 왜 이렇게 어처구니없는 일만 저지르는 걸까요. 결국, 사귀던 그도 떠나버렸어요. 그가 떠나길 바랐던 건 아니었는데 떠나버리게 했어요. 왜 저는 마음을 쓰면 쓸수록 자꾸 망가뜨려버리는 걸까요."

이모는 그녀를 안타깝게 바라보다 입을 열었다.

"이모가 왜 두건을 쓰고 다녔는지 모르지? 그것은 혜정이도 모르는 비밀인데. 이모도 이모부 일찍 저세상으로 가고 이모부 친구와 잠깐 연애를 했어. 외로우니까 매달렸지. 그러다 모아둔 돈만 날리고 사람 꼴 추하게 되고. 그때 딱 죽고 싶었는데 너희 엄마가 빌려준 돈으로 이 집을 샀어. 그런데도 한동안 마음을 잡지 못해 머리를 깎았던 거야."

사촌동생밖에 모른다고 여겼던 이모였다. 뜻밖의 고백에 놀란 그녀와 달리 이모의 표정은 덤덤했다.

"이모도 바느질이 뜻대로 안 되어서 속상할 때가 많았지. 그런데 언제부턴가 어쩔 수 없다는 걸 알고 내려놓게 되더라. 어느 부분은 실수한 대로 어느 부분은 부족한 대로 어우러져서 완성된 작품이 나오는 게 자수더라고."

그녀를 위로하던 이모는 수틀을 내려놓고 코를 킁킁거렸다. 그녀도 이모를 따라서 주변의 공기를 한껏 마셨다. 순간 그녀의 얼굴에 피가 몰렸다. 자수에 집중하느라 팬티가 젖은 것도 몰랐다. 그녀는 광목에 바늘을 꽂은 채로 화장실로 갔다.

그녀가 기다리던 생리였다. 생리대와 갈아입을 속옷이 필요했지만 게스트하우스에 부린 가방 안에 있었다. 급한 대로 청바지와 팬티를 발목까지 내리고 바닥에 쪼그리고 앉았다. 자수공방 화장실은 변기와 세면대로 꽉 찰 만큼 비좁았다. 드러난 살갗이 차가운 변기와 타일에 닿아 저절로 움찔움찔했다. 찬물만 나오는 샤워기를 틀었다. 가장 여리고 보드라운 부위가 시리고 아렸다. 손바닥에 느껴지던 목이 꺾인 작은 새의 온기가 떠올랐다. 화장실 바닥으로 눈물이 뚝뚝 떨어졌다. 흐트러뜨리고 망가뜨려버리는 그녀 스스로도 어쩔 수 없는 그 무엇, 그녀의 조급함과 집착 때문에 떠나간 그의 체온과 손길이 그리웠다. 그녀는 사촌동생처럼 보는 이의 마음을 저릿하게 우는 요령이 없었다. 입을 일그러뜨리고 콧물을 흘리며 소리 내어 울었다. 그마저 떠난 지금, 그녀는 혼자였다.

화장실에서 나오자 이모가 앞치마를 벗고 핸드백을 챙기고 있었다. 사촌동생이 조카를 데리고 응급실로 갔다며 자수공방을 나섰다. 배웅하는 그녀에게 이모는 열쇠꾸러미를 내주었다. 주문받은 광목 이불은 이미 포장해두었는데 찾으러 온다는 사람이 연락이 안 된다고 했다. 그때까지 자수를 두거나 편안하게 쉬면서 '들꽃자수'에 있어달라고 했다. 그녀는 무심코 핸드폰을 열었다. 그의 카드 사용 내역 알림문자는 더 이상 없었다. 기다릴 수밖에 없었던 그녀는 열쇠꾸러미를 받아들었다. 녹슨 철 대문을 바쁘게 나서던 이모는 잊고 있었다는 듯 뒤돌아서서 그녀에게 한마디 했다.

"이모가 그때 머리를 깎은 건 사랑한 걸 후회해서가 아니라 그래도 떠난 그 남자를 잊지 못하고 보고 싶어 하는 마음을 견딜 수 없어서였어. 그런데 요즘 드는 생각인데 매달려보지도 않고 떠나보냈으면 제대로 마음잡고 자수공방 할 수 있었을까 싶더라."

들꽃이 어른거리는 이모의 뒷모습이 '들꽃자수' 나무 푯말 너머로 사라질 때까지 그녀는 그대로 마당에 서 있었다. 화단의 들꽃을 비추던 봄볕은 처마 끝에 희미하게 매달려 있었다. 그녀는 게스트하우스 객실로 돌아가 다시 샤워를 하고 생리혈이 묻은 팬티와 청바지를 갈아 입었다. 팬티에 생리대를 덧대면서 들꽃 자수를 수놓은 베이비 블루 겉싸개를 꿈꾸었던 자신이 한심해서 쓴웃음을 지었다. 약국에서 산 임신테스트기 결과도 음성이었고, 심한 유방통은 생리증후군에 불과했는데도 임신만을 상상했다니 헛웃음이 나왔다.

그녀는 한 쌍의 베개가 놓인 광목 이불을 손으로 쓰다듬어보았다. 바늘에 찔려 갈라진 손톱 끝에 자수가 걸렸지만 끊어진 자수 실을 매만지며 그럴 수도 있다고 자신을 다독거렸다. 그의 들꽃 사진집이 나올 동안 원룸 보증금을 뺀 돈으로 '들꽃자수'에서 자리를 잡을 수 있을 것 같았다. 꽃마리에 초점이 맞춰진 사진조차 그와의 추억이 담겨 있기에 소중하다는 걸 알게 되었다고 그에게 메시지를 보냈다.

마당이 내다보이는 자수공방에는 그녀뿐이었다. 광목 이불을 찾으러 온다는 사람도 응급실에 간 이모도 오지 않았다. 그의 카드 사용내용 알림문자도 더 이상 오지 않았다. 그도 그녀의 원룸에 깃든 아득한 어둠에 몸과 마음이 평온해졌는지 몰랐다. 두 줄기의 숲꽃마리가 거의 마무리되었다. 바깥쪽 긴 꽃대와 안쪽 짧은 꽃대 끝에 각각 세 송이와 네 송이의 푸른색 꽃잎이 피었고, 두 개의 진한 초록색 뿌리잎이 꽃대 아래쪽에 달렸다. 노란색 수술이 달린 푸른색 꽃잎은 비록 피로 얼룩져 있었지만 맑은 빛을 잃지 않았다. 작지만 강인하고 순수한 숲꽃마리. 그가 올여름 카메라 렌즈 속에 담으려는 숲꽃마리의 맑은 푸른색이었다.

그녀는 광목을 펴놓고 멀리서 보았다. 가까이에서 볼 때는 부족한 솜씨가 눈에 띄었지만 멀리서 볼 때는 이모의 말 대로 모든 것이 어우러져 자신만의 완성작이 되었다. 원룸 앞 공터에 피고 있는 친근한 꽃마리가 다시 떠올랐다. 깊은 숲속에서 피어나는 숲꽃마리가 아니어도 좋았다. '들꽃자수'에서 다시 시작한다면 그녀의 바늘과 그의 카메라 렌즈에서 해마다 시멘트 블록 사이로 고개를 내미는 꽃마리로 피어날 수 있을 것 같았다. 뿌리잎에 놓은 사선 평수 사이로 초록색으로 짧은 땀을 두 번 놓았다. 실의 올이 풀리지 않게 자수의 시작과 마무리에 두는 점수였다. '유브 갓 메일', 문자 알림음이 울렸다.

그녀는 손을 뻗어 핸드폰을 열었다. 화단의 저녁은 어둠에 잠긴 들꽃으로 고요했다.

소시민적 욕망, 양심의 딜레마 그리고 주체성의 회복

정 영 자

1

교훈 속에서 삶은 단순하고 명확하게 보이지만, 진실은 삶을 불투명하고 애매하게 만든다. 그래서 금언과 격언은 짧은 문장으로 삶과 인간의 특성을 요약할 수 있다. 이에 비해 소설로 삶이 들어오면 그것은 불투명해지고 모호해진다. 소설은 진실로 한 걸음 다가가기 위해 수십 번을 둘러보고 되돌아간다. 이런 과정을 통해 도달하는 삶의 진실도, 격언이나 금언처럼 명확한 언어로 소설은 표현할 수 없다. 소설은 해답보다 문제 그 자체에 관심이 많기 때문이다. 이 책에 실린 김동숙의 소설 또한 그러하다.

이 책에는 김동숙의 등단작 「매미 울음소리」를 비롯하여, 「짙은 회색의 새 이름을 천천히」, 「M, 결국 당신」, 「폐허 산책 추락 사건」, 「한 밤의 스메그 쇼룸」, 「매달린 스푼과 포크 사이로 보이는」, 「입속의 검은 새」, 「숲꽃마리」 등 8편의 소설이 실렸다. 한 작품, 한 작품이 모두 오래 정성을 들인 끝에 나온 노작들이었고, 진지한 태도로 주제를 다루고 있다. 김동숙의 소설은 독자에게 문제의 해답을 제시하기 위해 노력하지 않고, 문제의 소용돌이 속으로 독자를 이끌고 가, 그 속에 던진다. 독자는 인물과 함께 혼돈을 헤치며 진실을 찾아야 한다. 이 과정을 통해 독자는 소설에 드러난 문제를 자신의 것으로 받아들이게 된다.

이 글에서는 수록된 작품들을 잇는 주제의 공통성을 중심으로 소설집 『짙은 회색의 새 이름을 천천히』 전체의 대략적인 그림을 그리고자 한다. 대부분의 작가처럼, 김동숙의 등단작 「매미 울음소리」에도 이후 작가의 소설들에서 지속해서 다루어질 주제가 담겨 있다. 자기 보존의 소시민적 욕망, 양심의 갈등과 딜레마, 개인에게 가해지는 세계의 폭력과 그것이 남긴 상처의 문제, 주체성의 회복과 재정립 등이 그것이다. 「매달린 스푼과 포크 사이로 보이는」, 「M, 결국 당신」, 「입속의 검은 새」, 「짙은 회색의 새 이름을 천천히」 등에는 「매미 울음소리」에 나타난 이런 주제들이 보다 구체적이고 깊이 있게 천착되고 있다. 이 다섯 편의 소설을 중심으로 소설집의 전체 그림을 그리고자 한다.

2

「매미 울음소리」의 배경은 폭염주의보에, 매미는 극성스럽게 울어대는, 열대야로 잠 못 이루는 날이 계속되는 여름이다. 작고 오래된 아파트는 기폭제가 될 만한 사건이 있으면 언제든 터질 준비가 되어 있었다. 주민들의 표정은 먹이를 찾는 하이에나 떼와 비슷했다. 이런 그들에게 먹잇감이 하나 던져졌다.

> 폭염주의보를 동반한 불볕이 펄펄 끓는 대장간 화덕이라면 매미 울음소리는 그 열기를 부채질하는 풀무였다. 가뜩이나 열대야로 잠 못 이루는 아파트 주민들은 밤낮 없는 매미 울음소리에 짜증을 냈다. 살충제를 뿌리자는 주민들도 있었고, 매미가 발을 붙이지 못하게 조경수를 죄다 베어버리자는 황당한 의견도 있었다. 그러나 사람들의 푸념을 아는지 모르는지 징글징글 울어대던 건 매미들만이 아니었다. 단지 내 여자들은 삼삼오오 모이기만 하면 더위에 지치지도 않고 입방아를 찧었다. 여자들의 수군덕질이야 하루 이틀 일이 아니지만 입방아에 오른 대상이 바로 내 남편이란 게 문제라면 문제였다.(41쪽)

알고 보니, 그 먹잇감은 '나'였다. 보다 정확히 말하면, '남편'이었다. 남편이 성추행 사건의 주인공이 되어 그들의 입에서 맛있게 씹히고 있었던 것이다.

비가 내리던 밤, 회식을 마친 남편은 얼근하게 취해 승강기를 탔다. 인공수정에 실패한 앞집 새댁도 아파트 벤치에서 우울한 마음을 달래다 이 승강기에 같이 올랐다. 승강기에서 내리는 순간 남편이 새댁을 뒤에서 안았다는 것이 사건의 내용이었다. 사건은 아랫집 여자의 가벼운 입을 통해 아파트로 퍼져나갔다.

남편을 추궁하니, 절대 그런 일이 없다고 펄쩍 뛴다. '나'는 앞집 새댁을 찾아간다. 술 취한 남편이 몸을 가누지 못하여 생긴 일을, 새댁이 혹시 오해하지는 않았는지 묻는다. 새댁의 대답은 확고하였다. 추행이 확실하다고 했다.

> "남편 얼굴 마주 보기 힘들 것 같아서 놀이터 벤치에 한참 앉아 있었어요. 엘리베이터 탔는데 아저씨가 먼저 타 계셨어요. 아저씨가 술 많이 취하셨더라고요. 그날 있었던 일은 다른 날보다 기억이 더 또렷한데 그걸 구분 못 하겠어요. 미끄러진 건지 의도적으로 그런 건지 여자들이 느낌으로 안다는 걸 앞집 언니도 잘 아시잖아요."(49~50쪽)

'나'는 확인을 위해 관리실로 향한다. 승강기 감시 카메라가 찍은 영상을 확인한다. 화면에 남편과 새댁이 나타난다. 승강기를 내릴 때까지는 아무 일이 없었다. 사건이 일어났다면, 두 사람이 승강기를 내린 직후나, 이후에 일어났을 것이다. 그 순간 앞집 새댁의 말이 떠오른다. 화면을 다시 본다. 화면 안에 새댁이 말한 우산이 보이지 않았다.

> "저도 비가 왔던 건 기억해요. 제가 얼마나 똑똑히 기억하는지 들어

보시겠어요. 아시다시피 제가 그날 병원에 갔고요. 집으로 그냥 돌아오기에는 울적해서 친구하고 밥을 먹었어요. 밤늦게 집에 오는데 갑자기 비가 와서 편의점에 들어가 우산을 샀고요. 그러고 보니 우산 색깔도 기억나네요. 짙은 초록색이었을 거예요. 좀 더 밝은 색 우산을 사려는데 남은 게 없더라고요. 어쩔 수 없이 마지막 남은 짙은 초록색 우산을 사 들고 저 밑 버스 정류장에서부터 걸어오다가……."(49쪽)

관리실로 새댁을 불렀다. 우산이 없는 화면을 보여주며 새댁을 몰아붙인다. 입이 가벼운 501호 여자가 관리실 밖에서 귀를 기울이고 있음을 알아채고, 목소리를 더욱 높인다.

"새댁이 불임 때문에 힘들다는 건 알아. 이번엔 기대도 많이 했는데 또 글렀으니 속도 상했겠지. 그렇다고 멀쩡한 남의 집 가장을 치한으로 몰아서야 되겠어. 우울증이 심해지면 없던 일도 있었던 것처럼 착각한다며. 말이 좋아 우울증이지. 그게 바로 정신병이잖아. 어때, 내 말이 틀려!"(54쪽)

이제 입이 가벼운 501호 여자는 이번 성추행 사건의 새로운 반전을 아파트에 소문을 낼 것이다. 이번 사건의 본질은 602호 새댁의 정신병이 빚은 해프닝이었다고. 예상대로 아파트에 새로운 소문이 퍼진다. 그런데 여전히 찜찜한 구석이 있다. 사건 당일 새댁이 앉아 있었다는 벤치로 향한다. 벤치 뒤 화단에서 새댁이 말한 초록색 우산을 발견한다. 우산을 집다가 넘어져 정강이에서 피가 났다. 아픔도 잊고 재빨리 우산을 챙겨 집으로 갔다. 베란다 창고에 우산을 숨겼다. 얼마 후, 602호는 전세 매물로 나왔고, 새댁은 이사를 나간다.

> 하얀 목련꽃의 환영을 받으며 사다리차를 타고 602호로 올라갔던 세간이 이삿짐 트럭으로 차곡차곡 되들어가고 있었다. 새댁은 보이지 않고 새댁의 신랑 혼자 인부 서넛이 이삿짐 꾸리는 걸 거들고 있었다. 추분도 지나 매미들은 땅속으로 숨어들고, 추적추적 내리는 빗줄기는 제법 차가웠다. …(중략)… 정강이의 상처도 아물어가고, 새댁과의 씁쓸한 인연도 끝이 났다. 힘겨운 한숨을 내쉬며 거실로 들어서려는데 뒷덜미가 서늘했다. 돌아보니 열려진 베란다 창고 문 사이로 우산이 비죽 나와 있었다. 짙은 초록색 우산이었다. 등줄기에 식은땀이 흘렀다. 누가 볼까 얼른 짙은 초록색 우산을 욱여넣고, 베란다 창고 문을 굳게 걸어 닫았다. 괜찮아, 괜찮아. 새댁에게 했던 말을 어느새 나 자신에게 하고 있었다.(58~59쪽)

이처럼 「매미 울음소리」에는 자신의 생존을 최우선의 가치로 생각하는 현대인의 소시민적 속물성, 이런 소시민적 속물성이 집단화되면서 나타나는 폭력의 양상, 이 폭력 아래에서 희생되는 약한 주체, 속물적 태도 아래에 미약하지만 잠재된 양심의 문제 등이 잘 담겨 있다. 등단작에서 나타난 이런 주제들은, 이후 소설들에서 보다 구체적이고 발전적인 방향으로 전개된다.

3

비록 601호 여자는 자신의 생존을 위해 피붙이처럼 지내던 앞집 새댁에게 누명을 씌웠지만, '매미 울음소리'처럼 웅성거리는 내부의 양심에서 자유로울 수는 없다. 이 양심의 내적 동요는 김동숙 소설의 중심 주제 중 하나다. '양심의 갈등'이라는 주제는 「매달린 스푼과 포크 사이로 보이는」에서는 이해타산적인 사랑과 낭만적 사랑의 대립으로, 「M, 결국 당신」에서는 좀 더 발전하여 직업적 윤리와 인간적 윤리의 대립으로 다루어지고 있다.

「매달린 스푼과 포크 사이로 보이는」의 '선우'는 '윤하'와 만나 저녁을 먹고, 'A'의 갤러리로 향하는 중이다. 서로 각자의 차로 가다 보니, 길이 자꾸 어긋난다. 길눈이 어두운 윤하의 차가 자꾸 잘못된 길로 방향을 틀었다. 서로의 길이 엇갈리는 것처럼 선우의 마음도 복잡하다.

윤하는 선우와 입사 동기였다. 한때 둘은 동거까지 했던 연인 사이였지만, 지금은 헤어진 상태다. 이후 선우는 회사를 나와 건축 설계 사무소를 차렸다. 지금은 사무소를 접고 아버지의 공장에 들어가 일을 하고 있다. 윤하의 아버지가 돌아가셨다는 소식을 듣고, 둘은 다시 만난다. 헤어진 상태지만, 선우는 가족이 없는 윤하를 돕기 위해 장례식장으로 갔다. 이후 윤하의 연락이 다시 오고, 둘은 가끔 만나고 있다. 그런데 윤하를 만나는 선우의 마음이 개운치 않다. 요즘 들어 아버지의 공장 사정이 좋지 않고, 윤하를 만날 때마다 그녀에게 남겨진 유산이 자꾸 떠오르기 때문이다. 오늘 선우는 윤하를 만나, 이런 개운치 않은 감정을 정리하려고 한다.

> 그는 윤하가 식탁에 올려놓고 싶어 하는 잔을 들고 물을 마셨다. 무슨 말이든 해야 했다. 야윈 윤하의 얼굴이 다시 발그레해지기를 기다리는 한 달 보름 사이, 그는 충분히 할 말을 미루었다. 어제와 오늘 사이, A가 찍었다는 동영상을 보면서 그는 더 이상 미루지 않기로 결심했다. 그러나 아침에 갑작스런 연락을 받고 출근했을 때, 아버지의 공장 자금 사정이 예상했던 것보다 더 좋지 않다는 걸 알게 되었다. 그는 또다시 망설이게 되었다. 가슴이 따르려는 것과 머리가 가리키고 있는 곳 사이에서 자신이 머뭇거리고 있다는 걸 문득 깨달았다.
>
> …(중략)… 윤하의 잦은 연락과 윤하의 아버지가 윤하에게 물려준 건물은 그를 흔들기 시작했다. 상가 건물이 시내 중심가에 있다는 사실은 장례식 절차를 거들면서 자연스럽게 알게 되었다. 그는 뜸을 들이다 입을 열었다.(165~166쪽)

A는 선우가 아버지의 공장 사정 때문에 상가를 정리하려고 갔다가 알게 된 여자다. 선우는 작은 갤러리를 하는 A에게 끌린다. '어제와 오늘 사이'에 일어난 일이었다. 선우는 윤하와의 관계를 정리할 결심을 한다. 마침 오늘 저녁에 약속된 만남이 있었다. 그러나 선우는 해야 할 말을 하지 못한다. 우습게도 윤하와 함께 A의 갤러리를 구경 가기로 한다.

지금 선우는 A의 갤러리 앞 모텔촌에서 길이 어긋난 윤하의 자동차를 기다리고 있다. 새롭게 시작될 낭만적 사랑과 자신이 처한 곤궁을 타파해줄 현실적 이해(사랑) 사이에서, 선우는 갈등한다. 지금 길을 잃은 것은 윤하의 자동차가 아니라 선우 자신이다.

> 모텔들 사이에는 A의 갤러리가 있었고, 모텔촌 입구 너머에는 윤하의 신형 SUV가 있었다. 〈매달린 스푼과 포크 사이로 보이는 모텔〉과 제라늄 화분 그리고 M. 허스트의 건축물 화보집과 아버지의 공장. 그 벌어진 틈 사이에서 그는 갈증을 느끼며 휘청거렸다. 자신감을 잃어버리고 머뭇거리는 그 사이는 시간이거나 거리 혹은 다른 누군가와의 관계일 수도 있었다. 자신도 모르게 벌어진 틈 사이에서 그는 스스로를 믿기 위해 외치고 있었다.
>
> 피곤이 한꺼번에 몰려들었다. 사위는 서서히 어두워지고, 네온사인으로 둘러싸인 모텔촌은 어둠과 함께 화려해지고 있었다. 할로겐 조명이 서늘한 갤러리A로 걸음을 옮기면서도 모텔촌 입구로 들어오는 차량을 놓치지 않으려, 그는 고개를 빼들었다.(181~182쪽)

「M, 결국 당신」에서 양심의 내적 동요는 현실과 윤리 사이가 아니라, 윤리와 윤리 사이에서 일어난다. 직업적 윤리와 인간적 윤리 사이의 갈등이 그것이다. 케빈 카터의 사진 〈수단의 굶주린 소녀〉는 이런 갈등을 잘 보여준다.

> 땅바닥에 지쳐 엎드린 앙상한 뼈만 남은 조그만 흑인 소녀. 그 뒤에서 소녀의 죽음을 기다리며 먹이를 노리는 독수리. 잔인하고 충격적인

> 상황이건만 날개를 접고 땅에 두 발을 디딘 독수리에게서 흥분되거나 조급한 모습은 전혀 찾아볼 수 없다. 반복되는 일상을 기다리는 독수리의 여유와 무심함이 오히려 보는 이로 하여금 섬뜩함을 자아내는 케빈 카터의 〈수단의 굶주린 소녀〉, 전 세계에 엄청난 반향을 일으켰던 사진이었다.(64쪽)

세상 사람들에게 굶주림이 가져온 비참한 현실을 폭로하여, 다시는 이와 같은 일이 일어나지 말기를 바라며, 케빈 카터는 사진기 셔터 위에 손가락을 올리고 적당한 순간을 기다렸을 것이다. 이 사진으로 그는 퓰리처상을 받았다. 그리고 수단의 비참한 현실은 많은 사람에게 알려졌다. 그러나 그는 굶주리고 병든 아이에게 인간적 손길을 건네기에 앞서, 이를 사진으로 담아내었다는 비난을 받았고, 자신도 그 부분에 양심을 가책을 느꼈다. 세상의 부조리와 모순을 담아내는 것이 사진 기자 케빈 카터에게는 직업윤리였다. 동시에 케빈 카터는 인간애가 강했던 한 인간이었고, 그는 병든 아이에게 먼저 관심을 가졌어야 했다. 직업적 윤리와 인간적 윤리가 충돌하였다. 케빈 카터는 이 윤리적 딜레마를 극복하지 못하고 자살로 생을 마친다.

「M, 결국 당신」에서 '리'와 'M'도 케빈 카터와 비슷한 윤리적 딜레마에 처했었고, 처해 있다. 소설가 M은 한 여자를 모델로 소설을 썼다. 모델이 된 여자가 자신을 찾아왔다. 여자는 소설 속 인물과 자신을 동일시하였다. M은 그녀가 자신의 소설에 정신적으로 함몰되었음을 알아차린다. 그녀가 M을 찾은 것은 구원의 몸짓이었다. 그러나 M

은 다시 이 상황을 소설로 쓴다. 어느 날 그녀의 동생이 찾아와 그녀의 죽음을 알렸다. 그런데 나는 그녀의 동생이 찾아왔던 일까지 다시 소설로 그리고 있었다.

> 그녀는 힘겨울 때 용기를 내어 나를 찾아왔다. 여동생의 말대로 도움을 원했을지도 몰랐다. 나는 소설을 쓰겠다는 욕심에 도움을 필요로 하던 그녀의 호소를 의도적으로 외면하고 내 호기심만 채웠다는 걸 인정할 수밖에 없었다. …(중략)…
>
> 난 나의 서재로 한달음에 달려가고 싶었다. 자신을 소재로 삼은 소설로 인해 자살한 그녀. 그리고 복수를 꿈꾸며 소설가를 파멸시키려는 그녀의 매력적인 여동생. 소설의 소재와 주제와 줄거리와 등장인물까지 모두 완벽하게 머릿속에 떠올랐다. 열 손가락은 자판을 두들기고 싶은 강한 열망으로 떨리고 있었다. 더 이상 양심의 가책도 느낄 수 없었다. 부끄럽지도 않았다. 처음부터 난 그녀의 여동생이 어떤 의도를 갖고 접근했다는 걸 직감했다. 여동생은 날 유혹하고, 난 여동생의 의도에 따라 전개되는 서사에 몸을 맡기고 소설이 완성되어가는 추이를 지켜보고 있었다. 나는 끊임없이 전환점이 필요했다.
>
> 정말이지 난, 그림자뿐만 아니라 영혼까지 팔아치우고 싶었다.(90~91쪽)

현실을 이야기로 만들고 이를 통해 소설적 진실을 끌어내는 것은, 소설가에게는 직업적 의무이고 양심이다. 동시에 이야기의 대상인 한 존재의 삶이 파괴되는 것을 막는 것은 인간으로서 가져야 할 양심이다. M 또한 케빈 카터처럼 윤리적, 양심적 딜레마에 빠져 있다.

M의 소설을 출간하는 편집자 리 역시 이 윤리적 딜레마에 부딪혀 직업을 바꾸었다. 리가 시사지의 기자를 그만둔 것은 한 장의 사진 때문이었다.

> 출판사에 몸담기 전, 리는 시사지 기자로 보도사진을 찍었다. 이주노동자의 인권 상황을 취재하기 위해 외국인노동자보호소를 방문한 날이었다. 취재하던 도중 공교롭게도 외국인노동자보호소에 화재가 났다. 리는 본능적으로 카메라 셔터를 눌렀고, 119가 출동했다. 화재는 진압되었지만 다수의 사상자가 발생했다. 이중 쇠창살에 갇힌 외국인노동자는 불길에 갇혀 비명밖에 지를 수 없었다. 쇠창살에 절망적으로 매달리던 갈색 손을 담은 사진, 〈쇠창살에 매달린 갈색 손〉. 리가 찍은 한 장의 사진이 신문을 비롯한 각종 매체에 실렸고, 외국인노동자의 인권에 관한 관심과 자성을 이끌어내었다. 감옥이나 다름없던 전국의 외국인노동자보호소는 구금 시설에서 보호 시설로 바뀌어 쇠창살이 철거되었다. 그해 리는 보도사진상을 받았다.(92쪽)

사진의 주인공이었던 '갈색 손'의 사내는 결국 사체로 발견된다. 리는 자신이 그때 사진기를 내려놓고 구조 작업에 먼저 동참해야 했던 것은 아닌지 자문한다. 리는 이 윤리적 딜레마를 해결하지 못하고, 결국 카메라를 놓고 말았다.

이처럼 김동숙의 소설은 윤리적 갈등과 양심의 딜레마 한가운데로 우리를 던져놓는다. 그리곤 어떤 해결 방향도 제시하지 않는다. 윤리적 갈등과 양심의 딜레마가 일으키는 소용돌이 속에서 독자들이 나름의 소설적 진실을 찾아가라는 듯이 말이다.

4

「매미 울음소리」에서 601호 여자와 아파트 주민들이 공모하여 만든 '소문'은, 602호 새댁처럼 그 소문의 희생자에게는, 심각한 폭력으로 작용한다. 개인에게 가해지는 이런 폭력의 구조와 이에 맞서 자신의 삶을 재구성하려는 인물의 주체적, 실존적 의지는 김동숙 소설의 중심 주제 중 하나다. 이는 「입속의 검은 새」와 「짙은 회색의 새 이름을 천천히」에서 잘 드러나고 있다.

「입속의 검은 새」를 보자. 장대비가 쏟아지던 날, 딸은 어린 새 한 마리를 구조해 왔다. 감나무에서 떨어져 길고양이의 먹잇감이 될 처지에 놓여 있었다고 했다. 딸은 그 어린 새의 처지에서 자신의 모습을 본 듯했다. 과거, 아버지의 가정폭력 앞에서 무력했던 어머니와 자신의 처지를 말이다. 딸의 목과 쇄골 사이에 난 흉터는 그때의 흔적이다. 그런데 그 딸이 죽었다. 비 오는 날, 집으로 오는 길에 한 청년에게 죽임을 당했다.

> 가해자는 스물두 살의 건장한 대학생이었다. 딸의 미용학원 친구가 인터넷 카페에서 알게 된 남자였고, 딸과는 초면이었다. 술 취한 딸과

하룻밤이라도 보내려고 뒤를 밟았다는 가해자의 증언을 나는 믿을 수 없었다. 제 아빠에게 질려 남자라면 눈을 치뜨고 다니는 딸이었다. 귀가할 때까지 정신이 말짱했다는 친구의 증언이 있었지만 신빙성이 없다는 이유로 무시되었다. 체내 알코올 농도는 부검 결과를 보면 알 수 있을 텐데 끝까지 증거로 채택되지 않았다.(195~196쪽)

피해자는 이혼한 여자의 딸이었고, 가해자는 전직 경찰의 아들이었다. 가해자에게 불리한 증거는 모두 사라졌다. 가해자는 폭행치사가 아니라 단순폭행으로 벌금형만 선고받고 풀려난다. 힘 있는 자들과 법이 공모하여 만든 높은 사회적 장벽, 힘없는 자의 피해에 무관심한 언론과 사회, 그리고 아무것도 할 수 없는 무기력에, '나'는 갇혀 있다. 사회적 약자가 처한 전형적 상황이고, 그 속에서 이들이 느끼는 일반적 감정이다.

환청처럼, '어린 새'의 울음소리가 비 내리는 창밖에서 들려온다. '나'는 창문을 열고, '어린 새'를 찾는다. '어린 새'가 억울하게 죽은 딸로 느껴졌다. 아이를 위해 아무것도 할 수 없는 상황이 분했고, 자신이 원망스럽다. 명치가 아렸고, 식도로 신물이 계속 넘어왔다. 알 수 없는 덩어리가 식도에 꽉 찬 것 같다.

새 울음소리였다. 듣는 사람의 폐부를 긁는 쪽창 너머 날카로운 새소리. 사나흘 이어진 장대비를 견디지 못한 어린 새가 틀림없었다.

…(중략)…

나는 주방으로 달려갔다. 방 안 가득 벌려놓은 자료들이 허둥대는 발걸음에 버석거렸다. 싱크대 위에 붙은 쪽창으로 감나무를 올려다보았다. 길바닥과 나란한 높이의 쪽창을 통해서는 감나무 밑둥치밖에 보이지 않았다. 고개를 한껏 쳐들다 가슴을 움켜쥐며 주저앉았다. 명치가 죄였다. 체증이었다. 열흘 넘게 신물이 넘어오면서 목까지 부어올랐다. 킷! 킷! 킷! 어린 새의 울음소리가 또다시 들려왔다. 다시 고개를 쳐들자 쪽창 너머 비에 흠뻑 젖은 새가 보였다. 낮게 날며 길게 비명을 토해내고 있었다.(185~186쪽)

딸을 위해 '나'는 무엇이라도 해야 했다. 딸의 친구가 인터넷에 사연이라도 올리자는 제안을 했다. 사람들이 사연에 공감하면 재수사도 가능할 수 있다는 것이다. 실현 가능성에 의심을 품었지만, '나'는 사건의 개요를 글로 적기 시작했다. 글을 적기 시작하자 딸의 사건이 악몽처럼 다시 떠오르며, '나'를 괴롭혔다. 알 수 없는 체증은 더욱 심해졌다. 어린 새의 울음소리도 다시 들렸다. 사연을 올리고 얼마 후, 딸의 친구가 소식을 알려왔다. 사람들이 사연을 읽고 서명운동을 시작했다고. 명치에 얹혔던 이물질이 식도로 올라왔다.

굵은 진땀이 흘러내렸다. 대야를 끌어당겼다. 명치에 얹혔던 덩어리가 식도를 꽉 채우고 올라오고 있었다.(200쪽)

소매로 눈가를 훔치고 조심스럽게 수건을 펼쳐보았다. 핏물에 젖은 짙은 검은색의 덩어리. 수건에 쌓인 덩어리가 뾰족한 부리를 벌려 울고 있었다. 한 마리의 검은 새였다. 나는 입을 다물지 못했다. 와락 달

> 려들어 젖은 깃털에 뺨을 연신 비볐다. 젖은 깃털은 딸의 살결처럼 보드라웠다. 따뜻했다.(203~204쪽)

명치에 얹혀 체증을 일으켰던 '검은 새'는 억울하게 죽은 딸의 영혼이면서, 이를 풀어줄 수 없는 '나'의 무기력함을 의미한다. 목구멍을 통해 나온 '검은 새'를 보면서 나는 자각한다. 잘못된 판결을 바꿀 수 없다고 시도조차 하지 않는 것은, 세상의 폭력을 더욱더 강고하게 만들 뿐이라는 것을. '나'는 세상으로 한 발 내디딘다.

> 몸을 일으켜 다시 자판 위에 열 손가락을 가지런히 올려놓았다. 외로운 딸의 영혼을 위해 새처럼 날며 울 수 있는 날개는 없지만 서러운 딸의 영혼을 위해 세상을 향해 울부짖을 수 있었다. 힘을 다해 자판을 두들겼다.(205쪽)

「짙은 회색의 새 이름을 천천히」는 「입속의 검은 새」에 나타난 주제를 좀 더 적극적으로 발전시키고 있다. 「짙은 회색의 새 이름을 천천히」는 출생과 함께 한 인간에게 가해지는 상처와 화인(火印), 이를 극복하는 주체의 적극적 의지와 행동을 담은 소설이다.

태어나는 순간, 누군가가 뱉은 한마디가 그녀에게 운명의 낙인이 된다. 취미로 사주를 보던 할아버지는 손녀가 태어나는 날, 아이의 사주를 본다. 할아버지는 아이가 얼굴에 '칼자국'을 달고 살 사주를 타고났다고 했다. 이후 그녀의 삶은 이 운명의 틀 안에 갇히고 만다.

세상에 태어났을 때부터 그녀의 삶은 칼자국이 예정되어 있었다. 얼굴에 칼자국이 있다. 할아버지는 갓난아기인 그녀의 얼굴에서 경솔하게 사주를 읽었다. 첫 손자를 기대했던 할아버지의 실망감이 더해져 목소리가 서늘했다. 아직 몸을 추스르지 못한 엄마는 칼자국을 찾기 위해 동그란 아기의 얼굴을 뜯어보았다.(16쪽)

신화 속 헤라클레스가 벗어버리려 했다던 네소스의 피를 묻힌 옷처럼 할아버지의 말 한 마디가 그녀의 삶에 엉겨 붙었다. …(중략)… 그녀 또한 주위 어른들이 무심코 던지는 말들을 들으며 칼자국이 새겨진 그녀의 삶을 차츰차츰 받아들이게 되었다.(17쪽)

할아버지가 손자(동생)의 얼굴을 못 보고 돌아가신 것도, 그녀가 폐결핵에 걸려 자신의 폐를 잘라낸 것도, 아버지가 과로로 쓰러져 죽은 것도, 모두 '칼자국'의 운명을 지닌 그녀 때문으로 가족들은 돌렸다. 가족은 그녀를 먼 영국 땅에 사는 남자와 결혼시킨다.

눈초리가 매서운 무당은 목소리도 날카로웠다. 칼을 싸안고 사는 꼴이야. 평생 외롭게 혼자 살든지 그도 싫으면 바다 건너 보내든지! 어찌할 바를 모르는 엄마 대신 큰고모가 다급히 발품을 팔았다. 그녀의 메일 주소로 영국 교포의 사진과 연락처가 보내졌다. 강요하는 사람은 아무도 없었지만 그녀는 결혼을 결심했다. 결혼과 동시에 한국을 떠날 수 있다는 조건이 매력적이었다.(19쪽)

운명이란 이름의 폭력에 갇히고, 가족에게도 버림받은 그녀에게,

결혼 또한 탈출구는 되지 못했다. 낯선 영국에서, 이혼한 그녀는 작은 책방을 인수한다. 이후 그녀는 책방과 집을 오가며, 자신을 세상과 분리시킨다.

> 진열창 밖으로 보이는 거리의 풍경과 서점 안의 공간이 별개의 다른 세계로 분리될수록 그녀는 안도감을 느꼈다. 어우러질 수 없다면 차라리 확연한 이질감이 그녀의 자리를 덜 옹색하게 해주었다.(20~21쪽)

이렇게 '덜 옹색하게' 만드는 자리에 자신을 스스로 가두고 있지만, '그녀'는 여전히 꿈꾼다. 수백 마리의 '찌르레기'가 자유롭게 날아다니는 군무를 보며, 그 작은 새들처럼 살고 싶은 꿈을.

> 각기 다른 곳에서 날아오지만 원래 한 무리였던 것처럼 어울린다고 했다. 그날 그녀는 방긋거리며 내미는 옆집 막내의 통통한 손을 감싸 쥐고 군무를 오래도록 바라보았다. 우두머리도 없이 수백 마리가 자유롭게 어울려 날았지만 신기하게 조금도 서로 부딪치지 않았다.(32쪽)

그러나 '칼자국의 운명' 속에 자신을 가두어놓는 한, 그녀의 꿈은 이루어질 수 없었다. 세상의 잔인한 폭력은 이렇게 스스로 자신을 가둔 약한 자를 교묘하게 찾아내었다. 이웃에 사는 아이들은 그녀의 집 대문에 달걀을 던졌고, 옆집 남자는 자신의 불운을 그녀 탓으로 돌리며 폭언과 폭력을 행사하였다.

> 그녀는 바닥에 주저앉았다. 잊을 만하면 한 번씩 현관문을 장식한 계란 파편과 가끔 저녁에 끓여 먹은 얼큰하고 구수한 찌개. 그 둘 사이의 고리를 이제야 가늠하다니. 서점으로 출근할 때마다 듬뿍 뿌린 향수, 뚜껑을 반만 열어놓고 먹던 도시락, 조리대에 켜놓은 양초. 그녀의 어설픈 눈가림조차 그들의 조롱거리였는지도 몰랐다.(30~31쪽)

그녀는 자신에게 향한 '칼자국'의 방향을 바꾸기로 결정한다. 자신의 삶에 침입해 폭력을 가하는 세상과 사람을 향하여 그리고 자신을 가둔 운명을 향하여.

> 옆집 남자는 끝내 문을 부수려는 듯 주먹질을 멈추지 않았다. 그녀는 싱크대에서 집에 단 하나 남은 과도를 찾아 들었다. …(중략)… 현관문을 향해 치켜든 과도 끝이 불빛을 받아 반짝이며 그녀의 얼굴에 짧은 그림자를 드리웠다. 할아버지가 그녀의 얼굴에서 읽은 칼자국이란 결국 칼의 그림자에 불과할지도 몰랐다. 그녀는 온몸의 날을 세웠다. 더 이상 물러날 곳이 없었다.
>
> …(중략)… 어쩌면 그녀는 옆집 남자를 향해서가 아니라 한 인간의 운명에 대해 함부로 짓까부는 자들을 향해 소리 없이 울부짖고 있었는지도 몰랐다. 아니면, 웅크린 마음의 문을 좀 더 일찍 열어젖히지 못한 그녀 스스로를 향한 외침이었는지도.(33~34쪽)

물러나고 물러나 마지막으로 몰린 자리에서, 이제는 더는 물러나지 않고 세상으로 나아가기 위해, 그녀는 칼을 든다. '칼'을 든 그녀 앞에 놓인 삶이 그리 순탄하지 않을지도 모른다. 그러나 상처와 대면하고 이를 넘어설 때, 그녀는 진정 자유롭고 주체적인 개인이 될 수 있다. 실패를 통해서든, 성공을 통해서든.

5

소설집에는 이외에도 「숲꽃마리」, 「폐허 산책 추락 사건」, 「한밤의 스메그 쇼룸」 등의 소설도 수록되어 있다. 「숲꽃마리」는 상처를 딛고 주체성을 회복, 재구성하는 과정을 보여주는 「입속의 검은 새」, 「짙은 회색의 새 이름을 천천히」와 비슷한 계열의 소설이다. 이에 비해 「폐허 산책 추락 사건」과 「한밤의 스메그 쇼룸」은 다른 소설과 주제를 공유하면서도, 한 차원 달라진 모습을 보이고 있다. 「폐허 산책 추락 사건」은 위선과 폭력의 문제를 다루지만, 특정한 타자나 사회적 권력으로부터 만들어진 것이 아니라 일상적, 문화적, 무의식적 수준으로 내려온 위선과 폭력을 다룬다. 그리고 「한밤의 스메그 쇼룸」은 자기 보존의 소시민적 욕망을 넘어, 인물이 상품과 브랜드 속에 '진정한 삶'을 구축하는 방향까지 나아가는 모습을 묘사한다. 「폐허 산책 추락 사건」과 「한밤의 스메그 쇼룸」은 김동숙 소설가가 앞으로 구축할 소설의 주제 영역을 엿볼 수 있어 흥미로웠다. 다만 서평이 소설집 전체의 밑그림을 보여주는 데 목적이 있었기에, 아쉽지만 분석에서는 빠졌다.

사랑하는 연인의 몸짓과 말투는 당사자들에게는 진지한 의례이지만, 지켜보는 구경꾼에게는 유치한 행위로 보인다. 소설을 읽는 행위도 마찬가지라 생각된다. 소설의 진정한 맛은 소설 세계를 전적으로 받아들이며, 인물에 감정을 이입하고 공감하며, 그들과 함께 문제를 해결하는 독자만이 느낄 수 있다. 일반적 언어로 번역한 이 서평이 소설집에 수록된 소설 감상에 방해가 되지 않을까 걱정이다. 서평이 잘못 분석하고 부족하게 해석한 부분은, 독자들의 진지한 독서로 수정되고 보완되길 희망한다.

鄭英子 | 문학평론가. 한국문인협회 고문

짙은 회색의 새 이름을 천천히 『한국소설』 2019년 6월호 | **매미 울음소리** 2011년 『경상일보』 신춘문예 당선작 | **M, 결국 당신** 『예술가』 2019년 가을호 | **폐허 산책 추락 사건** 『문학나무』 2019년 가을호 | **매달린 스푼과 포크 사이로 보이는** 『두레문학』 2019년 제25호 | **입속의 검은 새** 『계간문예』 2013년 겨울호